아주 느린 시간

아주 느린 시간

최일남 소설집

문학동네

차례

고도는 못 오신다네

곧 죽어도 곁불은 안 쬐겠다는 오기가 믿음직스러웠다. 그렇다면 내가 드디어 나설 차례다. 술 한잔 받아주기 위해 남의 뒤를 부지런히 쫓기도 내 평생 처음이다.

토요일 저녁이겠다, 모처럼 연극 구경을 했겠다, 공원이 마침 지척이겠다, 잠시 쉬어간들 어떠리 마음먹는다. 낮공연인데도 극장은 만원이었다. 옆 사람 목구멍에 침 넘어가는 소리까지 들릴 지경으로 바짝 죄어친 의자에 주리 참듯 앉아 오금을 펴지 못했다. 뻐근하게 마친 허리를 곧추세우고 줄창 들이마신 인내 땀내를 들척지근한 봄꽃 냄새로 갈아넣기 위해서도 우선 숨을 고를 필요가 있었다.

아니 삼사십 년 만에 다시 본 〈고도를 기다리며〉의 새삼스런 감동이 발목을 잡았다고 해도 좋다. 왜 있잖은가. 가다 보면 한 편의 영화나 연극이 빗장지른 가슴을 뚫고 들어와 기분을 마구 들쑤시는 수가. 그런 날은 무작정 거리를 헤매기로 한다. 여느 때는 멀쑥한 지하철 기둥이 눈에 띄자마자 낭떠러지를 구르듯 계단을 쪼르르 내려가기 바빴거늘 이런 때는 본체만체 지나친다. 그런 날일수록 자주 나타나는 단골 버스 역시 전혀 반갑지 않다. 평소의 더딘 운행이 얄미워서도 오늘은 네 신세 지지 않겠노라 무시해버린다. 고단하기는커녕 사뿐히 즈려밟는 걸음걸음에 흥분이 내려 그날 밤 잠이 달다.

그것도 젊어 한때지 나이 들면 어디 그렇던가 비웃지 말란 법 없다. 아니라고는 못 한다. 촉촉히 젖었던 감정 역시 곧 말라비틀어지기 쉽다. 동행이라도 있어보라지. 귀로에 들른 불고기집 술상 앞에서 로스구이 냄새와 함께 증발할 일회용 객기로 그칠 공산이 크다.

그러나 말하자. 감동에 층하가 없기로는 그게 그거라는 것을. '고도를 기다리며' 사는 사람의 뜻을 걸으면서 새기고 앉아서 저작하는 차이가 있을 따름이다. 영화나 연극에서 얻은 감명을 소화하는 방법에 완급의 차가 불가피하다는 건 인정하되 그 이상의 윗자란 해석은 수용하기 어렵다.

어쨌거나 나는 공원에 들어서자마자 바삐 눈을 굴려 앉을 자리를 찾았다. 어디엔가 몸을 부리고 사무엘 베케트가 방금 들춰 보인 희망과 불안 이쪽저쪽의 세계를 차분히 곱씹을 작정이다. 스스로 연출한 정황이 그럴싸할갑세 한편으로는 쑥스럽다. 연극 구경을 하고 공원 벤치에 기대어 직전에 전수받은 감흥을 재해석한달지 중탕하려는 태도가 제법이고, 그 자체로 근사하기는 하다. 때마침 지나가던 친지라도 있어 웬일이냐고 물으면 대답할 판이다. 으음. 저기 저 극장에 갔다 오는 길이라고…… 이하 생략의 다문 입술에 뜨악한 상대가 요령부득의 눈초리로 그래서? 하고 나의 위아래를 뜯어볼 양이면 귀찮다는 듯 다시 말할 참이다. 그냥…… 무심히 앉아 있고 싶어서…….

솔직히 잔재미는 별로 없는 연극이다. 베케트라는 사람에 대해서도 별달리 아는 바가 없다. 이야기다운 이야기는 차치하고 처음부터 끝까지 밋밋하고 단조로웠다. 등장인물이 모두 다섯이라지만 실제로는 둘이나 진배없다. 무대장치라야 시골길 마른나무 옆의 나지막한 흙더미가 고작이다. 그 흙더미에 에스트라곤과 블라디미르라는 이름의 두 부랑자가 올라앉아 밑도 끝도 없는 대화를 주절거리며 고도를 기다리는 것이다. 그나마 후딱하면 입을 다무는 침묵의 시간이 암만이다. 고도가 하느님이나 희망을 상징한다고는 해도 그걸 명료하게 짚어주지 않는다. 막이 끝날 때마다 나타나는 수줍은 소년이 고도는 오지 않는다는 메시지를 거듭거듭 전하는데도 그들은 기다리고 또 기다린다.

함에도 불구하고 나는 어째서 막 구경하고 나온 드라마의 여운에 들떠 공원을 떠나지 못하고 주춤거릴까. 사십 년 전 초연(初演) 무렵에도 심심하고 덧없는 내용에 실망하기는 마찬가지였다. 그 당시는 하물며 더했다고 보아야 한다. 뭐 이런 연극이 다 있느냐고 허망하게 돌아섰는데 세월이 지날수록 무미건조한 장면이 새록새록 눈에 밟힌다. 줄거리가 단순하고 무대 장치가 썰렁한 만큼 재현하기 편하고 기억이 삼삼한 가운데, 있다가도 없고 없다가도 있을 법한 어떤 기다림을 몽상하게 만들었다.

그리고 오늘이다. 저제나 이제나 두 떠돌이가 시골길 나무 옆에 웅크린 채 고도를 기다리는 모습이 여전히 허퉁할망정 몹시 반가웠던 게다. 모르면 몰라도 그들은 십 년을 한정하고 백 년이 무망하게 고도를 기다릴 거다. 그것이 출중한 작품의 긴 생명력이라는 짐작 따위야 그 방면 지식이 깜깜해서도 내 입으로 할 소리가 못

된다. 못 되지만 내처 발걸음을 돌리기 무엇하여 머뭇거린 셈이다. 내 고도는 어디쯤 오고 있을까 헤아릴 길 없는 대로 쉴 궁리를 한 것이다.

빈 벤치가 어렵사리 눈에 띄었다. 그나마 온전치 않다. 차림이 허름한 두 노인 곁에 있던 남녀 한 쌍이 갑자기 자리를 떠 생긴 공간이다. 슬금슬금 다가가 가장자리에 엉덩이를 걸친다.

코딱지만한 도심의 자투리 공원은 토요일까지 겹쳐 특히 젊은이들로 붐볐다. 나까지 합쳐 세 노인이 앉은 벤치는 그러므로 좀처럼 드물었는데 덕택에 그들이 쉬 넘보지는 않을 것 같다. 두 노인과 나 사이에 일인분의 여유가 아직 남아 있다 하더라도 설마하니 틈을 비집고 들어오지는 못할 테다. 안심하고 담배를 태우며 굳이 귀를 쫑긋거릴 것 없이 옆엣노인들의 말을 한갓진 마음으로 들었다.

"여기 첨인가?"

"나?"

"응."

"더러 왔어. 자네는?"

"버스 타고 지나는 봤지만 막상 발걸음을 하지는 않았네. 보잘 게 있어야 오든 말든 하지."

"왜 보잘 게 없어. 온통 구경거리 천진데."

"볼 것도 많겠다. 저런 말총머리나 옥수수 수염 같은 노랑머리 보자고 와? 얼레. 이 녀석 머리는 벌써 단풍이 들었네. 오색 단풍이 한창여. 빨갛고 파랗고…… 저러다 서리 내릴까 무섭다."

"걱정도 팔자."

"막상 기집애들 머리는 삼단같이 긴데 어쩌자고 사내놈들이 저리 염색을 했을까."

"몰라서 묻나. 짐승을 보라고. 꿩도 닭도 수컷이 암컷보다 훨씬 잘생기고 멋있지. 그래야 암컷의 환심을 사지."

"별소리 다 듣네. 인간이 동물과 같은가."

"다를 건 또 뭐람."

역정을 낸 노인은 뚱뚱하고 인간을 동물에 비유한 노인은 빼빼 말랐다. 나이 요량이 그래서 좀 헷갈리는데 소불하 칠십은 넘었을 듯하다. 주고받는 말투로 미루어 흉허물 없이 지내는 사이일 성부른 짐작 또한 가능하다. 둘 다 잠바를 입었다. 하나는 군청색이고 하나는 회색이다.

"한데 이 사람이 왜 이리 안 와."

"때가 되면 오겠지."

"때가 되면 오다니 지금이 몇신데."

'뚱' 노인이 팔뚝시계를 쳐들고 말한다.

"……."

'빼' 노인이 잠자코 입만 다시자 '뚱' 노인이 재차 다그친다.

"틀림없이 약조했으렷다."

"내가 미쳤다고 헛소리를 혀? 우연히 만난 김에 강형과 가끔 어울려 이러고 저러고 한다고 했더니 지가 먼저 반색을 하더만. 아그 데부짱 이발쟁이? 하면서 자기도 꼭 끼워달라고 신신 당부하드라니까 그러네."

"뭐라? 이발쟁이? 데부짱?"

"화 내기는…… 깐에 반가워 그랬겠지. 오랜만에 고향 사람 소식을 듣고 불쑥 입에 담은 옛버릇이겠거니 여기면 그만일걸. 본인

없는 데서는 나더러도 안 그럴라."

"자전거포 갈비뼈라고?"

'뚱' 노인이 선수를 쳐 웃는다.

"그 정도면 괜찮게. 빵꾸쟁이니 성냥개비니……."

"하고 보면 우리 몸집은 예나 지금이나 그대로고만."

"누가 아니래."

알겠다. 한 사람은 이발소를 차리고 한 사람은 자전거포를 했던 눈치다. 더불어 산 고향이 어디인지 미처 겨냥이 감감한 대로 한 고장에서 인연을 트고 살았음에 틀림없다. 눈썰미 손재주로 익힌 소소한 기술 하나 믿고, 햇볕 환한 날이 있는가 하면 낙숫물 듣는 날도 있는 세상을 이웃지간에서 겪은 게 분명하다.

그건 그렇다 치자. 나로서는 매우 희한한 장면이었다. 둘이서 누군가를 기다리고 있다는 사실이 예사롭지 않다. 그래서 어쨌다기보다는 너무 비슷한 앞뒤 사정에 이것 봐라? 끌렸다. 두 연기자가 '고도'의 출현을 갈망하는 것을 보고 나오자 이번에는 두 노인네가 제삼의 인물을 고대하고 있다니. 여염의 내력으로 흔히 있음직한 우연의 일치에 불과하다면 그만이다. 더구나 전자는 해석의 여지를 한껏 넓힌 가상의 상징 조직인 데 비해 후자는 시정인들의 약속 따위와 관련된 자질구레한 일상의 복제에 지나지 않는다. 비교할 건더기가 못 된다는 지적을 고스란히 받아들일밖에 없다.

하지만 공교롭기는 공교롭다. 똑 떨어진 그림이다. 내가 이런 식으로 자꾸 가공의 세계와 눈앞의 현실에 의미를 부여하려고 나대는 것은 좀전의 연극 분위기에 계속 휘둘린 탓이다. 따라서 암전을 거듭하던 지하극장에서 지상으로 기어올라온 순간부터 길을 오가는 저녁나절 행인들이 모두 누군가를 기다린다는 자기 최면에 언뜻 빠졌다. 그렇게 넘겨짚던 참에 '이 사람이 왜 안 와' 소리마저 직접 귀동냥했으니 어쩌겠는가. 아전인수의 적중 사례에 혹해 옳거니! 쾌재를 불렀다.

아닌들 대수랴. 상관없거늘 다만 한 가지 분명히 해둘 것이 있다. 그러구러 목격한 상황에 대한 의심의 눈초리다. 그쯤 되면 말다 했다. 이야기를 지어내기 위해 일부러 꾸미거나 시킨 짓이 정녕코 아니다. 아다시피 나는 아무 짓도 안 했으며 귀신 아닌 노인들은 더구나다. 무엇이 아쉬워 난생 처음 대하는 남의 속을 그토록 정확하게 짚어 연기를 하겠는가. 가당찮다. 이처럼 기가 막힐 때는 조용히 입을 다무는 게 상책이다. 주절주절 이어지는 두 노인의 물 흐르듯 자연스런 말마디에 편승하노라면 그와 같은 억측이 어언간 풀리리라 믿는 게 수다.

"오늘 온다던 송가 별호는 땅딸보였지."

"그래도 완력은 셌어."

"대장간의 풀무질 쇠망치질로 단련된 몸 아니더라고."

"화덕에서 꺼낸 시뻘건 쇠를 모루에 올려놓고 쳐 늘일 때의 근육질 알통이 겁났지."

"덕택에 밑뿌리도 여간 아니었잖은가."

"보았나."

"보여줘야 보지."

"소문에는 혹이 달렸다고도 하고."

"일부러 만들었다고도 하고."

"어떻게 붙였을까."

"설마 태어날 적부터 달고 나오지는 않았겠지."

"고 말랑말랑한 대가리에 쇠를 씌울 수도 없는 노릇이고."

"오죽하면 마누라를 셋씩이나 갈았을라고."

"갈래서 갈았나. 견디다 못한 상대편에서 먼저 보따리들을 쌌지."

"도망가는 마누라가 있으면 쫓아오는 여자도 있고…… 결과적으로 여복이 많았지 뭔가. 남들은 하나도 건사하기 힘든 형편에."

"돈을 몽땅 벌어 임시 변통으로 거느린 화류계 여자들까지 합치면 셋이 뭐여. 반 다스를 실히 넘을걸."

"맞어. 난 놈은 난 놈여. 한데 돈은 어떻게 모았대."

"코쟁이 덕이지."

"옳아. 깡통을 줘모았다고 했지."

"깡통뿐인가. 처음엔 깡통을 펴서 산동네 지붕을 이는 장사를 하다가 나중에는 드럼통을 종잇장처럼 자르고 우그려 합승택시인가 뭐신가 만드는 공장에 납품했댜."

"아무리. 아무리 어수룩한 세상이기로 그게 그렇게 간단한 작업일라고."

"아무튼지 쇠붙이로 일어섰어. 급기야 서울로 진출해서 변두리에 고물상을 차리고, 땅값이 오르는 바람에 앉아서 돈을 긁어모으고……."

"지금은 사장?"

"어디가. 몇 군데 사업장을 아들 형제에게 맡기고 자기는 회장으로 물러앉었대. 소일 삼아 뒷전에서 훈수나 하나 봐."

"돈만 있으면 개도 멍첨지 행세를 한다고 했으니 험한 입도 많이 점잖아졌겠네."

"아닌 것 같애."

"여전혀?"

"나허고 기십 년 만에 만나 잠깐 차를 마시는 동안에도 이따금 상욕을 비치던데. 개좆이니 육갑 떤다니를 예사로 내뱉더라고. 하기야 모를 일이여. 내 자전거포 얘기를 들먹이다가 나온 소리니께 옛날 생각이 나서 부러 그랬는지도."

"나도 생각나누만. 그 친구의 험담. 송가가 우리 이발소에 나타났다 하면 여간 신경이 쓰이지 않았네. 이발소가 어딘가. 애 어른 할 것 없이 동네 사람들이 시도 때도 없이 수시로 드나드는 복덕방 같은 곳이잖여. 반드시 머리만 깎으러 오나. 일없이 들러 제 맘대로 거울 앞에 서서 빗질을 하지 않나, 짜배기로 면도를 하지 않나. 게다가 송가는 누가 있건 없건 쌍소리를 막 해대네. 머리 짜르러 온 단발머리 소녀 보기 민망하고, 점잖은 유지라든가 겨우 단골을 트기 시작한 새 손님 놓칠까 두려웠어."

"능히 그럴 위인이지."

"한번은 밀레의 만종 그림을 보고 뭐랬는 줄 알어?"

"미? 뭐?"

"밀레. 밀레도 몰라. 화가 이름이라고."

"에밀레 종소리는 들었어도……."

"잔말 말고 하여튼 들어봐."

"송가가 한 말……."

"그려. 그 그림을 쳐다보면서, 어라, 이 남녀는 예배당에서 할 기도를 논에서 하네. 하는가 하면, 벼이삭 줍는 그림을 보고는 아따 서양 촌것들 엉덩짝 한번 푸짐해서 좋다. 이러더라니까 글쎄."

"나도 보았어 그 그림들. 별로던데. 내 눈에는 그보다도 호숫가에 뾰족뾰족 늘어선 그림 같은 집들이 맘에 들더만."

"어차피 그림인데 그림 같은 집은 무슨……."

두 사람의 화제는 어느새 이발소 그림으로 바뀌었다. 자신들의 평생 직업으로 말머리를 돌린 것이다. 장면을 연극 무대에 대입하면 송 아무개를 궐석재판하듯 갖고 논 지금까지의 입담은 서막으로 제격인 폭이다. 나는 그러자 엉뚱한 걱정에 사로잡혔다. 내친김에 이야기를 좔좔 풀어갔으면 좋겠다는 바람이 우선 컸다. 다음 순간에는 또 두 노인이 운만 떼다 말고 이제라도 벌떡 일어서면 어쩌나 조바심했다. 일방적으로 점괘를 고르는 꼴이 괴이쩍을망정 나라고 맨입으로 소망 성취를 기원하지는 않았다. 필요하다면 무대를 딴 곳으로 옮겨 본격적으로 멍석을 깔 용의를 내심 부추겼다. 하자면 천연스럽게 둘 사이에 끼어들 기회를 노려야 한다. 진득하게 기다리면 무슨 수가 나리라는 낙관으로 흔연하게 계속 귀를 기울이었다.

"자네 이발소에는 네댓 마리 돼지새끼들이 고물고물 달라붙어 어미 젖을 빨아대는 그림도 있었지 아마."

"있었다마다. 그림 속에는 시도 한 수 적혀 있었는데 그게 어떻게 나간 줄 아나."

"뻔히 짐작하면서 묻기는. 내가 어찌 아누."

"행복의 근원은 화목이니라. 노력은 성공의 어머니이고, 수복다남은 우리의 최대 소망이다."

"좋은 말만 골라서 갖다 붙였고만. 그나저나 총기가 여간 아니네."

"하도 오래 걸어두다 보니 저절로 외우게 되었지. 시인 묵객들이라는 게 원래 그럴듯한 문구 늘어놓기를 즐기는 사람들 아닌가."

"어떤 이발소에서는 고무붓 같은 걸로 찍찍 그은 무지개빛 문자를 벽에 붙이기도 했지. 글씨도 아닌 것이 그림도 아닌 것이 묘하더라고."

"혁필화 말이고만. 가죽 혁자 혁필화."

"그게 그림인가. 나도 예전에 내 이름 석 자를 시장에서 써 받았는데 재미있다면 재미있고 괴상하다면 괴상하고…… 한동안 액자에 넣어 걸어두었다가 떼냈지."

"그림과 글씨를 반반씩 섞었는데 보매와는 달리 공력이 많이 드는 일이여. 양가죽이나 나무 뿌리를 썩혀 만든 붓에 갖가지 물감을 찍어 글자에 알맞는 그림을 그려넣어야 하거든."

"옳여. 학(鶴)자에는 학을 그려넣고 쇠금(金)에는 엽전을 곁들이데."

"그런 건 문제가 아녀. '소문만복래(笑門萬福來)'니 '가화만사성(家和萬事成)'쯤 되어봐. 얼마나 어렵겠나. 글자 뜻에 어울리는 그림을 즉석에서 척척 찍고 삐치기가."

"알고 보면 세상에 수월한 일이 어디 있겠는가. 그런데 요새는 통 볼 수가 없어. 통나무에 인두로 지진 그림들은 관광지에 쌨던데."

"미군부대 근방에 가보면 있을걸. 아참. 혹시 평화극장 간판을 그리던 촉새 생각나?"

"나고말고."

“한참 전에 그 친구를 만났어. 뭐 하냐고 했더니 기지촌에서 화방을 한다던가. 반갑다고 술 한잔 나누는 자리에서 미군들의 그림 주문 얘기가 의당 나왔지. 그중에 혁필화도 있다고 해서 좀 놀랐네. 임자가 따로 있었어. 우리는 버린 셈인데.”

“그 친구가 선전부장까지 겸한 덕에 극장 구경은 원없이 했네. 그렇다고 공짜는 아니었어. 똘마니를 시켜 시내에 극장 포스타 붙이러 댕기는 자전거를 내가 도맡아 고쳤거든. 돈 대신 표로 주는 걸 어떡해. 마달 수도 없어 꼬박꼬박 받았지만 손익 계산을 하기로 들면 내 손해가 더 컸을걸. 걸핏하면 빵꾸였으니까.”

“빵꾸 정도 때우는 거야 간단한데 뭐.”

“이러지 마. 다이아 속 야들야들한 쥬브를 벗겨내는 것도 고역이여. 그걸 대야 물에 돌려가며 담갔다가 뽀글뽀글 올라오는 공기로 구멍을 찾고, 뻬빠로 문지른 후 한참 만에 고무풀을 붙이는 품이 얼만데. 아무나 하는 노릇이여 그게?”

“고무풀 냄새 좋았지.”

“딴전 부리기는…… 괜찮았지…… 여하튼 땜질을 어찌나 자주 했던지 쥬브가 너덜너덜 미어질 지경이었어. 호크가 휘고 핸들이 틀어지고 스프링이 튀어나올 만큼 안장이 엉망인데도 구두쇠 강 사장인가 하는 극장 쥔은 새 걸로 개비할 염을 안 냈어.”

“그건 그렇고, 촉새 때문에 나 또한 욕도 보고 덕도 보았어. 그 작자 멋 부리는 것 유명했잖여. 표 몇 장 가지고 와서 비싼 포마드를 아낌없이 처바르지 않나, 구리무를 제것인 양 듬뿍 찍어 얼굴에 문질러대지 않나. 이발이 끝나면 또 정성들여 해준 보람도 없이 꼭꼭 까탈을 부리네. 가리마는 73형, 7과 3의 비율로 타는 게 보통인데 이 친구는 세상에 있지도 않은 46형을 고집혀. 뿐인가. 앞머리 카트 모양이 대중없이 기니 짧으니, 귀밑머리 면도선이 너무 올라갔느니 처졌느니 불평하지 않으면 직성이 안 풀리는 성미였다고. 차라리 올빽으로 넘기면 간단할 걸 가지고. 속이 있는 대로 상했지만 참았지. 나나 집사람이 구경을 원체 좋아한 까닭이 커. 그 돈이 그 돈이라는 자격지심에다 현찰을 내지 않고도 만판 자유롭게 극장 문을 드나드는 맛에 홀려 암말 않고 견뎠지."

"외상도 많고 공짜도 많고…… 어디서나 잘난 얼굴 들이대고 웬만하면 다음 장에 보자던 시절이었어."

"말이 나왔으니 하는 소린데 자네도 내 덕에 공이발 더러 했지."

"누가 할 소리. 자네 아들 세발 자전거는 누가 마련해주었는데."

"다 된 고물을 그럭저럭 뜯어맞춘 것 아닌가."

"제대로 굴러가기만 하면 됐지 헌 것 새 것이 어딨어."

"그건 그려."

"허허."

"허허."

"허고 보면 우리는 깜냥껏 배운 기술이라든가 뭐 그런 것들을 상호간에 빌리고 팔아먹으며 산 격이여."

"아무렴. 품앗이나 다름없었지."

"사진관 이 기사 생각나?"

"그럼. 푸라시를 잘못 펑 터뜨렸다가 하마터면 나한테 화상 입힐 뻔한 놈을 왜 몰라."

"그 녀석도 독사진 한번 찍어준 유세로 출장촬영용 자전거를 번번이 고쳐갔는데, 하루는 뜻밖에 덩치 큰 상용차를 끌고 왔지 뭔가."

"상용차라면."

"있잖여. 쌀장사나 술통 배달꾼들이 주로 타고 다니던, 짐받이가 보통 자전거 두 배도 넘게 실팍하고 넓적한 거. 아무튼 첫눈에 알겠더만. 칠성 양조장 것이었어. 구두방을 하는 이는 행인들의 신발만 눈여겨보고, 송방 쥔은 여자들의 옷치레에만 정신을 팔 듯, 나도 자전거를 두고 그짝 났었지. 더구나 좁은 바닥인걸. 뒷바퀴 덮개에 붙어 있어야 할 감찰 번호까지 뗀 것하며 매우 수상쩍더라 이 말인데……."

"그랬어. 그때는 자전거에도 번호판이 붙어 있었어."

"허나 대놓고 물어볼 수도 없잖은가. 생사람 잡는다고 펄쩍 뛰면 됩데 곤란할 것 같아 늘어진 체인인가, 뻑뻑 말을 안 듣는 기어인가를 손봐주고 말았지."

"녀석이 그날 밤으로 줄행랑을 놓았겠다?"

"아느만."

"이발소가 벌로 있나. 동네방네 소문이 다 들어오고 나가는 곳인데."

"저 혼자 밤봇짐을 쌌으면 얘깃거리도 안 되지. 짐받이에 결혼 날짜 잡아놓은 처녀를 버젓이 태우고 삼십육계를 쳐 시끄럽지 않았나."

"극장 촉새도 그렇고, 가시네들은 실속없이 덤벙대는 하이칼라 기술자들에게 사족을 못 썼거든."

"사진사는 특히. 카메라 들고 한번씩 박아주면 아저씨 아저씨 했으니께."

"그렇다고 밉상이 곱상되는 것도 아닌데."

"두말하면 잔소리. 바람기 탓으로 돌려야지. 한데 그 처자가 어떤 처잔지 모르지?"

"……."

"청초하기 이를 데 없는 규수였다네. 그래서 더욱 떠들썩했지."

"어쩐지 자기도 마음에 두었었다는 말투여."

"에끼 순."

"말끝에 한숨을 쉬니까 그렇지."

"내가?"

"아니라고?"

"별 애먼 소리 다 듣네."

"어때. 기왕에 흘러간 염산데."

"시끄러…… 수를 아주 잘 놓았다네."

"수라니. 자수?"

"응."

"그만 때 처녀치고 누구는 수틀 안 끼고 살았을까."

"솜씨 나름이지. 유별났대."

"보았나."

"아니."

"그런데 본 것처럼. 아무래도 수상하고만."

"수상하다니 뭐가."

"암만해도 미련이 남는 눈치다 이거지. 아무 일 없었으면 자꾸 왜 싸고돌아."

"나라고 귀가 없을까. 오늘사 말고 내 말에 어깃장 놓는 자네가 오히려 이상하네. 안 오는 송가 때문에 비위가 상했나."

"아니라고는 못하겠지만 그 건은 이미 염두에 없으니 꺼낸 이야기나 마자 끝내더라고."

"이실직고하건대 처자 얼굴도 조금은 눈에 익어. 집이 내 점포에서 그리 멀지 않은 까닭에 지나다니는 모습을 이따금 보았거든."

"이뻤겠지. 그래야 말이 되니까."

"아무렴. 그냥 예쁘다기보다는 박꽃처럼 하얗고 깨끗했어."

"팥비누로 열심히 세수를 했던 모양이네. 여린 박속을 달챙이 숟가락으로 파서 참기름 한 방울 치고 깨소금에 버무려 먹으면 별미지."

"사람허고는……."

"수 잘 놓기로는 죽은 내 여동생도 남에게 빠지지 않았어."

"자네 매씨도 그만하면 고왔지. 출가 이태 만이던가. 폐병으로 졸지에 세상을 뜬 게."

"햇수는 따져 무얼 하나. 타고난 복이 그뿐인걸."

"매제 박 서방 역시 괜찮은 사람이었는데."

남의 불에 게 잡는 푼수로 노인들의 쓸쓸한 회상이 내 가슴에도 부걱부걱 괴어올랐다. 일찍 간 누님을 덩달아 떠올린 탓이다. 가는귀를 먹은 누님 또한 사시사철 베갯모니 수저첩이니 상보 따위 수를 놓는 일로 불어터진 시간들을 꺼나갔다. 빌려온 수본(繡本)을 정성스레 베끼고 그걸 다시 헝겊에 옮겼다. 그런 평화가 나는 때때로 어지빠르고 권태로워 마음에 없는 훼방을 놓기 쉬웠다. 널려 있는 푼사 꼰사류 색실을 집어던지든가 꼼꼼히 복사한 얇디얇은 미농지를 구기는 등 헤살을 부렸다. 누님은 눈을 희번덕거리며 무섭게 화를 냈다. 귀가 잘 들리지 않는 만큼 동작이 뜨고, 움직임이 굼뜬 만큼 모호한 웃음기부터 머금던 표정이 일시에 험악해지게 마련이었다. '썩을 놈' 욕을 했거늘, 자기 입에서 그처럼 험한 욕이 나왔다는 사실에 깜짝 놀라 금세 울상을 짓는 낯빛이 차라리 감당하기 힘들었다. 냉큼 달라들어 귀싸대기를 올려붙인달지 허벅지를 비틀어 꼬집었다면 분노와는 담을 싼 반편이의 감정 폭발로 내 속이 외려 후련하고 죄책감을 탕감받을 수도 있으련만 아니었다. 제 방귀에 놀란 것마냥 거꾸로 스스럼을 타는 눈빛이 애잔하고 싫었다.

어린 내 눈어림에도 수를 잘 놓는 것 같지는 않았다. 수뿐인가. 누님은 하필 손끝 여문 바느질로 알아주는 어머니의 딸로 태어난 불운마저 겹쳐 노상 구박에 시달렸다. 옷고름 하나 제대로 매지 못한다고 퉁 먹었다. 저고리 섶이나 소맷부리를 미리 시침질해서 몇 번씩 일러주건만 항상 어긋났다. 네 쪽 천을 꿰매 맞추다가 솜을 두어 한쪽씩 뒤집는 버선은 하물며였다. 내 속에서 나온 년이 이렇게도 바보 천치일 줄이야. 땅을 치는 어머니의 장탄식도 무리는 아니었다.

그렇던 누님을 어찌어찌 치운 건 다행이었으나 결혼 후 한 해를 못 넘기고 시시한 장질부사를 앓다가 죽었다. 베갯모 양켠을 그들먹하게 메웠던 목숨 수(壽) 복 복(福)자의 어느 한쪽도 제대로 채우지 못하고, 아니 반의 반도 누리지 못한 채 세상을 하직하고 말았다. 글자 놓기를 거의 끝낸 다음 금사 은사로 마지막 선을 두르며 흡족하게 웃던, 요즘 말로 형용하면 '천사표'가 따로 없는 웃음을 어찌 잊으랴. 제 명에 못 사는 청춘이 그리도 많던 시절의, 아

그 미소.

시집가기 전에 완성한 무궁화 수 생각을 하면 한층 안타깝다. 해방의 종소리가 울려퍼진 지 얼마 안 된 때였는데 누님은 어느 날 무궁화로 조선지도를 한 땀 한 땀 떠나갔다. 화조 산수에 십장생 일색이던 그 동안의 내력과 사뭇 다른 구도였다. 느닷없는 착상이 그녀의 머리에서 나왔을 리 만무다. 깜냥대로 오면 가면 알고 지낸 동네 처녀들에게 배운 것을 본떴음에 틀림없다. 사정이 그럴지언정 새로운 맛이 있었다. 흐벅지게 핀 여덟 송이 무궁화는 조선 팔도를 상징하려니와, 삼천리 금수강산에 만발한 무궁화꽃의 이미지가 퍽이나 시의적절하여 유년의 가슴에 잔잔한 감동을 일으켰다.

내 또래 아이들이 밤낮으로 작당하여 〈조선의 노래〉라는 창가를 합창하고 다닐 무렵이다.

'백두산 뻗어나려 반도 삼천리. 무궁화 이 동산에 역사 반만 년. 대대로 예 사는 우리 이천만. 빛나도다 그 이름 조선이로세.'

나중에 안 일이지만 이 노래는 1931년 동아일보에서 모집한 신춘문예 창가부 응모 작품의 변형이었다. 당선작으로 마땅한 것이 없었기 때문에 고선(考選)위원인 이은상으로 하여금 여러 후보작품 가운데 좋은 구절을 뽑아 재구성케 해서 '익명생'으로 발표했다. 일 년 후 현제명에게 작곡을 위촉 국민가처럼 불렀다. 전쟁 말기에는 물론 금지당했으며 가사는 모두 3절이다.

앞서거니 뒤서거니 나와 부른 노래로 박태원 작사 김성태 작곡의 〈독립행진곡〉을 들 수 있다.

'어둡고 괴로워라 밤이 길더니. 삼천리 이 강산에 먼동이 튼다. 동무야 자리 차고 일어나거라. 산 넘어 바다 건너 태평양 넘어. 아

아 자유의 자유의 종이 울린다.'

해방의 기쁨이 그토록 요란하게 방방곡곡에 메아리 칠 때였으므로 누님이 놓는 수에 무궁화가 활짝 피었대서 이상할 것 없다. 하지만 대번에 눈에 띄는 허연 공백지대가 무엇을 의미하는지 가늠하기 어려웠다. 비워둔 부분이 지도의 복판을 차지한 서울 인천 지방에 걸쳐 있어 더더욱 궁금했다. 팔도강산에 하나씩 배치한 것보다 훨씬 큰 무궁화를 수도 서울 몫으로 앉혀도 시원찮은데 희디흰 공간으로 처리하다니? 여기는 왜 백판이냐고 묻지 않을 수 없었다. 누님은 얼른 대답을 못 했다. 얼굴을 붉히며 여기에는, 여기에는…… 소리를 되뇌다가 '사진' 한마디를 가까스로 흘리고는 도망치듯 자리를 피했다.

암시랍시고 떨구고 간 '사진' 만으로는 좀체 정답이 나오지 않았다. 그렇다고 오래 신경 쓸 일도 아니어서 곧 잊었는데, 엉겁결에 떠안은 수수께끼는 며칠 후 친구네 집 마루에서 의외로 쉽게 풀렸다. 대청 벽에 걸린 그 댁 새 며느리, 그러니까 친구의 앳된 형수씨가 가져온 무궁화 지도 중앙에 신랑 신부 사진이 떡 박혀 있었던 거다. 행복하게 웃고 있었다.

그제서야 아하 깨달았다. 혼기에 접어든 처녀들 사이에 소리 소문 없이 번진 하나의 유행임을 어림짐작하자 비웃음에 앞선 연민으로 마음이 짠했다. 필경 상처한 중년의 후처로 들어가 이내 죽을 라면서 조선 팔도 중심에 더불어 들앉을 누군가를 꿈꾼 셈이다. 그나마 막판엔 쫓겨나다시피 보따리를 싸들고 돌아온 집에서 망가진 몸을 기신기신 추슬렀다. 뒤안 쪽마루에 앉아 빈 하늘과 자신의 서답 빨래로 가득 찬 연둣빛 사기요강을 번갈아 쳐다보는 멍한 시선이 불쌍하고, 요강 밖으로 흘러넘친 검붉은 오물에 욕지기가 났다. 동정과 혐오가 하루에도 몇 번, 소년의 일상을 줴흔들었다.

비단 누님의 경우가 아니라도 사람들은 흔히 자신의 행복찾기 소망을 벽에 건 그림에 붙박이로 표시하고 있었다. 아깟번에 등장한 이발소 그림이 더 좀 대표적이다. 동네 손님 하나가 밀레의 액자 속 풍경들을 보고 헐거운 객담을 내깔겼다 하더라도 그의 진심은 아니었을 터이다. 웃자고 한 짓일 뿐, 막연히 평안을 상상하기는 했을 터이다. 어차피 남의 것을 모사한 싸구려 그림일망정 갈매기가 한가로이 나는 항구며 눈 덮인 초가마을 풍경이 주는 분위기의 연장선상에서 바라보는 복된 평화 지키기 표현물이 각양각색으로 많았다. 그 이전에 활달했던 민화는 어떤가. 호랑이를 그리되 용맹을 비틀어 온화하고 익살스럽게 변형시켰다. 그 밖의 날짐승 길짐승에도 일일이 표정을 담아 친화감에 넘치는 모양새로 꾸몄다. 함께 사는 동물의 의인화가 그때 이미 허물없이 가능했다.

두 노인은 지금 그 속에서 보낸 날들의 행·불행을 액자 밖으로 끌어내어 이약 이약 하고 있다. 자기들이 배기고 살아낸 이발소와 자전거포 중심의 삶도 필시 어떤 틀 안에 구획 지어진 체험에 지나지 않는다고 의식할까 보냐. 아무 생각 없이 입에서 나오는 대로 그냥저냥 주워섬길 따름이겠지만, 하늘 아래 다른 곳에도 이와 같은 형식의 담합(談合)이 또 속절없이 있으리라는 가정이 일단 푸근하다.

싸잡아 그들로 뭉뚱그렸을 때의 그이들이, 하지만 생기는 것 없이 괜히 한 시절의 오만 가지 문물을 입초에 올린다고 여기면 오산이다. 그런 위안이 없다. 잔상(殘像)을 확대 재생산하여 짝사랑

수준의 러브레터를 낱낱으로 띄우는 것도 나쁘지 않지만 여럿이 연서해서 띄우면 그 이상 남는 장사도 드물다. 추억의 범위가 대부분 코흘리개 시대 안팎에 한정되어 편지 문면은 늘, 그리고 한결같이 새콤달콤하다. 아무도 첨삭을 음모하지 않는다. 피차간에 쪼아먹은 한 살이 기간을 따로 떼어 말의 방아를 찧는 자리이기 때문이다. 자치동갑은 물론 다섯 살 터울로 허교할 즈음이면, 사는 것이 번듯하여 넘고 처지는 사람이나 노다지 궁상이 닥지닥지 끼어 생활 전반에 마른버짐이 퍼진 사람을 막론하고 한통속으로 기쁘다. 더더구나 스틸 화면으로 정지시킨 동안이 동안 아닌가. 소년은 알차게 여문 불알에, 소녀는 봉긋한 가슴 가득 희망을 키우던 역동의 계절이다. 성공한 자는 둘째치고, 없는 자는 그때 품었던 당찬 꿈의 일부라도 빌려 오늘을 버티기로 늦은 작심을 굳힐 수 있다. 희망은 앞에만 있는 게 아니라 뒤에도 있다는 역설의 현장이 따라서 도처에 어찌 없을라구.

"며칠 전 신문에 난 뉴스 보았나. 기도 안 차드만."

"덮어놓고 보았냐면 단가. 싱겁기는."

"앞으로는 체인이 없는 자전거가 나온다네."

"그래서."

"말도 말어. 자전거 수리의 반은 체인 고장이었다네. 걸핏하면 풀리고 어긋나고…… 그 때문에 시꺼먼 기름이 손에서 지워질 날 없었어. 한데 뒷바퀴에 유압기어를 설치하면 그만이라지 뭔가. 오르막을 손쉽게 오르기 위해 변속기어를 단 것도 신통하다 했더니 이번에는 체인을 없앤대."

"간편해서 좀 좋아. 장차는 자전거 타고 고속도로도 달리겠다."

"누가 나쁘댔나. 그 정도로 세상 살기가 편해졌다, 이 말이지."

"그러는 자네는 실지로 살기가 편해? 편하냐고."

"이 사람이 갈수록. 못 먹을 것 먹고 왔나 왜 자꾸 시비조여."

"……미안허이…… 어저께, 바로 어저께 은행에 안 갔더라고."

"은행 출입을 할 정도만 되어도 괜찮지. 신세가 많이 폈네그랴."

"모르는 소리 작작 혀. 늦둥이 민수놈 등록금 융잔가 하는 것 신청하러 갔다면 속이 시원한가."

"갸 아직도 졸업 못 했나."

"군대다 휴학이다, 갸도 중도 신산이 많았어. 겨우 졸업반에 턱걸이를 했는데 이번 등록이 마지막이래."

"보러 간 일은 성사를 허고."

"음."

"잘 했네."

"연때가 맞았어."

"어떤 연때."

"상수리골 묘지기 알지."

"베란간 상수리골은 또. 예전의 우리 계로 이야기가 다시 내려가는 폭인가."

"올라가면 어떻고 내려가면 어떠…… 주제에 읍내 출입 때는 꼭 흰 두루마기에 자전거를 타고 다니던 이 아무개."

"갓까지 썼던 이달궁, 너무 잘 알지. 황차 내 단골이었는데. 내 말 안 듣다 황천행을 했지."

"그랬나."

"몰라?"

"몰라. 자전거 사고로 죽었다는 소문이야 나도 들어 알지만 자네와의 사이에 있었던 자초지종은 듣느니 처음여."

"장날이었어. 풀린 체인을 고쳐달라고 자전거를 끌고 왔더만. 술잔깨나 걸치고 어디선가 이미 일차 사고를 낸 자전거는 체인말고도 손볼 데가 둬 군데 있더라고. 대충 고치고 나서 허리에 동여맨 두루마기 자락을 여며주면서 말렸지. 서산에 곧 해도 지려니와 술기운에 자전거를 몰면 위험하다고 타일렀는데도 안 듣네. 동네까지 십리허가 될랑말랑한 길이니 자전거는 내게 맡겨두고 초승달을 벗삼아 만고강산이나 읊으면서 돌아가라고 일렀는데도 막무가내. 하루 이틀 탄 자전거냐면서 큰소리 탕탕 치다가……."

"장을 보러 나왔으면 짐도 있었겠는데."

"물론. 자세한 기억은 없지만 꾸덕꾸덕 마른 가오리에 고무신에 공책 등속의 잡다한 물건들이 짐받이에 묶여 있었어. 맞다. 밀가루 봉지 생각이 나. 그게 터져 뒷바퀴가 허옜거든."

"북북 우기다가 변을 당했고만."

"당했지. 싸리재를 오를 때는 타다 끌다 했겠지. 고개를 넘자 안심하고 기분 좋게 내려가다 낙동강 오리알처럼 골짝에 처박혔대."

"산중 고갯마루에서 낙동강은 왜 나와."

"가령 그렇다는 말도 못 하나."

"간 사람은 간 사람이지만 복이 없기로는 자네도 마찬가지여."

"어째서."

"생명의 은인이 될 기회를 놓쳤으니께."

"쓸데없는 소리."

"싸리재가 별로 높지는 않아도 주변 경치가 아름다웠어."

"고개 너머 방죽으로 원족을 가지 않았는가."

"싸리재 옆으로 솟은 방장산으로는 겨울철에 토끼몰이를 가고."

"번번이 허탕치다가 오학년 땐가 겨우 한 마리 잡았지."

"어떻게 처분했더라."

"몰라?"

"몰라."

"교감이랑 몇이서 그날 저녁으로 당장 볶아먹었다고 않던가. 선생님들이 자주 드나들던 목로집 화춘옥에서."

"체. 어린것들이 눈바람 속에서 애써 잡은 것을 어찌 자기네만 먹었을꼬."

"그걸 누구 입에 붙이겠나."

"그것도 맞는 말여."

"훗날에 가서야 알았는데 싸리재가 우리 고장에만 있는 건 아니데. 여기저기 쌔부러."

"쌨다마다."

"옛날에는 산적이 무서워 대낮에도 떼를 지어 다녔다지."

"그런 전설까지 고장마다 비슷혀."

"세월아 네월아 흥뚱항뚱 가는 길에는 사연도 많고."

"사람의 길이니께."

"마누라를 맨 처음 만나 수작부린 게 싸리재 밑 방죽이었다는 말 내가 했던가."

"아니."

"제법 연애 비스름하게 나갔지."

"거기까지 꿰차고 간 재주가 메주네."

"자전거의 축지법이 뭔데."

"그러고도 사진관 조수를 나무래다니."

"참말로 남의 말 함부로 할 것 아니데. 하다가 나 역시 큰일 날 뻔했으니께."

"한두 번 끌고 나간 게 아닌갑네."

"큰물 진 뒤라 길이 여간 울퉁불퉁하지 않았는데 남자 체면에 물러설 수는 없잖여. 앞에 타고 뒤에 싣고 둘이서 호기 있게 싸리재를 거진 다 내려오다가 꽈당 돌뿌리를 들이받고 옆댕이 비탈로 나가떨어졌지 뭔가. 가속이 붙어 충격이 더 컸던 건 말할 나위 없으나 다행히……."

"싸리재가 여러 사람 잡았고만. 비 온 뒤에 땅 굳는다고 그런 사건을 겪은 다음엔 사이가 더욱 가까워졌을 테고."

"아네, 알어."

"사정은 완전히 다르되 까딱했으면 나도 콩밥 먹을 뻔한 얘기 했던가."

"아니."

"사람의 털이라는 게 무척 각각이여. 거죽으로 드러난 털은 사실상 죽은 것인데 나는 방향은 일정해. 면도질도 같은 방향으로 해야지 거꾸로 밀면 피부가 상하기 쉽다네."

"그것 하나는 여자가 좋겠어. 깎을 수염이 없으니께. 어렸을 적에 본 우리 어머니는 밀기름 먹인 실을 이마에 대고 솜털을 싹싹 문질러버리더만. 발본색원이 따로 없었어."

"문자 쓰지 말고 들어."

"그래. 계속혀. 접었다 폈다 하는 면도날만 보면 지금도 무시무시하더라."

"해서 한 번 쓰고 버리는 질레트가 생겼겠지."

"궁금한 게 있네."

"남의 말 중간에 막는 데는 뭐 있고만."

"미운 놈이 사지를 죽 늘어뜨리고 이발의자에 누워 있으면 가죽띠에 싹싹 문지른 면도칼로 목을 쓰윽!"

"이 사람 사람 잡을 소리 하네."

"이 사람아. 사람이 뭣이여. 감정의 동물 아닌가…… 구미호가 나그네를 재워놓고 숫돌에 식칼을 가는 장면이 생각나. 그런 때는."

"내 참. 쓰윽 그어버리고 싶다고 할까. 아니라고 할까. 너무 섬짓해서도 대답을 못 하겠고, 내가 막 할려던 얘기도 아닌게 아니라 면도와 관련된 실수라는 것만 말해둠세."

"뚱뚱할수록 신경이 무르다더만 자네는 반대여. 너무 화를 잘 내."

"상대는 아이였네. 계집애였어. 의자에 판대기를 걸치고 단발머리를 대강 자른 후 동그랗게 판 목덜미를 면도로 다듬는 판인데 애가 앞으로 푹 숙였던 고개를 번쩍 쳐들었겠다. 면도날이 살에 쑥 박힐밖에."

"저런. 조금만 더 들어갔으면 보리밥은 먹었겠네."

"보리밥이라니."

"형무소 전중이는 콩밥 먹고 그만 못한 유치장 죄수는 깡보리밥 먹던 때 아닌가."

"깐죽깐죽 입도 질다…… 여하튼 비명을 질러대고 피가 흐르고 그런 난리가 없었어. 애답지 않게 어린 것이 그 사이 까빡 졸았나 봐."

"치료비를 물어주었겠고."

"치료비가 문젠가. 흉이 져서 완피스도 못 입고 혼사길 막히면 어쩌나 싶은 걱정부터 앞서더라고. 상처가 그다지 깊지 않아 언뜻 보면 분간 못 할 정도로 끝났으니 망정이지."

"부모는 그래도 길길이 뛸걸."

"말해 무엇해. 걔 아버지가 누군고 하니 지물포 박씨였어."

"상인치고는 용해빠진 친구."

"그 덕도 보았다면 보았지. 어떻든 걔가 시집 갔다는 소식을 들을 때까지 마음이 편치 않았네."

"그 동안에 의술이 발달하여 흉터도 가뭇없이 지웠겠지 뭐."

"헌데 가만있자. 내가 애초에 꺼낸 은행 얘기가 그야말로 가뭇없이 사라진 것 같혀."

"그러네. 묘지기 이달궁이 등장하다 말았지."

"난데없이 자네가 싸리재를 들고 나오는 바람에 빗나갔어."

"미안 미안."

"폐일언하고 그날 찾아간 은행 대리가 바로 이달궁의 아들이었다네."

"일이 되느라고. 전부터 알았나."

"알기는. 그쪽에서 먼저 이자 달자 궁자 아들이라고 인사를 닦길래 그러냐고 반색을 했지."

"거창하게 나왔고만. 어쨌거나 운이 좋았네."

"이자 받고 빌려주는 돈이기는 해도 우선 반갑고 고마웠지. 하지만……."

"하지만?"

"내 처지가 왠지 초라한 느낌이었어."

"보러 간 일만 잘 끝내놓고 무슨 딴 소리여."

"이유를 딱 짚어 말하기는 어려워도……."

"그 심사 알 듯도 하고 모를 듯도 하고."

노인네들의 하나같이 그만그만한 이웃 회상은 한이 없어 보였다. 이러다간 고향에서 서로 얼굴을 맞대고 산 면면을 생사간에 모조리 입설에 올려 실컷 지지고 볶을 기미였다. 둘만 아는 이름을 별명과 함께 기호처럼 띄워 노닥거리는 와중에 말꼬리 이어가기식 어투까지 섞어 하냥 즐겼다. 그것은 해방공간의 아이들에게서 흔히 볼 수 있었던 동요와 결합된 놀이의 한 형식을 연상시켰다. 여자애들이 줄넘기를 하면서 일쑤 불렀다. '원숭이 똥구멍은 빨개. 빨가면 사과. 사과는 맛있어' 로 시작하여, '비행기는 높아. 높으면 백두산' 을 조잘대다가 갑작스레 음색을 가다듬고 템포를 늦춰 '백두산 뻗어내려 반도 삼천리' 를 자못 능청스럽게 불렀다.

"이 작자 오늘 안으로 오기는 글렀네. 슬슬 일어서?"

"글쎄. 한 십 분만 더 기다리지."

두 사람이 지친 엉덩이를 들썩이는 동안 나는 또 이왕 먹은 마음을 재확인했다. 기다려도 오지 않는 '고도' 대신 내가 저녁 대접을 청하고 나서면 어떨까 싶었던 요량 말이다. 허가 없이 정담을 엿들은 대가를 치를 겸, 나도 한마디조 발언권을 얻어 미진한 과거사를 진탕만탕 더 늘일 겸 제의하려고 했으나 참견할 계제를 좀처럼 찾기 힘들었다. 거절당했을 때의 무안함 못지않게, 뜨악한 외래인의 개입으로 초래하기 쉬운 분위기 파괴에 미리 겁을 먹었다.

바른 대로 말하면 이들의 눅진 옛날 타령이 썩 탐탁하지만은 않다. 과거의 어느 한때를 빤한 관점에서 뻔한 화법으로 재탕 삼탕 우리고 부풀려 미화하는 과정에서 변하거나 남는 건 별로 없다. 오늘을 중심으로 한 인생살이의 연속성을 무시하고 과거에만 집착하여 과장되게 호들갑을 떨수록 뒷맛이 오히려 허전하고 쓰다. '말없는 청산이요 태없는 유수로다' 읊은 자연이 온전하기는 한가. 생활의 '실제상황'과는 먼, 스쳐 지나가는 풍경 이상도 이하도 아니다. 곧 여름이다. 자연을 찢어 '택배'하듯 어쩌자고 아파트촌까지 침투한 매미들의 극성맞은 합창에 밤잠 설칠 싸가지 도시인들에겐 더구나, 개발의 대상이자 자본재의 습복(慴伏)에 불과하다. '가든'에서 갈비 뜯고, '러브'로 호텔을 삼는, 언제라도 이용이 가능한 초록빛 공지일 따름이다.

그러나…… 그러나 내 옆의 '뚱' 노인이라든가 '빼' 노인은 자신들의 태를 묻은 그때 그곳과 사람들을 지지리 떠나지 못한다. 희망의 여축(餘蓄)은 고사하고 애초에 그딴 말들이 지닌 의미에 범연하고 분간하기조차 싫어했던 사람은, 불확실한 미래보다 확실한 과거에서 사는 뜻을 챙기려 든다. 육십갑자를 꼽아 연대를 헤아리고, 부모와 삼촌과 이모와 고모, 또는 친구의 죽은 해를 십이지로 기억하는 대범함으로 여유작작하다.

흘러간 물로 물방아를 돌리는 격이라고? 그런들 상관 있나. 아주 빠지면 곤란하지만 시간여행에 재미 들이면 엔간한 딴지쯤 시쁘게 대할 수 있다. 거기서 돈이나 밥이 나오는 건 아니로되 세상을 견디는 힘과 폭폭한 삶의 디딤돌 구실을 너끈히 한다. 저립(佇立)

을 용서하지 않는 질주에 기겁해서 한옆으로 밀린 이들의 쉬어가는 시간으로 불가피하다.

아니 노적가리를 풀어헤치듯 지난날들의 이야기 보따리를 조곤조곤 파먹는 자리가 무엇보다 흥겹다. 사람이 자연이고 자연이 사람인 위로의 마당으로 친다. 두고두고 우려먹어도 물리지 않는다. 다른 건 모를까 나는 이 대목이 좋다. 그래서 노인네들과 얼추 헤어질 시간이 가까워진 것을 아쉬워한다.

"낼 모레 여는 동창회 통지 받았지?"

"나이가 몇인데 초등학교 동창회라니. 갈까말까혀. 지난번에 나갔더니 돈푼깨나 번 놈들은 하나도 안 보이데. 우리같이 못난 놈들만 모였더라고."

"잘난 놈들은 얼마 전부터 저희끼리 따로 모여. 소식이 깡통이고만."

"뭣여! 상원 하원으로 분리된 셈이네."

"그런 격이지. 오늘 만나기로 한 송이 그쪽 대장이라네."

"에이 더럽다. 진작에 말할 일이지. 그런 줄도 모르고 등신같이 기다렸잖여. 가세!"

'뚱' 노인이 거칠게 일어서자 '빼' 노인이 마지못해 벤치에서 몸을 일으켰다.

그때였다. 말쑥하게 차린 청년이 주춤주춤 다가와 물었다.

"죄송합니다. 혹시 어르신네들 존함이 강자 공자……."

"그런데요."

'빼' 노인이 얼른 대꾸했다.

"회장님 분부로 두 분을 모시러 왔습니다."

"회장님은 어디 계시고."

"네. 음식점에서 기다리십니다. 딴 초대 손님들 때문에 빠져나올 수가 없으셔서요."

"하면? 우리더러 곁불이나 쬐러 오라 이거여 시방? 거기가 상원인가."

"네?"

버럭 지른 소리에 놀란 청년을 무시하고 '뚱' 노인은 행길 쪽을 향해 큰 걸음을 뚜벅뚜벅 내딛었다. '빼' 노인이 도리 없다는 듯 좇아갔다.

대충 감을 잡은 나는 가슴이 아팠다. 짐작을 못 한 바 아니었으나 기껏해야 술 한잔에 기대를 걸고 '고도'를 기다린 사연이 무척 딱했다. 한편 흡족했다. 곧 죽어도 곁불은 안 쬐겠다는 오기가 믿음직스러웠다. 그렇다면 내가 드디어 나설 차례다. 누가 시키지도 않은 짓을 자청하는 쑥스러움을 무릅쓰고 계획을 밀고 나가기로 재삼 마음을 다졌다. 성공과 실패는 오늘의 운수 소관이나 일진에 맡기기로 하고, 생각 탓인지 꽤나 처연해 뵈는 두 노인의 뒤를 졸졸 밟았다. 술 한잔 받아주기 위해 남의 뒤를 부지런히 좇기도 내 평생 처음이다.

아주 느린 시간

그냥 이렇게 있다는 확신이 나는 좋아. 사는 것이 어차피 별거더냐 생각하면 편하고, 거기서 꾸역꾸역 고개를 쳐드는 용기를 확인하는 순간이 더 좋아. 매사를 뒤집어 보는 용기. 그게 진짜라고.

인위적으로 급히 쌓아올린 신흥도시답지 않게 당산에는 노인이 많다. 더구나 시골티 질질 흐르는 도시명 때문에 방방곡곡 어디에나 흔한 동네 근처 당산과 혼동하거나 그 이미지를 대뜸 떠올리는 외지인마저 있다. 마을마다 널브러진 앞동산 뒷동산 등속의 산이나 언덕을 일컫는 말과 음이 같아 그럴 법도 한데, 실상과는 아무튼 거리가 멀다. 일단 와보시면 안다. 도시 생성의 역사가 짧아 어지간한 풍물이 반듯하고 새롭다. 남북으로 띠처럼 길게 뻗은 아파트숲이 아직 쌩쌩하여 당분간 하자 보수 따위를 염두에 두지 않아도 될 만큼 깨끗하다. 길은 길대로 시원스레 뚫려 가슴이 탁 트인다.

그런 분위기와 보조를 같이 한달까, 눈에 띄게 많은 노년층 또한 시골 당산을 어정거리던 예전의 노인네와 사뭇 다르다. 촘촘히 들어찬 건물더미들의 석회분 냄새를 하마 맡을 수 있을 정도로 잘

짜인 새내기 도시의 인상을 반영하듯 자못 신경을 쓴 매무시가 우선 단정하다. 어떻게 단정한고 하니 한눈에 척 들어오는 유명 브랜드 차림으로 가지런하다. 아래위를 같은 색으로 쪽 갖추기보다는 서로 다른 콤비네이션으로 젊은 티를 풍기는 노신사가 적지 않다. 아니거든 랄프로렌 와이셔츠를 받쳐입는달지 캘빈클라인 팬티로 몸의 펀더멘털 구조를 굳히기 쉽다. 세리느 치마에 루이뷔통 핸드백을 든 여자 노인네 또한 심심찮게 목격할 수 있다. 입성의 어느 한 부분만이라도 세련되게 다듬으려는 기색이 역력하다.

당산시는 따라서 부티에 넘친다고 지레짐작할까 두렵다. 결코 그렇지 않다. 한 도시의 인상을 특징짓는 예를 챙기다가 손쉽게 발견한 풍경 하나를 좀 과장되게 인용했을 뿐, 서울 주변에 무수한 위성도시 이상도 이하도 아니다. 속내를 파고들면 외화내빈에 그칠 공산이 클지 모른다. 하여 무슨 말 끝에 꼭 보태야 후환이 없는 '일부'를 전제하고 이야기를 풀어나가야겠다.

다 알다시피 웬만한 신도시는 어차피 모든 것이 젊고 풋풋하다. 사람은 물론 집도 상가도 나무도 꽃도, 새잡이로 들어오고 짓고 옮겨 심은 것들이다. 당산은 더하다. 본래의 야산이나 땅이야 어디 가랴만 공원으로 꾸미고 콘크리트로 다진 것들 가운데 도무지 헌 것을 찾아보기 힘든 평지 돌출의 새 천지를 열었다. 그 속에 찡겨 사는 늙은이들이라고 굽은 나무 선산을 지키는 푼수로 처음부터 변모의 역사를 지켜보았으랴. 천만에. 바이오리듬 유지에 어울리는 곳으로 여겨 뒤늦게 끼어들었다가 자신들의 의사와는 상관없이 당산을 수식하는 특이한 집단 구실을 하게 되었다. 한갓진 노인공화국까지는 못 된다 하더라도 여생을 보내기 알맞은 노거(老居)의

땅으로 이제는 바깥 지역에까지 소문이 퍼져간다.

그럴망정 도시의 주인은 어디까지나 한참 일할 나이인 청장년층과 그들의 어린 소생이다. 경력이 붙고 물이 오른 직능을 팔고 사기 위해 젊은 가장은 모두 눈코뜰새 없다. 새벽같이 집을 나섰다가 저녁때나 밤늦게 돌아오는 까닭에 주중의 한낮은 썰물 빠진 해변의 느낌으로 마냥 한산하다. 그때부터 바깥 노인들의 느린 시간이 도시의 무료를 메우기 시작한다. 방에 갇혀 있지 않고 열에 아홉은 출타를 서두른다. 잘 가꾼 공원을 산책하기도 하지만 그 무렵이면 승객이 가물에 콩 나듯 뜨음한 지하철역으로 향하기 일쑤다. 적자투성이 전동차의 텅 빈 우단 의자에 공손님으로 실려가기 미안한 노릇이로되 운신이 만판 자유로워 마음껏 다리를 뻗는다. 나이가 얼추 비슷해 뵈는 자기 또래와는 혹 유유상종의 누추함으로 비칠까 무서워서도 서로 옆자리에 좌정하기를 피한 채 눈길이 마주치지 않도록 조심한다. 아예 감아버리든가, 자리에 앉자마자 의좋게 담소하는 대각선 저쪽 안노인들의 입매를 물끄러미 지켜본다.

하고 보면 노부인들은 혼자 다니는 일이 드물다. 바깥양반과 동부인해서 길을 나서는 경우 또한 자주 있지만 뚜렷한 볼일 없이 홀로 거리를 왔다갔다하지는 않는다. 거따 대면 남자 노인들은 독행을 즐기는 편이다. 평생을 통해 길들여진 외향성 탓이 크려니와 그 밖의 이유를 또 꼽을 수 있을 게다. 자신의 존재를 특별하게 여기는 사람은 남과 어울리기 어렵다는 측면에서 그런 지적이 가능하다.

뭐가 그리 특별하단 말이냐 물으면 대답이 궁해진다. 총체적 인상의 각론화가 수월하지 않기 때문이다. 다만 귀띔할 수 있다. 새

술이 못 되는 형편에 새 부대에 몸을 담는 투로 하나 둘 옮겨온 그들 가운데에는 높은 연금 등이 암시하는 상당한 이력의 소유자들이 많다고…… 오는 자 막지 않고 가는 자 되돌려 세우지 않는 도시의 생리에 편승하여 껴들었을지언정 얼마 전까지 지녔던 만만찮은 위상을 어찌 쉬 잊겠는가. 한번 무엇을 지냈으면 영원히 무엇으로 남기를 소원하는 이 바닥 풍속의 또다른 표현인 동시에 그만큼 자의식이 강하다고 보면 된다.

아무려나 당산에는 해가 두 번 세 번 뜨는 폭이다. 바게뜨빵이나 소시지에 우유를 곁들인달지 북어국에 말아 급히 삼킨 밥알을 삭일 겨를 없이 중견 가장들이 일차로 우루루 몰려나간다. 학교 가는 아이들이 그 뒤를 잇는다. 일사불란한 아침을 그렇게 치르고 도시의 들뜬 공기가 차분히 가라앉을 즈음, 이번에는 노인들이 슬슬 행차를 한다. 마지막으로 집집의 주부들이 백화점이라든가 쇼핑몰로 가기 위해 길가에 서서 셔틀버스를 기다린다. 출근 등교 출타 쇼핑 행렬이 여러 겹이거늘 그건 어느 고장이나 대개 비슷하다. 하지만 적절한 간격을 두고 매일 반복되는 당산의 썰물 순서는 유별나다. 밖으로 나갔던 가족들이 밀물로 돌아와 만조를 이루는 베드타운 특유의 현상에, 노인 군단이 일정량의 변수로 작용하는 까닭이다.

어떤 지역 어떤 고장을 좋으니 나쁘니 규정하는 잣대는 저마다 길고 짧다. 싫어도 숙명인 양 눌러앉는가 하면, 좋아서 터줏대감으로 남고 싶은데 생활이 억지로 밀어내기도 한다. 그렇게 저렇게 사는 동안에 싹트게 마련인 정든 땅 의식과 더불어 사는 곳의 명칭이 지시하는 소속감을 쉽사리 벗지 못한다.

이런 마당에 족출한 신도시는 제삼의 땅으로 제격이다. 출퇴근 중심 이주를 마음먹는 층에게는 더구나 안성맞춤이었다. 원주민 선주민이 따로 없이 한날 한시에 핵가족 위주의 월급쟁이 중산층이 새 집 새 터를 바라고 와장창 모여들었기 때문에 도시 이름이 아니할 말로 남산이면 어떻고 서산인들 상관없었을 것이다. 서울과 가까운 곳에 마침 아파트가 죽죽 서 있어 들어왔을 따름이니까. 담쟁이덩굴로 몸을 친친 감은 고색창연한 건물이라든가 웅숭깊은 역사의 흔적 대신 규격 바른 구조물에 더 매력을 느끼고, 벤치와 학교와 유치원에 한층 끌린 듯하다.

그건 그렇다 치자. 나이 들수록 도시의 획일적인 장치에 진저리 치기 쉬운 노년들이 어째서 전래의 자연 회귀 취향을 마다하고 당산행 버스에 다투어 손을 들었을까? 의아할 터인데 이유는 지극히 간단하다. 몸에 밴 도시화 체질을 먼저 들 수 있다. 공포에 가깝도록 몰아붙이는 정보화 진전이 지역간 거리나 차등을 무의미하게 만든 사정이 그 다음이다. 시골서 태어난 공통점이야 어떻든, 전원에의 유턴으로 생의 마지막 단계를 꺼나가기에는 후천적으로 길들여진 그들의 도시인 기질이 마침내 견고하다. 노약이 당산에서 제법 잘 어울리는 까닭이 여기 있다.

하지만 공기가 좀더 맑다는 곳에서 그들은 내내 속이 편할까. 긴긴 비행을 끝낸 안도감으로 활강중인 사람이나 또다시 이륙을 꿈꾸는 이를 불문하고 어떻게 일상을 꾸려나가는지 궁금하다. 겉으로 느긋하고 안으로 마음이 외져 제각기 힘겨워하는 건 아닐까. 아무래도 그런 낌새가 농후하다. 꽉 찬 나이가 나이인 만큼 더는 나갈 곳이 없는 젊은 땅에서, 생의 '끝내기'를 놓고 은연중 서서히 고심하는 듯하다.

그래서 엿보기로 한다. 거저 주는 한 장의 표를 얻기 위해 해맑은 아침 나절의 지하철역 창구 앞에 줄을 선 네댓 노인장 개개인의 어제 오늘을 가로 세로 더듬는다.

다섯 노인의 줄이 삐뚜름하다. 안경을 쓴 맨 앞의 김 선생과 바로 뒤 정 선생은 동행이고 나머지 셋은 피차 일면식이 없는 남남이다. 그러므로 중간에 누군가가 틈입할세라 서로 몸을 바짝 붙이지 않았다. 사이사이에 처녀와 아주머니가 파산적처럼 끼어 노인 일색의 짧은 대열에 그나마 잠깐 변화를 주었다.

한데 누구 이야기를 앞세우는 게 좋을까. 딱히 전과 후를 가리지 않아도 될 이야기의 성질상 플러스 마이너스 표본 오차 범위 따위를 염두에 둘 것 없이 아무런들 괜찮다. 상관없는데, 아까부터 공연히 멋쩍은 표정인 민 선생에게 먼저 눈이 간다. 그는 이런 때 엔간히 쑥스럽다. 당국의 경로 우대 시책에 따른 무임 승차권 아닌가, 떳떳이 받아 마땅하련만 잇달아 내미는 기름기 밭은 손들이 민망하다는 생각을 한다. 일부러 꽁무니에 처진 것도 그 때문일 테다. 자기가 무슨 대표라도 되는 양 그럴 적마다 창구를 향해 고맙다고 소리치는 걸로 미루어 넘겨짚을 수 있다.

하기야 표를 건네는 직원들의 기계적인 손길에도 일진 따라 감정의 넘나듦이 없지 않다고 하더라. 직접 손에 쥐어주듯 공손한가 하면, 어디서는 팽개치듯 던진 표가 하필 바깥 바닥에 떨어져 큰 시비로 비화했다는 소문을 듣는다. 정반대의 작은 시비라고 없을라구. 많다. '쫑' 없이 빈손이면 쭈뼛쭈뼛 미안한 척이라도 하는 게 자연스럽다. 여차저차 긴 사정을 늘어놓는 과도한 겸손은 겸손대로 꼴불견이다. 세상이 요구하는 시간의 예의에 어긋날뿐더러, 뒤에서 순번을 기다리는 사람들의 한결같이 초조한 짜증에 못 견뎌 꽁뒤나 뜨거워지기 십상이다. 때문에 깜박 잊었노라! 한마디로 족하다. 문제는 이도 저도 아닌 유세 부리기다. 다짜고짜 맡겨둔 것 내놓으라는 투로 나오면 어쩌란 말이냐.

우연찮게도 아침에 마침 민 선생이 안식구와 주고받은 화제의 실마리도 바로 그와 비슷한 것이었다.

"시간 반은 잡아야겠죠."

"어려워. 상가까지 가자면 두 번이나 갈아타야 하는걸. 두 시간이 넘을지도 몰라."

"그렇게 먼가."

"멀고말고. 시내로 들어서는 데에만 한 시간 아닌가."

"고생하시겠네."

"버릇이 돼서 아무렇지 않아."

지나가는 소리로 보탠 안식구의 말이나 민 선생의 응답에 익숙한 지하철 체질이 넘쳐흐른다.

"타자마자 빈자리 찾기 없기."

"걱정 마."

"얘기했던가요? 언젠가 본 노인네의 억지."

"아니."

"글쎄 연세가 그다지 지긋해 뵈지도 않는 양반이 자기 앞에 앉은 총각인가 학생인가를 마구 닦아세우잖아요. 냉큼 일어서 자리를 내주지 않았다고…… 뿐인가요. 그런 장면에 기어코 등장하게 마련인 고전적 말투 있죠. 너는 누구 누구도 없느냐. 학교에서 무얼 배웠느냐…… 못 보아주겠습디다."

"응석이야."

"어린애도 아닌데 응석은."

"늙은이의 응석이란 게 그렇잖소. 남이나 세상에 너무 기대만 하고 살 때 생기는 어리광이지. 아예 기대를 하지 않다가 친절을 만나면 기쁨이 두 배인데 말야."

내외의 수작이 거기서 끝났다면 무슨 재미. 전동차 안에서 겪은 궁상스런 춘사(椿事)를 몇 가지 더 주거니 받거니 열거하다가 은근슬쩍 말머리를 돌린다. 화제의 전환・지양 수법이 천연덕스럽다.

"내 친구는 그럽디다. 늙으면 죽어야 한다는 소리가 그래서 나왔을 거라고."

"그걸 물구나무세운 말이 죽으면 늙어야 한다……래요."

"누가 그랬대요."

"소크라테스나 히포크라테스 같은 테스 돌림이 아닌 내 저승 친구 진석이."

"에이그 그 허풍쟁이 양반. 생각할수록 끔찍한 죽음이에요."

"허풍으로 감싼 해학적 언동이 기막혔던 만큼 비극적으로 사람들의 의표를 찔렀지."

"맞아. 그 나이에 자해를 하다니 흉내내기 힘들잖아요. 어떻게 동맥을 잘랐을까."

"요담에 해후하거든 물어보지 그래."

"저 세상에 가서? 그게 무슨 소용이래요. 거기 가서 또 죽을 것도 아닌데."

"누가 알아. 저 세상에서도 그런 경황에 몰릴지."

"있어도 방법이 다르겠지요."

"인간적으로 좀더 우아하고 고통 없이 단숨에 문제를 해결하는 방법이 있어도 나쁘지 않을 텐데 말야."

"윤리가 있잖아요. 까짓것 만들기로 마음만 먹으면 떡 먹듯 쉽겠죠."

"욕망을 극대화시키는 알약이다, 인간복제다, 무병장수 이백 살까지 산다, 호들갑떠는 과학이 소멸에는 신경을 안 쓰는 게 곧 인간적인가. 생성 못지않게 중요한 것이 소멸의 어려움이자 아름다움인데…… 그 지경에 이르면 나부터 동곳을 뺄지 몰라도."

"아름다운 것도 쌨다. 살아 있는 동안은 생명의 무게가 우주보다 무겁다니 찬미하고 또 찬미하겠지만, 흙으로 돌아가는 주검이야 누가 돌아보기나 하나."

"근수로 무게를 재기보다는 모양새로 비유하는 쪽이 실감은 더해요. 인간은 대하로 흘러드는 한 방울의 물에 불과하다고 쓴 사람도 있으니까. 바다로 스며든 물 한 방울이 하늘로 기화했다가 다시 땅으로 떨어진다는 상상이 얼마나 그럴싸해."

"부처님 같은 말씀. 오늘 가는 상가의 그분은 무슨 병을 앓다가……."

"신장이 나빴어. 어지간히 깔끔덩어리여서 자신의 죽음을 처리하는 절차나 의식에도 꼼꼼한 성깔이 반영되리라 여겼는데 아닌가 봐. 듣자니 고향 선산으로 간대나."

"그런데 왜 서운한 눈치죠. 섭섭할 게 따로 있지 초상집에 가서 그런 내색 했다간 큰일나요."

"내가? 내가 어쩌자고 남의 제사에 절을 해. 염려 놓으라구."

"아무도 장담할 수 없는 일이거든요."

"그건 그래. 그건 그런데 세상 참 많이 좋아졌더라."

"?"

"접때 얘기했던가. 화장장, 아니 시립 장례장이 그토록 정갈하고 질서정연할 줄 몰랐다고."

"굴뚝 없이 시신을 태운다는 얘기를 하다 말았죠. 갑자기 애들이 오는 바람에."

"기억력 한번 자상하다…… 굴뚝이 사라진 정도가 아냐. 관 하나씩을 실은 수십 대의 영구차가 광장에 가득한 풍경을 생각해봐. 그런 장관이 없더라구. 매일 백 구 가까이 밀려든다는데 도무지 송장 냄새를 맡을 수 없을 만큼 시설이 현대적이고 환경 또한 밝더라니까 그러네. 애들이 시끌짝하게 뛰어놀지를 않나…… 식당에서는 구수한 곰국 냄새를 풍기지 않나…… 간간이 터지는 곡성만 빼면 특별한 동네의 별난 잔칫집을 상상하게 만들더라구. 옛날식으로 절구에 뼈를 빻는 게 어딨어. 관째 들어갔다가 고운 가루로 나오는 일괄작업인데."

"그걸 두고 세상이 좋아졌다고 말하는 건가요. 죽은 사람이 무얼 알길래."

"왜 몰라. 다 알걸. 하여간 굉장해. 소각로가 모두 스무 개가량 되는데 옆에서는 따로 증설공사를 벌이더만. 목관 화장은 두 시간이고 지관은 삼십 분이래요."

"지관이라면."

"종이로 만든 관이 지관 아닌가."

"그런 관이 생겼어요? 처음 듣네."

“실은 나도 금시초문이었는데 골판지로 만든 거래. 기왕 태워 없앨 것 나무면 어떻고 종이면 어때. 기다리는 지루함을 덜기 위해서도 빠를수록 좋지. 안 그래?”

“거기까지 갈 것 뭐 있수. 병원에 누웠다가 해부학 교실로 직행하는 사람도 더러 있습디다. 빠르기로 따지면야 그게 제일이겠네.”

“암. 맘먹기에 따라서는.”

“화장 다음엔 납골당인가요.”

“그렇지. 값의 고하에 따라 재질이 다른 단지에 가루를 담아 가까운 납골당으로 향하는데, 개중에는 장례장 안에 붙은 작은 동산에 올라 그 자리에서 뿌리는 사람도 있더라구.”

“산에다 곧장?”

“아냐. 바로 뿌리면 산을 오염시킬 염려가 있기 때문에 산림법 제 몇조에 걸린대나.”

“비료 구실을 해서 토양이나 나무에 이로울 텐데.”

“그쯤 여기는 게 보통인데 실지로는 그렇지 않은가 봐. 별도로 마련해놓은 대형 단지 투입구에 촉감이 아직 따끈따끈한 뼛가루를 조르르 쏟게 되어 있어요. 그것으로 끝이야. 손 탈탈 털고 돌아서는 거지. 먼 하늘로 눈을 돌리는 사람이 있는가 하면 엉엉 우는 얼굴로 계단을 비틀비틀 내려오는 유족이 있지.”

“얼라. 흐르는 강물에 뿌리면? 물고기는 좋아한대요?”

“그건 나도 몰라. 물고기한테 물어보지 않은 담에야 난들 어찌 아누. 산은 늘 거기 있고 내는 쉬지 않고 흐르는 차이가 있을까.”

“세상에나. 말짱 헛거네.”

“공수래공수거의 절정이지. 땅으로 스며들든 물로 흐르든 사라지는 건 마찬가지인데, 그런 이들에겐 적어도 납골당의 답답함에서 해방된 기쁨이 여간 아닐 거야."

"어떻게 답답합디까."

"숨이 막혀."

"숨은 버얼써 막혔는데 새삼스럽게 트일 것도 없잖아요."

"죽은 자만 들어가라는 납골당인가. 산 자를 위한 곳이기도 하니까 그렇지. 장정 대여섯이 들어서면 입추의 여지가 없습디다. 그렇게 좁은 칸막이방의 양벽이 온통 납골 서랍이에요. 겨우 단지 하나를 넣으면 그만인 네모진 구멍이 오십 개? 칠십 개? 쥐여주더만."

"가족 납골당도 있다던데."

"돈이 많으면 무슨 호사를 못 해. 단돈 만오천원에 십오 년 보관을 책임지는 시립으로서는 그 정도가 끽이지. 십오 년 후에도 딱 한 번은 연장할 수 있다든가."

"죽어도 죽었달 것이 없네요."

"누가 아니래."

아침 화두로는 칙칙하다. 썩 어울리지 않거늘 민 선생 부부에게는 흔한 일이다. 헐거운 말투는 어두운 중압감의 또다른 반사다. 하여 죽음을 한없이 가벼운 존재로 끌어내려 계제만 닿으면 찧고 까분다. 옛날 계집아이들이 공기받기놀이를 하듯 띄워올려 경망을 떤다.

알 수 없는 일이다. 진정코 도통한 경지에 들어 그러는 건지, 언젠가는 찾아올 사멸에 적응하기 위해 연습용 가사(假死) 체험을 입에나마 미리미리 품고 살자는 건지 겨냥이 안 선다. 경기가 바닥을 치면 상승하는 길밖에 없다는 이치를 막다른 나이에 빗대어 뒤집은 호기일까. 소극적이기보다는 적극적인 자세로 죽음에 대처하여 어언간 친해지자는 심보일 수도 있겠다.

어느 쪽이건 둘 중 하나리라. 그때 가봐야 실상이 밝혀지려니와 지금은 양주가 시퍼렇게 살아 있어 단정하기 힘들다. 한쪽이 혼자 남았을 때에 대비한 단독 비행 요령을 서로 그때그때 일깨우는 걸로 미루어 짐작하면 죽음 끼고 살기 훈련의 일상화를 웬만치 믿어도 될 것 같기는 한데, 강팍하면서 헛된 세상사를 뉘 알랴. 입이 앞서가는 사람들에게 속아 산 세월이 억울해서도 자세한 사연일랑 훗날의 숙제로 미룰밖에 없다. 서울이라는 삶의 최전선을 떠나 당산이라는 후방으로 나앉으면서 부쩍 도드라진 여유의 한 산물이기 때문에 아직은 때가 이르다.

이쯤 접어두고 창구 앞 맨 앞줄의 김 선생 정 선생 이야기를 서둘러야겠다.

앞에서 둘이 동행이라고 했는데 당산에 산 기간은 김 선생의 삼년에 비해 정 선생은 달포에 불과하다. 그러나 고향은 같다. 때문에 반갑게 만났다. 지하철역에서 해후한 이래 연때가 맞으면 더러더러 동행을 한다.

역에는 만남의 장소가 마련돼 있어 약속하기가 쉽다. 그래서 혼자 나들이를 하거나 헤쳐모여 식으로 나타나 서울 출입을 한다. 문안에 들어가는 기분으로 약속 날짜를 잘게 쪼개는가 하면, 달랑 한 가지 일만 보고 돌아오기에는 들인 발품이 아깝고 섭섭하여 이 일 저 일을 모아 일정을 짜기도 한다. 그도 저도 아니면 한동안 못 먹은 음식이 그리워 서울을 찾는다.

어떤 경우든 서울과는 동떨어져 살던 시절의 이상한 박탈감이나 거리감을 느끼지 않는다. 외려 서울을 발 아래 두고 있다는 심정으로 넉넉하다. 서울로 가는 기차를 상행 열차로, 지방으로 가는 기차를 하행 열차로 부르는 풍습은 요새라고 다를 리 없지만 상관없다. 시골을 떠나 한강 다리를 처음 넘던 순간의 소싯적 감동과는 거리가 멀다. 왁왁 가슴이 떨리고 희망 못지않은 불안으로 오금 저리던 당시라든가 그 뒤에 경험한 개인사적 융성 좌절의 기억을 젖히고 서울을 저만치 내려다본다.

먹은 서울물이 지겹다든가 싫은 감정과는 딴판인 별격의 안목이다. 계량(繼量)하고 남은 소출을 돈과 바꿀 겸, 내친 김에 바깥 소식도 들을 겸 읍내를 내왕하던 내력과 비슷하면서 엄청 다른 셈이다. 서울을 객관화시켜 바라보는 데에서 생긴 사유의 폭이 넓다면 넓다. 나이와 함께 가는, 자신에 대한 성찰의 시간이 한결 자유로운 것이다.

하지만 김 선생 정 선생의 오늘 행차는 그렇지 못한 것 같다. 영 심드렁한 낯빛이다. 김 선생의 초청으로 모처럼 점심을 먹으러 가는 길이 그 모양이다. 지금 사는 곳에도 많은 음식점을 놔두고 김 선생이 우정 서울로 가자면서 덧붙인 말 한마디 때문일 것이다. 긴히 할 얘기가 있다고 했다. 전화는 물론 당산에 쌔고쌘 쉼터의 늘 외롭게 비어 있는 의자에 등을 대고 잡다한 회포를 풀면 어때서 부러 먼 걸음을 작정하는가. 정 선생의 뜨악한 표정에 김 선생의 함구가 무겁다.

그렇게 굳었던 김 선생의 입은 그의 인도로 당도한 종로 뒤꼍의

한 방석집에서야 어렵사리 열렸다.

"미안하이. 자네 의향도 묻지 않고 내 맘대로 들어와서."

"오래된 요정 같은데. 집은 낡았어도 은근히 이력이 붙은 듯해."

"요정은 무슨. 색시도 없이 하는 덤덤한 밥집이지. 음식 솜씨가 깔끔해."

"단골인가 보지."

"다니던 회사가 이 근방 아니었나. 자주 왔지. 요사바사하지 않은 쥔여자 성깔도 무던하고."

같은 값이면 자신이 추천한 음식점에 후한 점수를 주도록 유도하는 어투다. 함께 맞장구를 쳐야 생색이 나는 인심의 기미를 훔친 셈이다. 동행의 환심을 사기 위한 김 선생의 입 선전이 어설프게 더 이어진다. 이 집은 요 야들야들한 안창살 구이가 일미라는 둥 살얼음이 둥둥 뜬 동치미 국물로 우선 입맛을 헹구라는 둥, 상 위에 널린 접시를 하나하나 가리키며 답지 않게 잔말이 많았다. 그렇게 뜸만 들일 뿐 좀체 긴한 이야기의 운을 떼지 않았다. 궁금증을 이기지 못한 정 선생이 오히려 몸이 달아 용건을 묻자 뭐가 그리 급하냐고 늑장을 부렸다. 해도 그만 안 해도 그만인 소리라며 느긋하게 내뺐다. 한데 안색은 그게 아니다. 우울한 그늘이 번졌거늘 눈은 내내 어먼 데를 짚고 입으로는 줄창 안주를 씹었다. 참다 못한 정 선생이 싱거운 사람이라고 퉁긴 뒤에사 살며시 웃었을망정 각진 균형을 아주 깨지는 않았다.

"좋아. 속시원하게 털어놓음세."

"……."

"우리가 다시 만난 지 얼마나 되지?"

"글쎄."

"기십 년이 좋이 될 걸세."

"그리 길어? 이따금 상면하지 않았나. 노상에서 스치기도 하고."

"그게 한동네에서 함께 살게 된 것과 같은가. 앞으로는 줄곧 이웃으로 지낼 건데."

"그러네."

"해서 말인데, 나 자네가 당산으로 이사 온 걸 안 날부터 솔직히 심사가 편치 않아."

"건 또 왜."

"몰라서 묻나."

"무얼 말인가."

"시침 떼기는."

"시침 떼다니. 이 사람이…… 마른 날에 벼락 맞기도 유분수지 나 때문에 마음이 안 좋다니. 덮어놓고 윽박지르면 단가. 이러자고 불러냈나."

말꼬리를 모나게 비트는 정 선생도 언뜻 짚이는 데가 있는 눈치다. 그러나 내색하지 않는다.

"그게 아닐세. 내 구변이 서툴러 이런가 보네. 다름아닌 자네 형님 사건, 바로 그 건을 꺼낸다는 것이 초장부터 꼬였구먼."

"하항. 그거……."

"내 힘든 기분 이제사 알겠는가."

"알고 자시고 할 것도 없잖나. 언젯적 얘기라고."

그걸 가지고 이 친구는 내내 속앓이를 했는가. 멀리 귀양 보냈다가 나를 보자마자 새삼스럽게 가위 눌렸던가.

전쟁 전야였다. 좌우익으로 갈린 고향 청년들끼리 후딱하면 몽둥이 쌈질을 벌이던 무렵이다. 김 선생네는 중학교 뒷문께에 살았는데 그날 밤 심한 설사병에 시달리던 중 일짜리 김 소년이 우연히 목격했다. 두세 차례나 밀어내었는데도 여전히 묵지근한 아랫배를 쓸며 뒷간을 들락거리다가 학교 안 공기가 어쩐지 수상하다고 느꼈다. 대충 일을 마치고 대문 밖으로 나섰다. 엉성한 측백나무 울타리를 뚫고 불빛이 새나오는 숙직실 쪽으로 가만가만 다가가 안을 기웃거렸다. 몇몇 선생님을 포함한 대여섯 청년들이 바삐 움직이고 있었다. 폭 넓은 두루마리에 붓글씨를 쓰고 등사판을 미는 등 어수선했다.

집으로 돌아온 그는 마침 아버지와 함께 대작하고 있던 작은아버지에게 자랑삼아 일러바쳤다. 농지 개혁 이후 지가증권으로 살림을 꾸려가던 두 분은 나쁜놈들! 하면서 즉각 경찰에 알렸고 경찰은 곧 숙직실을 덮쳤다. 그 속에 정 선생의 형이 끼었던 거다. 조직의 일원이 아니라는 사실이 나중에 밝혀졌으나 소용없었다. 공교롭게도 그날 밤 숙직이었는데다 나흘 후엔 전쟁이 터졌기 때문이다. 그런 와중에서 어찌어찌 목숨을 건진 것만도 요행이었다. 하나 오래 가지 못했다. 이미 결딴난 몸으로 피난터를 옮겨다니다가 전쟁이 끝나기 전에 병사했다. 역사에는 가정이 없다고 했듯이, 설사병만 아니었어도, 측간에만 안 갔어도 따위 부질없는 후회에 앞서 제보자에 대한 소문이 미구에 퍼졌다.

"내 원망 많이 했을 거네."

"사람들의 작은 몸뚱어리에 웬 비밀이 그리 많을꼬."

정 선생은 딴전을 피웠다. 어안이 벙벙하여 대꾸조차 못한 김 선생의 눈이 깜박깜박 진의를 묻는다.

"안 그래? 저마다 간직하고 있는 비밀이 얼마나 많은가."

"그야……."

"혼자 끼고 살다가 무덤까지 갖고 가면 다행이지만 말이네."

"그 비밀이란 게 대개는 실수에서 비롯된 부끄러움과 관련돼 있지."

"누군가가 그 사실을 알고 있으면 죽이고 싶을 거야."

"?"

김 선생의 눈이 드디어 휘둥그레졌다. 입에 가벼운 경련이 인 듯하다.

"나 지금 농담을 하고 있으니 너무 놀라지 말게."

"표정은 정색인데 입으로만 농담이라고 하면 누가 믿어."

"그래? 내 얼굴이 정색한 얼굴이라고?"

"말장난 그만두게. 내 진담에 대답할 차례야."

"그전에 내 말 더 듣게."

"계속 힘들게 만드는구먼."

"누구는 힘 안 드는 줄 아나. 나에겐 말일세, 세월과 더불어 차차 지워지기는커녕 갈수록 덩치가 커지는 수치심이랄까 회한이 몇 가지 있네. 아냐 그것들이 새끼를 치는 바람에 생긴 소소한 것들까지 합치면 수도 없다구. 불시에 엄습하여 잠을 설치기 일쑤라네. 그러라고 누가 다그치는 것도 아냐. 사서 지랄하는 거지. 자네도 알잖나. 내가 고등학교 졸업장을 위조해서 삼류대학이나마 들어간 것. 뿐인가. 나는 자기 살림도 말이 아닌 친구 하나가 가족 몰래 빌려준 돈까지 떼어먹었다네. 그가 일찍 죽었거든. 당연히 유가족을 찾아 저간의 사정을 고백하고 돈을 갚았으면 좀 좋아. 차일피일 미루다가 아주 기회를 놓치고 인생 제대 말년에 이중 삼중의 뉘우침을 겹겹이 안고 살아."

"그러기로 들면 누군들 마음이 편할까."

"속이 편하고 불편하고를 떠나 연만한 자는 내남없이 그만한 자충수와 싸우는 것 같애."

"지나치게 소극적인 네거티브 발상이야. 이룬 업적은 어쩌고. 크건 작건 자신이 선택한 직업에 기를 써 가족 먹여 살리고 자식 기르는 일이 어딘데. 얼마나 벅차고 보람 있는 사업인데."

"우리가 지금 문제 삼는 건 그런 상식이 아니잖아."

"내 말이 바로 그것 아닌가. 사람 폭폭하게 왜 딴청을 부리나. 고민하고 또 고민한 끝에 가까스로 터뜨린 말인걸."

"화해를 청하는 마당인가."

"화해든 적대든…… 끝내고 싶어. 이왕이면 좋은 것이 좋겠지만 아니란들 별수 있나. 이 나이에 변명은 구질구질해. 오직 분명히 해두고 싶을 따름이야. 자네가 눈에 띄지 않을 때는 나 역시 그렁저렁 잊고 살았네. 한데 사단의 한 당사자가 눈앞에 어른거리면서 그 질곡이 다시 나를 묶는 거야. 서울에서 만났다면 또 몰라. 좁은 하늘 아래서 매일같이 호흡한다는 사실이, 말을 바꾸면 거리감의 단축이 빚는……."

"잠깐."

정 선생이 느닷없이 김 선생의 입을 막았다.

"왜 그러나."

"그만해두게."

"나를 이해하고 받아들인다는 뜻인가."

"이대로 그냥 지내세."

"무슨 뜻이야."

"꼭 언질을 받아내고 악수로 약속을 굳히지 말자고. 나는 형님이 아니니까. 강화 사절 대표로 위임장을 갖고 나온 것이 아니니까. 그리고 나는 느낀다네. 모든 걸 털고 해결하고 세상을 뜬다는 생각 자체가 무의미하고 사치스럽다고. 아니 주제넘어. 죽는 날까지 사람인 것이 사람의 노릇인데 완전 종결이 어딨어. 가당찮은 허영이지."

"알 듯 모를 듯한 말이로구먼."

"나도 내 마음을 몰라 헤맬 때가 많아. 긴장이 풀리면 건강에도 해롭다는 생각을 그 다음에 한다네."

정 선생은 그걸 노년의 르상티망과 관련시켜 설명하려다 만다.

"혹 떼러 왔다가 혹 붙이고 가는 격인가."

"떼었다 붙였다…… 하다가 가는 거지. 인생은 고해라고 했거늘 너무 깨끗한 얼굴로 가봐. 염라대왕한테 혼나기 쉽지. 네 이놈! 너는 낙해에서만 놀다 왔구나. 이러면 어떡해."

"허. 둘러대기도 잘한다."

"헛헛."

두 사람은 술잔을 부딪치며 헛헛하게 웃었다.

지하철역 창구 앞에 남은 분들의 이야기를 계속해야겠다. 애초에는 네 토막으로 나눈 꼭지 분량이 저마다 비등하도록 요량했는데, 뒤로 가면서 자꾸 짧아져 두 사람에게 미안하다. 앞 부분에 너무 무게를 두는 바람에 뒷부분이 부실하기 쉬운 관례 탓으로 돌릴 것 없다. 서투른 숙수 안반 나무라는 꼴이어서 저절로 무춤하려니와, 기왕지사 뒤늦게 토를 달 것이 하나 있다. 다섯 노인을 모조리 '선생'으로 명명한 점이다. 일언이폐지하고 번잡을 피하기 위해서다. 은퇴한 교육자, 기업가, 장성, 의사, 관리의 예전 직함을 성명 삼자 밑에 일일이 붙이는 관행을 무시하고 선생이라는 경칭으로 일괄 표기하여 간편한 이해를 돕자는 취지다.

그중 한 사람인 박 선생이 막 차표를 받아 지하로 지하로 종종걸음을 친다. 여자를 만나러 가는 길이다. 무슨 일로 만나는가 뒤를 캐기 전에 그가 근자에 받은 한 통의 편지를 미리 읽어둘 필요가 있다. 발송인은 일찍 고향을 떠나 타지역에서 사는 동기동창이다.

안녕하신가.

오래간만이네. 오래간만이라는 인사가 차라리 허망할 지경으로 적조했네그려. 가장 최근에 자네와 서울서 어울려 박주 한 잔을 나누고 헤어진 것이 햇수로 벌써 오 년이 넘었으니 말이네.

한데 그것도 옛말이여. 나는 덜컥 병석에 누워 더이상의 상봉을 기약할 수 없는 몸이 되었다네. 더구나 사형선고를 받아 세상 뜰 날이 머지않아. 위암이래.

하지만 그런 우울한 기별이나 하자고 붓을 든 게 아냐. 인명은 재천이라고 했으니 살 만큼 살았으면 됐지 조금 더 살고 못 살고가 무어 그리 대순가. 그게 아니고 자네가 좀 거들어주었으면 싶은 간절한 부탁이 있어 염치없이 이렇게 편지를 띄우는 바일

세.

딴 게 아니야. 코흘리개 시절의 우리 학교 우리 반에 '정이' 라는 여자아이 있었지? 얼굴이 동그랗고 눈이 서늘하던 여학생. 성은 은이고. 걔 생각이 자꾸 나. 전에도 그랬다네. 가끔씩 삼삼하게 떠올랐어. 둘 다 말수가 적었으나 내 속마음은 은정이한테 여간 쏠리지 않았네.

소식이라도 듣고 싶어. 죽었는지 살았는지 무척 궁금하다네. 자네에게 부탁하는 용건이 곧 그거야. 경찰의 사람 찾기 연락망을 통해 수소문하면 된다고들 하던데 자네의 마당발 안면을 살려 손 좀 써주게나. 가소롭다 말고.

우습기야 우습지. 하지만 절실한 걸 어쩌겠나. 지금의 내 마음은 그 시절의 한때에 머물러 있는 셈이라네. 더이상의 성장을 멈추고 거부하는 심정으로 가득하다구. 자세한 말은 안 했네만 아내를 위시한 가족들도 양해는 하고 있어. 내심 얼마나 황당하겠는가. 당찮은 짓이라고 비웃을망정 죽을 날짜 받아놓은 사람의 마지막 소원으로 여기고 너그럽게 대하는 눈치야. 아니지. 막내딸은 우리 아버지 로맨틱하다면서 되레 부추긴다네. 로맨틱과는 담을 쌓다시피 노상 쫓겨살다가 듣는 그 말…… 기분이 알딸딸하고 묘해. 실은 이 편지도 걔가 내 구술을 옮겨적은 거라네. 전화로는 쑥스럽다고 했더니 편지 아이디어를 냈어.

은정이 살아 있을까. 그렇다면 더도 말고 전화상으로 목소리 한 번만 들려달란다고 전해주게. 꼭!

내내 건강하게나. 내 주접을 너무 나무라지 말고 가능한 한 힘 써주기 바라네.

이런 편지를 받은 박 선생은 친구에게 전화를 걸어 편지 내용을 재확인했다. 알음알음으로 경찰에 청탁을 넣어 은정이의 소재 파악에 나섰다. 이름 나이 거주지 학교명 입학 연도 등등만으로 머지않아 노출시킨 인물의 추적 과정이 도리어 어리둥절할 지경이었다. 아련히 눈에 어리기는 자기도 매일반인 까닭에 덩달아 반가운 마음으로 이내 친구에게 알렸다. 친구는 네가 먼저 만나라고 일렀다. 사는 곳이 마침 서울이라니 네가 당장 정이를 만나 자초지종을 설명하는 것이 나을 거라고 했다. 거두절미하고 아무개 소망부터 들어주라고 다그치면 될 일도 안 된다는 말에 일리가 있었다. 예상했던 반응이다. 자신도 호기심이 없지 않던 터에 대뜸 그러마고 떠맡아 전화번호판 숫자를 콕콕 찍었다. 은정이네 집으로.

못 나가겠다고 몸을 사리면 어쩐다지 하는 기우를 물리치고, 의외로 선선하게 박 선생이 정한 시간과 장소를 응낙했다.

그날 두 사람 사이에 오간 대화의 골자를 대강 추리면 아래와 같다.

(피차의 행색이라든가 노안에 감도는 기색을 더듬어 삶의 표리를 탐색하는 시간은 어차피 건성이고, 그 위에 고향산천의 초립동이와 가시내의 모습을 덧씌우고자 안간힘하는 시간은 오밀조밀했다.)

—장만상씨 참 안됐네요. 어쩌다 그랬대요.

(장만상은 오늘내일 하는 친구 이름이다.)

—어쩌다라니요. 암은 교통사고와 같다는데. 예고없이 달려드는 병 아닙니까.

—아주 희망이 없나요.

—오죽하면 옛 생각에 매달릴라. 둘이 그토록 친했습니까.

—친하긴요. 사경에 놓인 분에게는 안됐지만 그 양반이 무슨 연유로 나를 막판에 생각해냈는지 어림조차 안 가네요.

—짝사랑인가.

—푸. 말이 재밌군요. 시냇가에서 아이들끼리 물장난치고 놀 때, 깜정 고무신에 송사리 몇 마리를 띄워 불쑥 내민다든가, 어디서 났는지 오자미 다섯 개를 갖다 준 기억은 나네요.

—거 봐요. 그게 다 호감의 표시 아닙니까. 아직까지 그걸 기억하는 정이씨 속이 더 말짱한 것 아닙니까.

—간지럽다.

—뭐가요.

—내 이름마저 잊고 산 지가 언젠데 정이씨라니. 나 오늘 호강하네. 고맙구려 박기수씨.

—이런. 내 이름을 알아?

—누구 말대로 호감을 두었던 모양이지. 푸. 전화할 때 이름부터 밝히구선. 어느 해던가. 국회의원 출마했다 떨어진 것도 아는데.

—저런. 죄 짓고는 못 산다더니 무섭다 무서워.

(열쩍은 모양이다. 그러나 박 선생은 여전히 조금 들떠 있다. 아무리 감정이 바삭바삭 마른 연치라 하더라도 남녀간에 의식하는 미세한 긴장은 기어코 불가피한가를 얼핏 깨달았기 때문이다.)

—내가 괜한 소리를 했나 보다.

—어디가요. 동창의 너나들이라는 게 뭔데. 나에게 비하면 그 친구는 퍽 순수해. 기껏 전화 하나에 소원을 걸다니. 꼭 해줘요.

—해야겠죠. 내 한마디로 저승 가는 길이 편해진다면. 뜻밖의 영광에 눈물이 다 나올라고 하네.

(하지만 눈물은 한 방울도 비치지 않았다.)

그렇게 헤어진 은정이를 박 선생은 오늘 또 만나러 간다. 친구와의 그 뒤 소식이 답답하던 차에 그녀 쪽에서 다시 뵙고 싶다는 연락이 왔던 것이다. 친구에게 전화를 걸어 위로한 경위를 전하는 데 그치지 않고 시간을 내달라는 요청이 의외였으나 즐거웠다. 첫번째 만남의 잔잔한 여운을 그후로도 심심찮게 다독거리던 참이었으니까.

은정이 동창은 약속시간보다 이십 분이나 늦게, 박 선생과 보름 전에 마주 앉았던 음식점에 들어섰다.

"죄송해요. 길눈이 어두워 한참 헤맸네."

"기다리는 동안 나는 연애하다 바람맞은 추억을 씹었소."

"바람맞힐 리 있나요. 내가 자청한 데이튼데. 암튼지 내 덕에 옛 추억까지 했으면 됐네 머."

"데이트라. 좋지. 빈말이라도 싫지 않구나. 민망이 뭐랍디까."

"뭐라기는 그냥……."

"자식. 이 중신아비한테는 그러고도 종무소식이니. 제 실속만 차리고."

"아니에요. 저하고도 고작 두세 마디밖에 나누지 못한걸요. 특별히 더 할말도 없었지만 알아듣기 힘들 정도로 쇠잔한 목소리가 어찌나 애처롭던지."

"그새 갔나? 갔으면 갔다고 기별이 올 법한데."

"글쎄요."

두 동창생은 잠시 말을 잊었다. 이윽고 연 입으로 주변에서 졸지에 사라진 사람들의 잘 가고 잘못 간 예를 번갈아 맥없이 주워섬겼다. 하다가 나온 것이 은정이의 주눅든 음성이다.

"이런 자리에서 입 밖에 내기 면구스럽지만 급전 좀 돌릴 수 없을까요. 사정이 하도 급해서……."

푹 숙인 머리 복판이 듬성듬성 하얗다. 염색기가 덜 닿은 탓이리라. 김빠진 화제를 두서없이 끌어대다가 별안간 디민 부탁이기 때문에 박 선생은 한층 당황스러웠다.

"얼마나."

"이백만원이면…… 뻔뻔하지요? 웬만하면 꾹 참으려고 했는데. 부끄러워요."

"오죽 다급했으면 이러겠소. 집에 가서 통장을 보겠습니다. 군자금으로 넣었다 뺐다 하는 내 통장이 따로 있는데 그만한 여유가 있는지 알아보리다."

"넉넉잡고 서너 달 후에는 갚을 수 있을 거예요."

"이자는 안 받을 테니, 다행히 입금이 되거들랑 그때 가서 꼭 갚아요."

"그러믄요."

박 선생은 여동창과의 짧은 만남이 오늘로 그나마 끝일지도 모르겠다는 예감에 떤다. 여유만만하게 올라온 서울길이 내려갈 때는 여지없이 찜찜했다. 죽은 사람은 죽은 사람이고 산 사람은 앞앞의 현실에 이리저리 휘둘릴밖에 없구나 쓸쓸하여 가슴에 찬바람이 스치는 느낌이었다. 기쁨 주고 실의(失意) 주는 사람의 일에 휩쓸리지 않고는 못 배기는 것이 산 사람의 살아 있는 표시인가 싶었다.

마지막으로 딱 한 분, 홍 선생이 남아 차례를 기다리는구나.

안팎으로 단단하고 물샐틈없는, 그리고 모든 면에서 독보적인 노인이다. 부인을 앞세우고 홀로 사는 것까지 남의 눈에 멋져 보일 만큼 특출나다. 의도적으로 자신을 연출하자고 해서 되는 노릇인가. 아니다. 만일 그랬다면 언제 드러나도 드러나기 마련인 허세 수준의 근천 때문에도 잘 보아주기 어렵다. 해외로 나돌면서 받은 문물의 세례 덕일 거라고 지레짐작할 수도 있지만 그거야말로 상투적인 대인 관찰법이다. 남들이 부르는 대로 토종 이코노미스트일 따름이다.

모든 면에서 독보적이라고 했는데 항상 혼자 다니는 버릇이 우선 그렇다. 글자 그대로 독보를 즐긴다. 바깥에서 끼니를 사먹는 것도 혼자, 영화를 보는 것도 혼자다. 동령부인으로 오라는 모임은? 안 가면 그만 아닌가. 기분이 동해 가는 경우에도 회중들이 초라한 기미를 전혀 감지하지 못할 만큼 능란하게 행동한다. 노인들이 어지간히 뜨겁고 걸쭉한 국물 음식을 즐기는 데 반해 되도록 양식 중심으로 나가는 식성 또한 독보적이다.

그러나 진짜로 유별나고 독보적인 홍 선생다움의 진수는 겉치레 아닌 사고방식이다. 얼렸다 하면 과거를 미화하든가 신화화해서 받드는 또래들에게 학질을 뗀다. 과거는 모조리 아름답고 현재는 하나같이 못돼먹었다는 한탄에 신물을 낸다. 그 속에 안주하여 콩팔칠팔 추한 일상을 합리화하는 것을 죽도록 싫어한다. 어떻게 그걸 표출하는가. 죽은 마누라를 향해 독백으로 푼다. 시도 때도 없이 장소를 가리지 않고 산 사람에게 이르는 양으로 소근소근 진술한다. 이 독백도 독보의 계보에 끼워줄 만하다.

그렇담 들어볼 만하지 않은가. 독백 안에 그의 모든 것이 들어 있으니까. 남산순환도로에서 조금 내려선 레스토랑에 앉아 문장의 앞뒤를 갖춰 서술하듯 차분히 읊는 독백을 들어보기로 한다.

"여기가 어딘고 하니 에스빠르라는 양식집이야. 당신과도 한 번 왔던가. 이탈리아 요리 전문집인데 상호를 왜 희망이라는 프랑스어로 붙였는지 모르겠어. 그야 어쨌건 메뉴가 다양해. 혀에 선 것들이 대부분이긴 해도 벤처 정신이 뭐야. 이런 데에도 적용해서 나쁠 것 없지.

내가 방금 주문한 게 뭔 줄 알아. 설마 피자를 시켰겠느냐구? 물론이지. 그깟 피자나 파스타 류를 먹자고 먼 길을 찾아왔을까. 있기야 있되 여기 것은 본바닥 솜씨 그대로이기 때문에 다른 데 것과 월등히 차이가 나지만, 내가 오늘 주문한 것은 치즈 퐁뒤야. 끓는 치즈 속에 빵조각이라든가 고기를 꼬챙이에 끼워 적셔 먹지. 스위스에서는 올리브 기름에 익혀 먹기도 한다는데 내 입맛에는 치즈가 낫더라구. 별미야.

혼자 식사하는 모습이 쓸쓸해 뵌다구? 몸에 붙은 습관인데 어때. 나는 이게 편해. 참 최근에 읽은 일본의 문학평론가 에토 준의 책에 이런 구절이 나오더군. '서양요리라는 것은 남자 혼자 먹고 있더라도 그런 대로 모양이 이상하지 않은 유일한 요리겠구나' 생각했다는 게야. 똑 나를 두고 하는 소리 같았어. 그이 역시 아내를 암으로 떠나보내고 자신도 심장병에 시달리다가 스스로 목숨을 끊었다는군. 감동이 커.

자식 자랑과 함께 아내 자랑을 팔불출의 으뜸으로 치는 우리나라에도 그런 책이 없는 건 아닌데 앞으로는 더 예사로워야 돼. 망부석(望夫石)은 있어도 망부석(望婦石)은 없는 이치야 이해 못 할 것도 없지. 밖과 안으로 나뉜 부부 구실이 엄연한데다 농경시대 이래로 정립된 가부장 개념이 드센 탓 아니겠어. 하지만 누구는 그러대. 아내를 위해 울던, 자신을 위해 울던, 이제는 남자가 울어도 과히 흉잡히지 않을 시대가 되었노라고. 더구나 우리 세대는 남녀를 불문하고 그래. 식민지 백성으로 태어나 피바람 부는 전쟁의 복판에서 목숨이야 있고 없고 맨날 부대꼈지. 끼니가 온데간데없는 민생고의 파도를 겨우 타고 넘는가 하자 이번에는 또 인터넷 바다에 자칫 익사할 지경이네. 어쩌겠어. 이 질풍노도. 다들 힘들어해. 남의 눈엔 사치스러워 보일 나라고 다를까.

어떤 친구의 위악적 실토가 기막혀. 밤의 횡단로를 건너던 참이었대요. 켜지기가 무섭게 깜박이기 시작하는 방정맞은 청신호 때문에도 발을 재게 놀리다 말고 아차 했대나. 무심결에 백선 바깥쪽을 걷고 있더라는 거야. 순식간에 보상금이 떠올라 얼른 백선 안으로 들어설밖에. 자동차에 치여 죽는 경우에도 백선 안이냐 밖이냐에 따라 액수에 차이가 있는지 없는지 모르되 퍼뜩 그 생각이나 슬프더래요.

하지만 나는 그게 슬프지 않았어. 그 사람이 교통법규를 지킨다는 시민의 준법정신 이전에 보상금을 먼저 떠올린 것이 왜 나빠. 대인의 금도로 치면 좀스럽다는 자의식의 소치겠지만 슬프기는 왜 슬퍼.

요컨대 내가 말하고 싶은 건 무엇무엇다워야 한다는 고정관념이 우리 생활을 더욱 피곤하게 만든다는 사실이야. 음식도 노인은 노인답게 한식으로만 먹어야 하고, 몸가짐도 그런 선에서 벗어나지 말아야 한다는 사회적 합의 내지 강요를 못 참겠어. 과거에서 교훈을 얻고 그것으로 오늘의 잘못을 바로잡자는 미덕을 누가 마대. 안 그러고 일정 테두리에 정지시킨 과거에 똬리를 튼 채 개개인의 타락까지 정당화하는 것이 못마땅해. 나쁜놈 좋은놈을 분간하지 않고 과거의 시제로 죄 녹이다니 말이 돼? 극복은 언제 하고.

하면 당신은 무엇으로 남은 앞날을 꾸려갈 작정이냐고 묻겠지. 말이야 바른 말이지 무슨 일을 일구면 얼마나 일구고 정리하면 얼마나 정리하겠소. 파이팅을 외치기엔 힘이 부치고 새로 시작하기엔 어지빠른 시간 아닌가. 하지만 용을 써야지. 죽이 되든 밥이 되든 현재를 물고늘어져야지. 당신 있을 때부터 손보아온 『서양요리 이입사』가 거진 끝나가. 그 방면의 전문가도 아닌 주제에 당돌하기 짝이 없다고 손가락질하겠지만, 세상은 나 같은 돌출이 많아야 하는 것 아닌가. 성원과 박수를 보내달라고.

아무런들 과거를 볶아 먹거나 재탕하면서 살지는 않을래. 번듯한 직함을 시원섭섭하게 떨어내기는커녕 죽을 때까지 끌고 다니는 위인들 있지? 사실은 불쌍한 사람들이야. 냄새 나도록 낡은 그 망토를 벗는 날로 자기는 볼장 다 본다고 믿기 때문일 거야.

그냥 이렇게 있다는 확신이 나는 좋아. 사는 것이 어차피 별거더냐 생각하면 편하고, 거기서 꾸역꾸역 고개를 쳐드는 용기를 확인하는 순간이 더 좋아. 매사를 뒤집어 보는 용기. 그게 진짜라고, 아까 그 사람도 말했어.

어때 내 생각. 빨리 대답하려고 서두르지 마. 내가 가서 들어도 늦지 않으니까. 당신은 천당이고 나는 지옥이면 어쩐다? 그건 그때 가서 걱정할 일이고."

자 다섯 사람의 이야기가 주마간산 식으로나마 끝났다. 어느 하늘 아래, 어느 땅 위엔들 이와 비슷한 사연이 없을까. 많고 많을 터이다. 죽음이라는 편향된 시각을 거두고 전향적인 보고서를 시도할 수도 있을 것이다. 도처에 이렇게 노인들이 몰려오는 장관을 아무튼 눈 크게 뜨고 보라.

해가 진 당산에 쟁반 같은 달이 서서히 떠오르고 있다. 그러나 해는 내일도 어김없이 뜬다. 그러므로 내일 아침이면 또 어디론가 길을 나설 그들의 행각을 기대해도 좋다.

힘

남편의 망각이 때때로 부럽다던 말을 곰곰이 되씹는다. 그것도 힘일까 생각해본다. 돈지갑을 잃고 전화번호를 잊어먹고, 가다가는 옷이나 목적지를 잃고 배회하는 대인의 자유가 어디냐. 초월의 신천지가 눈앞이다.

김 선생은 늦은 아침 샤워기에서 쏘아대는 물줄기를 뒤집어쓰다 말고 배꼽 아래 돌기를 쳐다본다. 돌기라기보다는 혹에 가깝다. 혹이라기보다는 찔끔찔끔 물을 게워내는 재개발 직전 아파트의 수도꼭지 같다. 겨우 오줌이나 받아내는 소도구로 머리를 숙인 것이 쿨렁쿨렁한 배 밑에서 제법 수줍은 척한다.

고개를 들어 바라본 거울 속 가슴이야 공활하구나. 두부살로 도배를 했을망정 나올 데 나오고 들어갈 데 들어간 윤곽을 분간하지 못할 지경은 아니다. 좌우로 뾰족한 팥죽색 젖꼭지가 우선 뚜렷하다. 그것들 주변에 어설픈 팔자 수염처럼 길게 내민 몇 올의 털이 깜냥껏 뻗세다. 두 젖무덤 사이를 타고 명치끝까지 흘러내린 골짜구니 역시 오뉴월 진땀의 통로로 얼추 알맞다. 험한 노동에 시달리지 않은 손등은 뽀얗게 살이 쪄 죽은 마누라가 늘 찬탄해 마지않았다. 당신 손은 어쩜 그리 분통 같냐며, 이팔청춘 계집앤들 이리

고울까 부러워했을 정도다.

하지만 총체적으로 폭 삭았다. 세밀히 각을 떠 살피면 아직 쓸만한 부위도 있다 싶을지 모르나 겉모양일 뿐이다. 진기 빠진 살이 물컹하기 이를 데 없어 일반버스 의자에 몸을 부리기 무섭게 엉덩이가 마친다. 오죽하면 간호사가 볼기에 주사를 놓으며 찰싹 때리는 소리마저 예전과 다를까. 한때는 실팍하고 풍만한 쿠션 구실 덕분에 울림이 둔중했거늘 요새는 무척 가볍고 예리하게 들린다. 골다공증을 예비해둔 푼수로 버석버석한 뼈가 삐긋! 한 방에 어긋나고 낙상 두 번에 금갈까 두렵다.

거울에 비친 모습을 하나하나 뜯어볼수록 픽픽 웃음이 나온다. 너부데데한 얼굴에 완연한 노색은 당연하다 치자. 실상 먼저 늙는 건 평소에 잘 들여다보지 않은 몸통의 구석구석이라는 사실이 놀랍다. 거기 대면 눈가 잔주름이라든가 여러 겹으로 접힌 이맛살 따위는 별게 아니다. 소수의 싹수 있는 인심 앞에서는 곱게 늙은 표시로 오히려 당당할지언정 일삼아 살핀 육신은 똑바로 쳐다보기 어렵다. 불룩 튀어나왔으면 내려앉지나 말 일이지 배는 왜 이리 버린 지 오랜 욕망의 하치장모양 축 처졌을까. 물론 안다. 똥배는 스스로의 과부하를 이기지 못해서도 으레 밑으로 늘어지게 마련이라지만, 줄인다고 줄인 음식량과 상관없이 가라앉는 조화속을 모르겠다. 상반신 하반신을 구별하는 잔허리의 뭉뚝한 직립은 신경조차 쓰지 않는다. 깍짓동으로 뭉갠 경계선은 여하간에 그런 상체를 떠받치는 두 다리의 무력감이 걱정이다. 허벅살의 '물렁도'는 한 해가 다르다. 말기 간암으로 죽어가던 친구의 남산만한 배와 새끼줄모양 비쩍 말랐던 다리가 떠오른다. 하체가 그만큼 부실한 탓에 오금이 쉽게 저리고 종아리는 탄력을 잃은 지 오래다. 골고루구나 싶은 심정으로 맥이 탁 풀린다.

적동색 피부가 그럽단 말은 감히 못 한다. 초년에는 학교 선생으로, 중년 이후는 공무원으로 시종한 한살이 때문에도 옷으로 살을 싸매고 허세로 마음을 여미기 바빴다. 운동에 취미가 없고 이곳저곳 싸돌아다니지를 않아 햇볕에 몸을 말릴 일이 드물었던 터에 구릿빛 근력은 꿈조차 꾸지 않았다. 아무리 그렇기로 너무 하얗게 쉰 살결이 차라리 섬뜩하다. 지나치게 누우런 피부가 병색을 띤다면 하얗다 못해 푸르스름한 기가 도는 것도 얼핏 끔찍하다.

새삼스럽게 육신의 비밀을 샅샅이 발라내어 한숨을 올려쉬고 내리쉬는 노릇이 마지막으로 가당찮다. 처음 보는 면상이요 몸통인가. 뒷덜미에 붙은 녹두알만한 사마귀까지 작은 거울 큰 거울 동원하여 확인하고자 기를 썼다. 면경에 비친 검은 점을 체경에 다시 반사시켜 직접 살피지 않고는 못 배기는 성미기 때문에 자신의 나상이 조금도 뜨악할 것 없다. 함에도 불구하고 다 늦게 누추한 느낌을 곱씹는 것은 오늘이 바로 이 소장의 턱걸이 시합날이기 때문이다.

이 소장은 그의 단짝이다. 단짝이라면 교분이 웬만치 길고 아삼륙으로 의기투합하기 일쑤인 친구를 말하는 게 보통이되 이 소장과의 사귐은 반드시 그렇지도 않다. 오다가다 안면을 튼 사이다. 동네 앞산으로 약수 뜨러 다니는 동안에 어울린 노인이므로 너냐 내냐 지내는 꾀벽쟁이 친구가 아닐뿐더러, 애초에 떴던 양자간 거리를 죽고 못살도록 좁히려고 애쓰지도 않는다. 한데 노상 만나 별별 이야기를 다 한다. 허교 수삼 년에 이제는 녹록한 말벗으로 피차 허물이 없다.

이 소장은 아는 것이 많다. 마지막 현업에서 물러날 당시의 최종 직함이 어느 보험회사의 출장소 소장이었대서 다들 이 소장, 이 소장 부른다. 그러기 전에는 손댄 일이 많았다는 소문인데 김 선생은 굳이 알려고 하지 않았다. 말이 많은 깐으로는 절도를 잘 지키고 발이 넓은 만치 풍부한 화제가 즐거워 상종하기 편하다. 그러면 됐지 무얼 더 캐랴 다짐한다. 너무 끈끈한 까닭에 자칫 딴지를 건다든가 축축해지기 쉬운 동향인과의 이끼 낀 교분을 생각하며 궁금증을 거둬들인 것이다. 공유의 소싯적 경험이 없어 일정 거리를 유지하는 맛도 나쁘지 않다. 그 이상은 서로 넘나들 염을 내지 않기 때문에 관계가 순탄하다고 믿는다.

다만 부담스럽다. 이 소장의 나이에 걸맞지 않는 건강론 설교가 때때로 거북하다. 입으로만 해대는 게 아니라 실지로 그의 육체는 견고하고 매끈하다. 칠십 노인이라고 얕보았다간 큰코 다친다. 중키에 적동색으로 오종종한 얼굴만 놓고 따지면 갈데없는 영감태기 형용으로 십상이겠으나 실속은 어림없다. 완력 악력이 특히 세다. 우습게 여겨 팔씨름 따위를 청해 덤비다가 대번에 나가 떨어지는 젊은놈 여럿 보았다. 따라서 이 소장의 몸매는 옷을 벗었을 때 더 정체성이 확연히 드러난다. 세모꼴로 다져진 상체가 먼저 부럽다. 뼈와 살이 알맞게 들러붙어 윤곽이 보일락말락한 갈비 아래 배는 숨을 들이킬 것도 없이 쏙 들어갔다. 오른팔에 힘을 먹여 꺾을 때 드러나는 알통의 단단함이라니. 약수터에서 바벨을 들어올릴 때 본 두 다리의 탱탱한 근육질이라니…….

김 선생에겐 이 소장의 그런 육질이 때때로 탐나고 때때로 싫다.

지금은 선망의 시간인 셈이어서 빈약한 자의 몸을 슬픈 눈으로 핥아대지만 미구에 평가절하하지 말란 법이 그러므로 없다. 쇠퇴의 아름다움을 거슬러 억지로 근력을 기르고자 안간힘 쓰는 노인의 탐욕을 경멸하리라 짐작한다.

아무튼 시합장에 가긴 가야겠다고 서두르는 순간 뻐꾸기가 운다. 전에 살던 쥔이 바꿔놓은 벨소리가 하필 뻐꾸기 울음이다. 간사하고 소름끼쳐 매번 저놈의 새 죽여버려야겠다고 별렀건만 아직 그대로다. 얼른 개비하지 못한 게으름을 재삼 자책한다.

"김 선생니임, 접니다."

먹는 게 모두 힘으로 되돌아나오는지 이 소장은 목소리도 째지게 크다.

"잠깐 기다리세요. 곧 나갑니다."

혼자 사는 집에서 누구와 내외를 하듯 화장실 문을 빠끔히 열고 현관 쪽을 향해 소리친다. 들었는지 못 들었는지 바깥 기척이 잠잠하다.

"목욕을 하셨나 보네."

주섬주섬 옷을 걸치고 따준 문 앞에 떡하니 서 있던 이 소장은 김 선생의 젖은 두발부터 살핀다. 손에 든 빽의 배가 엄청 불룩하다.

"머리가 가렵고 몸도 찌뿌드드하고 해서……."

"좋지요. 아침 목욕은 건강에 아주 좋아요."

"먼 길이라도 떠날 행색이구랴."

"트레이닝복이다 타월이다, 잡동사니 등속이에요."

"평상복으로도 일등은 따논 당상일 텐데 뭐."

"운동하는 사람에게 자만은 금물입니다. 갖춰야 할 예의도 있고."

"열시면 시간이 많이 남았네."

"듣자 하니 이번 출전자들 중에 센 선수가 몇 있답니다."

이 소장은 자기 말만 앞세운다.

"전부 몇 명이 나오는데."

"보자…… 이십대 삼십대는 잘 모르겠고 장년부와 노년부는 십여 명쯤 되나 봐요."

"최종적으로 각부 우승자끼리 다투기도 하나요? 대개 그렇지 아마."

"대상을 뽑자면 그래야겠지."

"내 관심은 부상이에요. 얼마씩 준대요."

"허허, 염려 말아요. 입상했대서 턱을 내고 떨어진다고 입을 씻을까. 우리 약수 모임 간부들이 이미 예산을 다 짜두었으니까. 입만 가져가면 된다구요."

"갑시다. 원님 덕에 나팔도 불고 환자(還子)도 타게 생겼네."

두 사람은 아파트를 나섰다. 십여 분이면 족한 초등학교 운동장을 향해 천천히 걷는다. 일요일을 택해 동민체육대회를 열기로 한 곳이다. 이 소장의 출전 종목인 철봉은 여러 가지 경기 가운데 하나인데 일반인 중심이기 때문에 고난도 기술은 요구하지 않는다. 오로지 누가 더 많이 턱걸이를 하는가에 따라 등수를 매길 따름이다. 작년에 독감이 심해 결장한 이 소장은, 재작년인가 재재작년에 대상을 먹은 적이 있다고 한다. 알 만한 사람은 다 아는 그 방면의 기록 보유자다.

"빽 이리 줘요. 체면이 있지 우리 동네 대표선수께서 손수 보따리를 들고 다닐 수야 있나."

"웃기는 말씀. 누가 들을까 무섭소."

"오늘만은 내가 조수 노릇을 할 테니 사양 마래두."

빽을 낚아채려는 김 선생의 손목을 이 소장이 꽉 잡아 물리친다.

"아야야, 과연 세구나. 손목이 아리네 아려."

이 소장은 그러나 김 선생의 엄살을 무시한다. 가벼운 비명을 묵살한 채 말머리를 돌린다.

"민 감사 소식 못 들었나요?"

"아니. 그 양반 못 만난 지 오래됐네. 빽하면 아픈 사람이라. 또 입원했대요?"

"집에 있는데 상태가 매우 안 좋대나 봐."

"어떻게."

"노망기가 있대요."

"무어라? 알츠하이머라구요?"

소스라치게 언성을 높인다.

"알짜…… 뭐요? 방금 한 말……."

이번엔 이 소장이 외려 질겁한다.

"알츠하이머요. 망령이란 뜻이니까 그게 그거예요."

"유식도 하시라. 난 또 무슨 소린가 했네…… 기미가 조금 보인다고 했을 뿐인데 어찌 그리 실색을 하시나."

"그게 어떤 재변이라고…… 거기까지 가면 끝장인데 질겁하지 않게 생겼습니까."

길바닥에서 들입다 내지른 소리가 아닌게 아니라 무렴했던지 김 선생의 변명에 금세 힘이 빠진다. 재빨리 주위를 두리번거리는 눈에 언뜻 경황 망조의 빛이 서린다. 세상에 고약한 역병이 기어코 가까운 사람 하나를 파먹기 시작했다는 두려움에 떤 탓이다. 다른 병통이야 운수로 돌리고 팔자땜으로 감내한다 하더라도 그것만은 피하고 싶은 게 김 선생 연배들의 청할 원자 원망이다. 이 소장이 귀띔한 민 감사의 졸지 변고에 충격이 클밖에 없다. 이물 없이 지내는 까닭에 공포는 더욱 구체적이고 남의 일이면서 남의 일 같지 않다.

"오늘로라도 한번 들릅시다. 한참 못 만났으니 문병을 빙자하여 찾아봅시다."

"민 감사댁을 가자……."

"왜, 형편이 안 좋습니까."

"형편이나마나 지금은 좀 때가 그러네요."

"건 또 무슨 소리."

"경우에 따라서는 위문이 폐문이 될 수도 있다는 얘기지요. 내 아는 이 하나가 회복 불능의 중환으로 와병중일 때 그와 같은 정황을 겪었다구요. 친지를 비롯한 이런저런 문병객이 무시로 들락거렸을 게 아닙니까. 한데 병자와 가족 쪽에서 차츰 싫어하는 기색이더라구요. 아시겠습니까?"

"귀찮았겠죠. 예약하고 오는 것도 아니겠다. 치다꺼리가 여간 아닐 테니."

"그보다는 하나같이 건강한 모습을 대하기가 거역스러운 눈치였어요."

"저런."

이 소장이 짧게 혀를 찬다. 별 희한한 까탈이라는 투로.

"나는 이해할 만하다고 봅니다. 죽을지 살지 까마득한 우환중에 오는 이마다 펄펄 뛰는 건강을 풍기며 마음에도 없는 덕담을 늘어놓거든요."

"그게 도리 아닙니까. 약한 자에게 희망을 주는."

"옳습니다. 당연히 그래야 하는데 장병에 시달리는 환자는 환자대로 그 말의 뒤를 넘겨짚지요. 어지간한 심리학자 뺨치게 상대방 속내를 빤히 꿰뚫게 마련이라는 경험 안 해보셨나요?"

"모른 척하면 또 인정머리 없다고 야속해하는 비뚤어진 심사?"

"피장파장인 폭이죠. 친구가 죽으면 쓸쓸하지만 나는 살아남았다는 안도감으로 즐거운 것이 인간이니까."

"자기 고백으로 들어도 될까 모르겠네. 사돈네 남의 말 한다는……."

"잘 짚었습니다. 내가 바로 그래요."

이 소장이 웃고 김 선생이 정색을 한다.

"그건 그렇고 요컨대 당분간 문병 가는 걸 유보하자, 이런 말씀이에요?"

"민 감사 소문은 어디서 들었습니까?"

"약수터에서요. 민 감사네와 아파트 위아래층에서 사는 이가 일러주대요. 김 선생과 셋이서 산바 가라스를 자칭하는 처지에 아직 몰랐느냐고 비웃는 듯했어요. 민망합디다."

'산바 가라스(三羽烏)'는 세 단짝을 일컫는 일본어다.

"가긴 가야죠. 가긴 가되 오늘은 어쩐지 내키지 않네요. 좀더 알아본 다음에 간들 어떻겠습니까."

고르고 골라 턱걸이 시합을 통해 당신의 강골을 과시하는 날 갈 건 무어 있느냐는 말을 보태려다 참는다. 그렁그렁 버티는 나도 당신 앞에만 서면 갑자기 주눅 드는 마당에, 가족들이 온통 수심에 차 있을 그 집 사정도 생각해얄 게 아니냐는 말을 꿀꺽 삼킨다.

우습게도 세 사람이 껴묻어다니는 사이를 비집고 들어오려는 인사가 없지 않았다. 그때마다 김 선생과 이 소장과 민 감사는 구수회의랄 것도 없는 의논을 했다. '산바(세 까마귀)'를 다섯 가량으로 늘려 돈독한 우의를 불리자커니 지금 수준으로 족하다커니 말마디를 주고받는 동안에, 주위의 여러 노인네는 세 사람이 친 자의적 금줄 밖에서 영문도 모른 채 문전박대를 당하거나 미역국을 먹었다. 누구는 주책바가지여서 안 되고, 누구는 혼자 도도하여 꼴도 보기 싫고, 누구는 매사에 부정적이어서 틀렸다는 둥 트집을 잡혀 쪽도 못 쓰고 밀려났다.

나이를 먹을수록 고집은 섣부른 이데올로기 이상으로 굳어지기 쉽다. 후딱하면 이해와 관용을 입에 달고 다닐갑세 사안의 중심이 지극히 개인적인 경우, 기왕의 한계에서 좀처럼 벗어나지 못한다. 입맛과 더불어 까다로운 개인차가 그래서 더 요지부동인 수가 많다. 큰 걸 내주고 작은 이해에 매달리는 예외 또한 있고.

세 노인의 접촉 과정에서 시시로 마찰음이 새어나오는 것도 그런 성깔과 무관하지 않다. 의견이 갈려 토라질 때의 화제나 행동을 한두 가지로 묶기는 힘들다. 그때그때 다르기 때문인데, 빈도로 따지면 정치현실을 놓고 티격태격하다 틀어진 경우가 기중 많다. 출신지가 동떨어진 만큼 지지하는 정치 지도자와 정당이 제각각인 탓으로 돌리면 그만이다. 거기서 끝나면 그만인데 상대방이 찬양해 마지않는 정치가를 형편없이 폄하한다든가 상욕을 날려 능멸하는 바람에 과격한 설전으로 번지는 게 문제다. 서로간 의향이 그처럼 외곬으로 뻣뻣한 걸 알았으면 다음번엔 그런 전제 위에서 정치 논전의 실마리를 달리 풀어갈 법도 하련만 또다시 출발점을 빙빙 돌기 예사다. 줄창 중앙에서 벗어난 인생들이 중심을 향해 삿대질을 한다든가 알랑방귀를 뀌는 촌극이 벌어진다. 남의 눈에 촌극이 본인들에겐 장막극이다.

하여 그들은 어느 날 정치에 관한 얘기를 일절 삼가기로 약조했다. 김 선생과 이 소장이 심하게 다툰 끝에 다시는 안 만날 것처럼 헤어진 일이 벌어진 후였다. 민 감사가 중간에서 왔다갔다 두 사람을 화해시키는 자리에서 삼자 합의하에 내린 결론이다. 중소기업에 오랜 동안 근무하다가 감사직으로 월급쟁이 생활을 마감한 민 감사는 사람됨이 퍽 싹싹한 편이다.

정치문제말고도 세 사람의 관계를 삐걱거리게 한 사소한 빌미가 적지 않았다. 하다못해 점심거리 메뉴를 정하는 순간에도 알력의 그림자가 어른거렸다. 하나가 설렁탕이면 또하나는 칼국수를 내세우고, 나머지 하나는 돈가스가 먹고 싶다고 입맛을 다시는 판이 곧잘 전개되었다. 모처럼 어디론가 나들이를 가자는 데 모두 동의한 것까지는 좋았으나, 하나가 동해안이면 또하나는 서해안을 우기고, 나머지 하나는 지리산에 가고 싶다고 초치는 혼란이 비일비재였다. 그럴 적마다 민 감사는 자기 희망지부터 지우며 둘의 거리를 야금야금 좁혀 삼인의 행선지를 어렵사리 한 곳으로 성사시켰다. 그렇던 민 감사가 지금은 제정신을 놓고 산단다.

말이 동민체육대회지 운동장은 헤싱헤싱하다. 천막을 치고 만국기가 펄럭이는 가운데 확성기에서 '아 아, 마이크 시험중' '아 아, 마이크 시험중' 소리가 울렁출렁 넓은 운동장을 휘젓기 망정이지 그나마 잠잠했더라면 행사를 하는지 안 하는지 모를 만치 썰렁했을 터이다.

너무 일찍 온 탓일까. 얼마 만에 듣는 '아 아, 마이크 시험중'인가 싶기는 하다. 그리고 저놈의 마이크는 예나 이제나 항상 시험중이라는 생각으로 김 선생은 슬며시 고소한다. 세상이 훌쩍 바뀌었어도 가장자리를 레이스모양 달아낸 천막과, 미국 일본 중국 영국 프랑스 같은 대국을 빼고는 어떤 게 어느 나라 것인지 한번도 제대로 눈여겨보지 않은 만국기의 시간이 그런 대로 만만하다. 하나 어린 시절의 들뜬 풍경을 되새김질하기엔 입안의 밭은 침이 늘 쓰다. 가슴엔 여간해서 감동이 일지 않는다. 때문에 마음이 덤덤하거늘 주최측은 초장의 한산한 분위기를 돋우려고 애를 써 한편 미안하다.

"본부석으로 갑시다."

이 소장이 등을 민다.

"거긴 왜."

"괜찮아요. 이따가 국회의원도 온답디다."

마지못해 떠밀려간 텐트 안엔 접는 쇠의자가 즐비하다. 이 소장은 이 사람 저 사람과 인사하고 악수하기 바쁘다. 김 선생은 뒷전에 앉아 누군가가 건넨 프로그램을 펼치다 말고 살짝 이맛살을 찌푸린다. 이 소장의 턱걸이 차례가 오후로 잡혀 있었던 것이다. 그때까지 죽치고 앉아 있을 일이 미리 심란하다. 쩟쩟 혀를 차자 어느새 이 소장이 다가선다.

"점심 걱정은 말아요. 도시락이 먹을 만할 겝니다."

"점심이야 아무러면 어때요. 이 소장 출전 때까지 기다리기 지루해서 그렇지."

"일부러 구경하러 오는 사람도 있는데 참아요. 오랜만에 동심으로 돌아가는 기분이 나쁘지는 않을 테니."

"천천히 와도 될걸……."

"아따, 친구 따라 강남 간 셈 치구려."

"하기사."

도리없다는 듯 팔짱끼고 체념하는 김 선생의 귀에 마침 대회 진행자의 개회 선언이 쩌렁쩌렁 울린다. 그 사이 제법 들어찬 사람들의 훈김이 운동장 곳곳에 서서히 퍼지고, 마수걸이로 등장한 부녀회원들의 에어로빅 댄스가 느닷없어 구경꾼의 관심을 끈다. 동시에 야릇한 감흥이 눈을 뜬다. 훨씬 싱싱한 여성들의 같은 동작을 텔레비전 영상을 통해 더러 바라볼 때는 막상 단조로웠다. 빛바랜 달력의 미인상만도 못했는데, 동네의 젊지도 늙지도 않은 여인네들이, 동네의 남녀노소 앞에 늘어선 기분이 색다르다. 허리와 팔을 쉴새없이 꺾고 편달지 양다리를 한 일자로 거침없이 쫙쫙 뻗는 광경이 별스럽다.

조석으로 숱하게 마주친 얼굴들인 것 같은데 아는 얼굴은 없다. 청색 바탕에 백색 빗금을 여러 갈래 그은 운동복으로 관중의 착시를 의도하지는 않았겠으나 덕택에 썩 생기가 넘친다. 각양각색 지체(肢體)의 길고 짧음과 굵기나 가늘기, 또는 엎드려 뻗쳐 자세를 취하는 순간 봉곳하게 마련인 둔부의 긴장감 결여 등으로 미루어 한눈에 짐작이 간다. 한 거푸집에서 뜬 것처럼 쪽 고른 몸매가 아님을 단박 알 수는 있을망정, 그게 어렵쇼? 여염의 생활도 가지런히 모으면 그림이 된다는 사실을 느끼게 만든다. 들쭉날쭉 엉성한 까닭에 오히려 가산점 배려가 불가피한 몸짓이 어찌 저들뿐이랴. 하고 보면 이 장소에서 언젠가 펼쳐졌을 아이들의 운동회 때도 잘 뛰는 녀석에 대한 상찬 못지않게 탈락한 꼬맹이의 울상에 주위의 시선이 한층 쏠렸을 듯하다. 세상의 운동장은 그러자고 있는 거니까.

춤추는 대열을 물끄러미 지켜보던 김 선생은 아까부터 어떤 여자의 움직임을 유심히 좇는다. 먼 눈에 잘 가늠이 가지는 않았으나 좋이 육십은 되었으리라 넘겨짚는다. 동료들보다 움직임이 자칫 한 박자 늦는가 하면 남들이 훌쩍 뛰어 허공을 찰 때도 발을 여전히 땅에 붙인 채 대충 시늉만 한다. 구색으로 끼인 품이다. 이만한 연장자도 있다는 과시와 애교로 넣어주었을까.

하지만 김 선생이 정작 상상한 초상은 엉뚱하다. 그 여자를 빌려 엇비슷한 나이에 죽은 아내를 떠올리고 있다. 술 한 모금 못하는 주제에 간암으로 갔다. 발병 일 년 만에 세상을 뜬 지 이태째 들어간다. 김 선생은 그후부터 자식들의 반대를 무릅쓰고 부득부득 혼자 지낸다. 일상의 불편이 여간 크지 않되 아무에게도 구애받지 않는 자유가 더 좋아, 주에 두 번 오는 가정부의 도움을 받으며 그냥저냥 견딘다. 평생을 두고 사람은 이래야 한다 저래야 한다는 '다워야 병'에 휘둘린 세월이 신물난다. 남의 지식을 빌려 위장한 '첫병'을 자기 것인 양 호도하는 동안 진짜 내 것은 무엇이냐는 만각이 괴로웠다. 그렇다면 앞으로는 최소한 지금껏 걸쳤거나 옥죄던 것들을 털어내는 쪽으로 방향을 틀자고 별렀다.

마누라를 앞세우면 신간이 고단할뿐더러 건강 또한 내리막길을 구르듯 쇠약해지기 쉽다는 속설이 빈말 아니었다. 작년 다르고 올해 다른 무기력을 무지무지 실감했으나 대수롭지 않았다. 어차피 끝이 빤한 터라서 무얼 챙기기보다는 버리기 일쑤다. 망가지는 것들에 대한 자기 연민이 도리어 힘이 되는 수도 있다. 죽음에 드는 힘도 힘이라는 걸 생각하면 없던 기력도 새록새록 붙는 역리(逆理)에 자족한다. 오다가다 만난 이 소장이라든가 민 감사라는 두 이웃은 따라서 심심풀이 땅콩 같은 존재다. 없으면 입이 심심하여 손에 닿는 대로 주전부리삼아 서로 주워먹는다. 치렁치렁 늘어진 시간을 메우는 파한(破閑)의 사이이다.

에어로빅으로 대뜸 초장 분위기를 띄운 장내는 백 미터, 이백 미터, 팔백 미터 경주에 이은, 자전거 타고 오래 버티기, 이인삼각, 뒷짐지고 과자 따먹기 등등의 경기로 이어지면서 차츰 열기를 뿜는다. 조금은 뜻밖이다. 변화하는 바깥 속도는 화살 같은데 운동장 시계는 어쩌자고 케케묵은 시간에 머물러 있는가 의아스럽다. 올림픽 역시 기본 틀은 같다. 나날이 새로운 기구가 사람들의 생활을 제아무리 수월하게 이끈다 하더라도, 수수만리 밖에 있는 문물을 단숨에 끌어당기는 축지법을 쓴다 하더라도, 오체를 당장 대신하지는 못한다. 그런 측면에서 올림픽은 적나라한 힘의 마지막 전시장인 셈이다. 원시적으로 맞부딪쳐 빠르기나 높이를 겨루고, 차는 기술, 던지는 재주를 가려 결판을 낸다. 그것은 사람에게 영원한 희망인가 아름다움인가.

"시장하시죠, 이거."

"?"

멍청히 앞을 겨냥하던 눈을 옆으로 돌리자 이 소장이 어느 틈에 도시락을 들고 서 있다.

"벌써 점심인가."

"그럼요, 워낙 시작이 늦었거든."

은박지에 싼 도시락에 캔맥주까지 곁들여 내민다. 맥주는 하나뿐이다.

"이 소장 것은?"

"곧 철봉대에 매달릴 사람이 마셨다간 볼장 다 보게요."

"아 참."

"점심 먹고 쉬었다가 곧 나가야 돼요. 원은 아무것도 먹지 말아야 하는데 아침마저 걸렀기 때문에 한두 젓가락 배에 기별이나 보낼랍니다. 속이 너무 비어도 안 되니까."

"그렇겠네. 노년부도 많이 출전한대요?"

"원은 청년 장년 노년 삼부로 나눴는데 노년부는 도대체 신청자가 있어야 말이지. 나 하나뿐이어서 장년부에 포함시키기로 했대나……."

"얼래."

"불공평하다?"

"이 소장 실력으로는 장년부도 너끈하겠지만 원칙적으로는 그렇잖아요. 아니면 프레미암을 얹어주든가."

"됐어요. 아무런들 상관 있나. 대강 평소 기량을 알 만한 사람들인데."

대단한 자신이다. 나름대로 수소문해서 내린 전망일 게다.

운동장 한구석 철봉대 주변이 관중으로 그들먹하다. 높고 낮은 세 철봉대 중에서 키가 제일 큰 놈을 에워싸는 형식으로 모였다. 대부분이 앞쪽에 진을 쳤지만 좌우로도 흩어져 반원을 이룬 꼴이다. 스무 명가량 되는 선수들은 철봉대 뒤에서 차례를 기다린다.

"경기의 요점을 말씀드리겠습니다. 청년부 장년부 순으로 치르되 단판 승부로 하겠습니다. 토나멘트 식으로 예선 결선을 거치는 것이 좋겠습니다만 오늘 하루로는 무립니다. 일단 힘을 빼고 난 다음엔 다시 도전하기 어렵기 때문입니다. 생각해보세요. 젖먹던 힘까지 쏟아 탈진하고 나면 무슨 힘이 남겠습니까. 그러니까 턱걸이 횟수에 따라 각부의 일, 이, 삼등을 정하고, 양부를 합쳐, 즉 청년부와 장년부를 통틀어 가장 성적이 뛰어난 선수에게 대상을 수여하게 됩니다. 심사 기준은 팔을 철봉과 직각으로 쭉 늘어뜨렸다가 철봉 위에 턱을 완전히 얹는 것을 원칙으로 하겠습니다. 바를 쥐는 방법에는 바로잡기, 업어잡기, 엇걸어잡기가 있습니다만 바로잡기로 통일합니다. 심사위원은…… 에또……."

진행자가 들고 있던 종이쪽지를 보며 호명하는 대로 세 사람이 차례차례 관중을 향해 목례를 한다. 진행자는 끝으로 부상 액수를 말하고 돌아서려다, '잠깐' 하고 다시 목청을 가다듬는다.

"참고로 한 가지 부연할 것이 있습니다. 오늘 장년부 선수로 참가하신 이수필 선수를 소개하겠습니다. 잠깐 이리 나오시죠."

이 소장이 머뭇머뭇 다가서자 재차 큰 소리로 외친다.

"이 어른으로 말할 것 같으면 올해 나이 일흔하나십니다, 맞죠?"

진행자가 고개를 돌려 묻자 쥐색 트레이닝복 차림의 이 소장이

'셋' 하고 고개를 젓는다.

"아, 죄송합니다. 일흔셋이랍니다."

와아 웃음소리가 터진다.

"어떻든 굉장하십니다. 원래는 노년부를 지망하셨는데 경쟁자가 없어 장년부에 편입되었습니다. 장하시지 않습니까."

진행자의 유도성 발언이 끝나기도 전에 관중들이 요란한 박수로 화답한다. 김 선생도 손에 든 이 소장의 빽을 땅에 내려놓고 힘껏 손뼉을 친다. 그러다 문득 이상하다는 생각을 한다. 오늘 같은 날 어째서 이 소장 가족이 하나도 안 왔을까 의심한 것이다. 엔간하면 식구 중 누군가는 가장의 노익장을 기념하는 사진 한 장 찍기 위해서라도 발걸음을 해얄 텐데 나타나지 않았다. 그러고 보니 자기는 한 번도 이 소장 댁을 간 일이 없어 그쪽 사정에 아주 어둡다. 아예 기회를 주지 않은 탓이다. 부인이 병골이어서 늘 누워 있다든가, 슬하의 삼남매는 모두 출가하거나 따로 살아 집안이 적적하다는 것밖에는 얻어들은 것이 없다. 민 감사와 셋이서 이런저런 얘기를 주고받는 자리에서도 화제가 안사람들에 미치면 이 소장은 얼른 딴청을 부리기 쉬웠다.

명색이 선수들이라선지 천하에 밋밋한 턱걸이 시합일망정 응원부대들의 시끌짝한 성원에 힘입어 아주 시시하지는 않다. 흥미를 부추길 셈이었던지 청년부 장년부 경기를 따로따로 실시하지 않고 한데 엇섞어 교대로 진행한 것도 주효했으리라. (부별 순위는 별도.) 왜무처럼 미끈하게 다듬은 몸매로 철봉대를 쑥쑥 오르내리는 청년부 선수에게 갈채를 보낸 다음엔 장년부 선수의 낑낑대는 용트림에 안타까운 탄성을 번갈아 내질러 판이 들썩거렸다.

한결같이 그렇지는 않다. 청년도 청년 나름이고 장년도 장년 나름인가 보다. 청년 중에도 미처 열 번을 못 채우고 공중에 뜬 발을 허우적이며 몸을 배배 꼬는 자가 있다. 충혈된 얼굴이 시뻘겋다 못해 흙빛으로 참담하다. 장년 속에도 몸통을 거뜬거뜬 들어올리는 기세가 어찌나 날렵한지 경탄을 금치 못하게 하는 자가 있다. 그때마다 구경꾼들의 갈채가 추임새 푼수로 척척 장단을 짚는다.

"얼씨구 잘한다."

"물찬 제비 같구나."

대기중인 이 소장은 연신 목을 돌리든가 두 주먹을 쥐락펴락 준비운동이 한창이다. 상대적으로 실력이 뛰어난 사람은 주최측이 일부러 순서를 뒤로 미뤘음에 틀림없다. 김 선생의 짐작인데, 그는 늙은이들의 저런 힘 자랑이 딱하다. 이 소장에 대한 감정도 마찬가지다. 공연히 천박하게 비칠 때마저 있다. 억센 체력에 까빡 기죽고, 다른 한편으로 기피하는 심사를 꼭 자신의 타고난 약골 탓으로만 돌리지 않는다. 연만하여 행동이 굼뜨고, 공격적이기보다는 수세적인 처지에서 일을 추려나가는 의지가 어때서? 묻고 싶어진다. 가끔씩은 그걸 세상 평화의 숨은 힘으로 간주하려 든다.

어려서도 탕약 달이는 냄새를 많이 맡고 자랐다. 집안에 항상 병자가 있었기 때문이 아니다. 그것은 어른들의 건강회복제 못지않은 울적한 심화 달래기 구실도 일쑤 했던 것 같다. 골치가 팬다고 마시고 가슴이 아프다고 달였다. 소년 김 아무개는 물론 그게 마땅찮았으나 차차 익숙해졌다. 처음엔 죽도록 싫던 냄새가 나중에는 곁다리로 따라나오는 알사탕과 더불어 아무렇지 않던 기억이 새롭다. 마음놓고 어리광 피우는 계제로 제격이었다. 어머니가 이마에 잠밥을 먹이고 할머니가 배를 쓰는 동안이 암암리에 즐거워 꾀병까지 부렸다.

그런 그에게 도무지 쇠잔할 줄 모르는 이 소장의 찰진 건강이 어떤 때는 버겁다. 민 감사도 하루는 이 소장에게 물었다.

힘은 요긴하게 쓰자고 있는 것인데 그토록 정성들여 모은 힘을 어디에 다 소화하오.

그 역시 비슷한 의문을 품고 있었던 모양이다.

어디다 쓰자고만 힘을 기르나. 그 자체로 필요한 것 아니겠어요?

남자의 힘은 필시 한 곳으로 쌓이게 마련인데 아주머님이 병환 중이시라니 그것도 안 되겠고…….

민 감사가 이 소장의 대답을 한옆으로 젖히고 거듭 음흉하게 엉뚱한 곳을 대자 이 소장의 안색이 잠시 일그러졌다.

……그저 생각하는 것이라곤 맨날…….

한참 만에 입을 달싹이다 말았다. 점잖치 못하다고 타박한 폭이었으나 그보다 먼저 표정이 굳어졌다. 얼굴이 점점 씁쓸하고 어두운 빛으로 물들어가는 걸 김 선생은 그때 보았다.

당초 예상대로 경기장은 종반에 이르러 조마조마한 긴장에 휩싸인다. 뒤로 몰렸던 실력파들의 월등한 기량에 홀려 사람들은 환호하고 숨을 죽인다. 개중에서도 이 소장에 앞선 청년의 턱걸이 마흔일곱 번에 모두 혀를 내둘러 탄복한다. 경기를 마치고 아직 헉헉거리면서도 입가에 미소를 흘리는 여유가 미덥다. 그만큼 편안하게, 잔뜩 졸아붙었던 구경꾼들의 마음이 풀린다.

맨 마지막으로 이 소장이 철봉대를 쥐자마자 터진 환성엔 그러므로 기대와 동정이 반반씩 포함돼 있다고 보아야 한다. 이기면 좋겠지만 져도 섭섭해하지 말라는 호의의 어중뜬 표출일시 분명하다. 노약부동에 억강부약의 대중심리가 알맞게 섞인.

실지로 본 일이 없어 김 선생은 이 소장의 턱걸이 상한선을 잘 모른다. 출중하다는 소문이야 실컷 들었으나 신경 쓰지 않고 확인한 적이 없어 좀전의 청년을 웃돌지 미치지 못할지 가늠이 안 선다. 동요하는 기색 없이 굳게 입을 다물고 벌써 이십 회를 가볍게 넘긴 걸로 미루어 안심해도 되지 싶다. 아니야. 믿을 수 없는 게 노인의 기력인걸, 저러다 기진하면 어쩌나…… 초조해진다.

하지만 기우였다. 이 소장은 어느새 서른, 마흔 번을 넘어섰다. 그때부터다. 관중들의 눈빛이 저마다 빛나고 입에서는 일제히 수를 헤아리는 함성이 합창처럼 울려퍼진다. 이 소장의 몸통이 어느덧 밑으로 축축 처지고 안색이 흉하게 우그러지기 시작했는데도 사람들은 한층 왁자하게 외쳤다.

"마흔하나!"

"마흔둘!"

"마흔셋!"

"마흔넷!"

"마흔다섯!"

"마흔여섯!"

"마흔일곱!"

"하나, 하나만 더!"

"옳지 옳지. 마흔여덟……."

"됐다아. 이겼다아!"

한 점 차이로 청년을 눌렀으니 됐다고 아우성이다. 노오랗게 변한 이 소장의 낯빛이 안쓰러워 미리 만세를 부르듯 두 팔을 번쩍 들기도 한다. 더이상 욕심내지 말라는 중지 신호이자 안도의 집단적 표현이다.

그런데 이게 웬일이람. 이 소장은 계속해서 철봉에 팔을 걸고 버둥거린다. 기어코 쉰을 채울 셈인가.

"그만 그만."

제지하는 사람이 있다.

"마흔아홉!"

할 수 없이 수효를 세는 사람이 더 많다.

"쉬인!"

드디어 절정을 기어오른 이 소장을 향해 와 와 야단이다. 하지만 영광은 찰나였다. 그의 승리는 곧 경악으로 바뀌었다. 이 소장이 가까스로 턱을 철봉에 괴었는가 하자 이내 스르르 미끄러져 모래 바닥에 덜퍽 널브러졌기 때문이다.

"앗!"

"저걸 어떡해!"

김 선생이 냉큼 뛰어간다. 군중이 이 소장을 에워싸고, 대회 임원들이 '구호반 구호반!' '앰뷸런스 앰뷸런스'를 부른다. 그때였다. 언제 어디서 나타났는지 사람의 울타리를 뚫고 들어온 민 감사가 입에 거품을 물고 혼절한 이 소장의 어깨를 마구 흔들어댔다.

"일어나. 일어나. 나야 나."

다그치다가 김 선생과 시선이 마주치자 피식 웃는다. 어이없다. 듣던 대로 맛이 갔는가 느낄밖에 없다. 어쩜 이럴 수가…… 하나는 쓰러지고 하나는 정신 나간 몰골로 현현한 국면이 공교로워 황당하고 아뜩하다. 의당 어떻게 왔느냐 따위를 물어봄직도 하다만 마음뿐이다. 경황이 없어서도 말을 붙일 겨를이 없다.

김 선생은 구급차에 편승하여 병원에 황급히 당도한 뒤에야 겨우 숨을 돌린다. 어떻게 북새통을 빠져나왔는지, 민 감사는 또 어쩌자고 동행을 우겨 따라나섰는지, 순식간에 생긴 일들이 아찔하다. 응급실로 들어간 이 소장의 하회 역시 궁금하다.

"죽을까 살까? 이 소장."

민 감사의 혀 짧은 소리가 뜨악하다.

"머잖아 깨어나겠지. 그건 그렇고 당신은 어떻게……."

막 입을 떼던 김 선생이 부리나케 대기실 문을 열고 들어선 여인을 보고 눈을 깜짝거린다. 민 감사 부인이다. 이따금 대했던 얼굴이다.

"아이고 한숨이야. 혼자 쏘다니면 위험하다고 했잖아요?"

"왜 또 왔어?"

민 감사가 천연스레 대꾸한다.

"안녕하세요. 이 소장께서 까무라치셨다더니 괜찮으신가요?"

남편을 젖혀둔 채 김 선생에게 인사부터 차린다.

"글쎄요. 두고 봐야죠. 소문도 빠르다. 학교에서 들으셨나요?"

"네. 이 양반 찾아나섰다가…… 빨래 널고 있는 사이에 없어졌지 뭡니까. 마이크 소리에 들뜰 때부터 눈치챘기 망정이지……."

"저도 뜻밖이었습니다."

"알고 계셨군요."

"별로. 풍문에 약간."

"미안합니다. 소문 낼 일도 아니어서 덮어두다 보니 동네방네

폐가 많네요."

"별 말씀을. 어느 정돈가요."

"하루는 멀쩡하고 하루는 억장 무너지는 짓을 해서 탈이지 아직은 보아넘길 만하답니다."

"다행이군요."

"앞으로가 문제겠죠."

"나 화장실 갔다 올게."

민 감사가 아내더러 빽 소리친다. 고함에 가깝다. 도대체 남을 의식하지 않는다. 얼굴은 그러나 웃고 있다. 아깟번 철봉대에서처럼.

"딴 데 가면 안 돼요. 금방 집으로 가야 하니까."

영락없이 아이를 다루는 말투다. 해놓고 무색했던가 혼자 중얼거리듯 조용히 말을 잇는다.

"저럴 때는 똑 코미디언 같애."

"네? 코미디언요?"

김 선생이 깜짝 놀라 남편 뒤를 열심히 밟는 부인의 시선을 함께 따라가며 묻는다. 아닌게 아니라 민 감사의 과장된 걸음걸이가 한눈에 웃긴다. 상체를 꼿꼿이 세우고 팔다리를 더디게 뻗는 자세가 얼핏 로봇 흉내를 연상시킨다. 노인의 보행으로는 하물며 경망스럽기 짝이 없다. 덩더꿍 장난기가 흐른다.

"걷는 솜씨만인가요."

"……."

굴뚝같은 호기심을 누르고 무언으로 재촉한다. 남의 집 불 구경 않는 군자 없다더니 당신도 마찬가지구려, 경멸할까 무서워서다.

노회한 자제가 암만이면 늙은이의 겸양 또한 그만하다고 여긴들 어떠리요다.

“받은 전화 내용은 기억하는데 누가 걸어왔는지 깜깜해요. 그때마다 상대는 최불암이 되었다가 짜장면집 쥔이 되었다가 오락가락한답니다. 그리고는 깔깔 웃어요. 가만히 있으면 차라리 흔한 건망증으로 칠 수도 있으련만…….”

“진찰은 받아봤습니까.”

“그럼요. 가벼운 상태로 오래 가는 수도 있고 급격히 나빠지는 경우도 있는 둥 천차만별이랍니다. 걱정스러운 것은 증상이 평소 성격과 반대로 나타나는 점이래요. 우리집 양반은 아시다시피 본래부터 상냥한 편이라 장차 세간을 때려부순달지 하면 어쩌나 염려스러운데, 입때껏은 부드러워요. 밥알 흘린다고 혼날까 봐 어린애 숟가락을 고집하는걸요. 저를 대왕대비로 떠받들다가 어떤 날은 또 옆집 아줌마로 착각해서 괴롭지만…… 때로는 부러워요.”

“누가 말입니까.”

“누구는 누구겠어요. 나오는 대로 주워섬기고 남의 눈에 관계없이 자기 편한 대로 행동하는 저 위인이지요.”

부인은 마침 볼일을 끝내고 걸어오는 남편을 눈으로 가리킨다. 이럴 수가, 싶을 정도로 자신의 곤경을 남의 이야기하듯 풀어가던 노친네의 낯빛이 비로소 경직된다. 하지만 대단하구나. 어쩐지 고마운 느낌으로 김 선생은 고개를 떨군다.

“가자. 우리집으로. 또 만나. 요 노인장아.”

인사를 잊지 않는 민 감사와 부인을 현관까지 배웅한다.

앉았던 자리로 돌아오며 남편의 망각이 때때로 부럽다던 말을 곰곰이 되씹는다. 그것도 힘일까 생각해본다. 돈지갑을 잃고 전화번호를 잊어먹고, 가다가는 옷이나 목적지를 잃고 배회하는 대인의 자유가 어디냐. 싸지른 오물로 방바닥에 지도를 그리는 등속의 말기증상까지는 가지 않도록, 나날이 새로운 약으로 현상유지 수준에서 동결시킬 수만 있다면…… 초월의 신천지가 눈앞이다. 가족들의 고생과는 상관없는 노인 군도(群島)를 별도로 설정하여 낱낱으로 흩어진 노인력을 그러모은다면…… 째째한 소인배들의 '발명' 찜쪄먹을 꿈의 세계가 게 아닌가.

"이수필씨 보호자 어딨습니까! 이수필씨 가족!"

다급한 부름에 김 선생의 망상이 깨진다. 번쩍 고개를 쳐들고 대답할밖에.

"나요 나!"

그 순간 다른 곳에서도 응답이 나온다.

"여기 있습니다."

못 보던 청년이다.

"둘이시네. 두 분은 어떻게 되시죠?"

간호사의 헷갈린다는 눈짓을 무릅쓰고 청년이 먼저 김 선생에게 꾸뻑 절을 한다.

"아버님 친구분 되시는……."

"그렇소마는."

"둘째아들입니다."

"시간이 없거든요. 한 분만 빨리 절 따라오세요."

간호사가 독촉한다. 신참 의사인지도 모르겠다. 초록빛 가운에서 위기의 냄새가 나는 것 같다.

"그래요? 그럼 어서 들어가보슈."

"이따 뵙겠습니다."

청년이 냉큼 발걸음을 돌린다.

김 선생은 우두망찰 맥이 빠진다. 그만 갈까, 기다릴까, 망설이다가 조금만 참기로 한다.

이 소장 아들이 다시 나온 건 한식경쯤 지난 다음이었다. 처진 어깨로 경과가 좋지 않구나 어림잡는다.

"오늘밤을 넘기기 어렵다는군요."

"엥? 그렇게 나빠."

"네."

"알아는 보던가."

"전혀요."

"어머님은 왜……."

"모르셨습니까? 흥!"

모르셨습니까라니. 흥이라니. 아들의 심상찮은 반응에 김 선생은 머쓱할망정 궁금증이 꼬리를 문다.

"여기 없습니다. 미국서 딴 사람과 삽니다. 오래됐어요."

"처음 듣는군."

"아버님이 말씀 안 드리셨나 본데 이 마당에 숨겨서 무엇하겠습니까. 아버님은 십여 년 전에 당한 교통사고로 하체 기능을 잃으셨습니다."

"음. 그래?"

왠지 허퉁하다. 김 선생의 잠긴 신음에 실망이 겹친다. 그토록 바치고 자랑하던 힘의 발원지가 고작 그거던가 낙담한 탓일 수도 있다. 아니 사람의 노릇이라는 게 필경 작은 실마리를 크게 부풀리는 짓에 다름아니라는 깨달음 때문일 수도 있겠다.

김 선생의 늙은 하루가 오늘은 그렇게 저물었다.

사진

자신이 직접 당해보지 않고는 나락처럼 캄캄한 것이 죽음이라고 했을 때, 천만년 전이나 오늘이나 저마다 최초이자 최후의 실험자로 떠밀릴밖에 없다고 했을 때, 어느 누가 본능적인 공포에 휘말리지 않겠나. 과정이 아니라 죽음 자체에 대해서.

화제를 남들과의 사귐이나 지면 관계의 유지 발전에 국한시켰을 때 그라는 인간은 영 밥맛이다. 스스로 그렇게 느낄 정도이므로 한 다리 건너 듣는 자신에 대한 바깥 소문 또한 어찌 넉넉하기를 바라겠는가. 두말할 것 없이 신통치 못했다. 어쩌다 만난 구면과의 악수에서 그걸 확인한다. 성실치 못했던 적조의 동안을 다소나마 복원할 양으로 깐에는 제법 힘을 주어 내민 그의 손 안에서 상대방은 벌써 동곳을 빼기 쉬웠다. 손마디에도 무슨 무슨 부진현상이 일어날 수 있다면 이러려니 싶을 만큼 축 처져 간댕거렸다.

자격지심에 앞서 누구를 탓할 처지가 못 되었다. 사람과의 사이는 필경 빌리고 갚는 것이다. 학교에서 실컷 재잘거리고도 모자라 집에 돌아오자마자 다시 전화질을 해대는 아이들은 아니라 하더라도, 잊어버릴 만하면 안부 삼아 파적 삼아 서로 성음을 나누어야 관계가 오래 간다. 용건이 없으면 만들 일이다. 돈 드는 것 아니겠다 계절의 변화도 더없이 좋은 화제다. 이를테면 생뚱맞은 봄눈이 창 밖에 어른거릴 무렵 되도록 먼 곳에 있는 친구에게 전화를 넣은들 어떠리.

'춘설이 난분분한데 무얼 하고 지내나. 이럴 때는 자네와 딱 한 잔해야 하는데 유감이로고…….' 이렇게 나가면 효과 직방이다. 어차피 근일 중 상봉은 가망이 없기 때문에 우정의 적금으로 더더욱 그만이다. 거리가 가까우면 하다 못해 세상사 꼬투리라도 잡고 늘어져 소식을 교환할 필요가 있다. 요컨대 데워야 한다. 식은 피자는 아니지만 어느 한쪽의 나태로 관계가 굳어지지 않도록 신경을 써야 한다. 전화는 그러라고 있는 것이다. 받았으면 갚고 내친김에 이자까지 쳐줄 셈으로 한 수 더 떠야 피아의 사이가 제법 상온을 유지할 수 있다.

이만한 켯속을 모를 그 아니로되 그게 글쎄 쉽지 않았다. 한꺼번에 지난날의 무심을 탕감받는 기회인 동창회조차 이 핑계 저 핑계를 대고 피했다. 가봤자라는 지레짐작은 해를 거듭할수록 적중돼 갔다. 참외 서리, 여자 선생님 골탕먹이기 너스레도 한두 번이다. 건강을 위해 술을 끊고 몸에 안 좋아 담배를 끊은, 끊는 것투성이 동학들의 늙은 소면(素面)이 어느덧 권태스러웠다. 자기 또한 그렇게 비치려니 생각하는 마음에 노상 소싯적으로 쏠리게 마련인 화제의 일관성이 겹쳐 또래들의 자화상을 한층 누추하게 만드는 것 같았다. 체험의 공유는 한 집단의 사북 노릇을 하기도 하지만, 그걸 거듭거듭 행사로 추어올리는 과정에서 자칫 유연성을 잃고 경직된다는 사실을 어렴풋이 깨달았다.

이와는 다른 일반적인 모임마저 비슷한 범주에 놓고 볼 수는 없다. 하지만 표창식도 장례식처럼, 환갑잔치도 삼일절 기념식처럼 거행하는 집회의 엄숙주의에 질린 지 오래다. 하다 보니 남과 어울리는 시간이 갈수록 졸아붙었다. 새롭게 안면을 트고 기왕에 익힌 친면을 따뜻하게 데운달지 중탕할 기회를 스스로 마다하는 바람에 그리 되었다. 아깟번에 말한, 악수하면서 느낀 흐물흐물 힘이 빠진 손마디의 감촉 경험도 그러므로 다 제 탓이다. 앞짧은 오기로 하는 소리가 아니다. 자신이 워낙 오사바사하거나 반죽 좋게 놀지를 못해 그렇다는 얘기와도 다르다. 어쩌다 그쯤 되었을 뿐이다. 마음이 멀면 사는 곳이 외지다고 했는데, 그 말 참으로 맞다. 외질 때 외질망정 혼자 동떨어져 살 수는 없는 노릇 아닌가. 그러므로 세상의 도리는 잘 닦아야 한다고 스스로를 다그친다.

그래서 아는 이들의 관혼상제에는 가능한 한 빠지지 않는다. 한데 이상하다. 관혼보다는 상제 쪽에 더 끌린다. 분위기도 착 가라앉은 후자가 낫다고 생각한다. 그 통에 혼례식에는 더러 결례하는 경우가 없지 않거니와, 어쩌자고 그렇게 빼먹은 자리일수록 미구에 틀림없이 혼주와 조우한다는 사실이 공교롭다. 이와 같은 예도 이른바 머피의 법칙에 포함될지 어떨지 모르겠는데 하여튼 기이한 일이다.

대신 상가에는 외수 없이 참석하는 편이다. 일과처럼 신문을 읽는 중에 부음란을 일일이 챙기는 것도 그 때문이다. 왜 있잖은가. 혼사같이 기쁜 행사에는 안 가더라도 상가에는 꼭 가야 한다는 불문율 말이다. 반드시 그런 이유에서만은 아니지만 부지런히 다닌다. 경사는 떠들썩한 분위기에 넘쳐 자기 하나쯤 빠진들 무방하다는 속셈이 없지 않다. 더구나 식장이 도심에 흔한 예식장일 경우 오래 서 있기 힘들다. 잡담 속에 매몰되거나 이리저리 휘둘리다가 어렵사리 체면을 차리고 돌아오는 수가 많다. 상대적으로 조용하고 고인에 대한 슬픔으로 마침내 괴괴한 상갓집 마당은 그때마다 오기를 잘했다는 생각을 갖게 한다. 쓸쓸할수록 자신의 동참이 괜찮게 돋보인다. 무엇보다도 결혼식은 청첩장을 받고 가는 데 비해, 초상집은 그것 없이 가는 차이가 크다.

아니다. 상황이 정반대로 벌어지지 말란 법 없다. 결혼식장이 의외로 초라한 반면 병원 영안실이 장 속처럼 붐벼, 즐비한 조화행렬에 매달린 이름표나 훑다가 발길을 돌리기도 한다. '축 화혼' 과 '근조' 라고 쓴 두 개의 흰 봉투를 품안에 넣고 하루 동안에 생과 사의 현장을 차례로 들른 날 그런 풍경을 접하는 수가 있다.

어쨌거나 그가 죽음 쪽에 무게를 두는 건 확실하다. 하루도 거르지 않고 신문에 촘촘히 박힌 부음 기사를 보다가, 착각으로나마 자기 이름이 남의 이름 위에 얹힌 적도 있는 걸로 미루어 알 만하다. 아닌게 아니라 그는 남의 사망 소식을 눈으로 더듬으며 별의별 생각을 다 한다. 늘 그렇지는 않다. 대개는 재빨리 일별한 다음 아는 이름이 없으면 차라리 서운한 감정에 잠길지언정 지극히 사무적으로 대한다. 가까운 곳이면 그날 밤 안으로 지체없이 찾아나선다. 먼 지방이면 일 삼아 우체국에 가서 조의금과 함께 전보를 친다. 거의 외우다시피 익힌 조문전보 약호 18번, '고인의 명복을 비오며 장례에 참석하지 못하여 죄송합니다' 를 띄운다. 그는 11개의 문안 가운데 15번도 좋아한다. '큰 슬픔을 위로하오며 삼가 고인의 명복을 빕니다' 가 그거다.

아침마다 그렇게 신문 부음란을 공들여 보면서 그가 매번 느끼는 일이 몇 가지 있다. 우선 마음에 걸리는 것이 이승을 뜬 사람들의 익명성이다. 하나같이 고인의 이름이 없다. 돌아가신 이가 아무리 무명의 보통인이기로 너무한다고 여긴다. 정작 당사자의 이름은 세속적으로 출세한 아들이나 사위들의 '부친상' 이라든가 '빙모상' 이라는 표현에 묻혀 간곳없다. 아들의 지위가 시원치 않으면 고명한 사위가 상주를 타고 넘는다. 정승집 개가 죽으면 어쩐다는 격으로 잘난 자손들이 네다섯씩 줄줄이 등장하여 문상객을 부른다.

공무원을 일찍 작파하고 해외 상사원을 지내다가 공기업 부설연구소 이사직을 끝으로 봉급생활을 마친 그는 안다. 일본이나 미국, 특히 미국 신문의 오비추어리가 얼마나 재미있는지를 웬만큼 꿴다. 죽은 사람 이야기가 재미있다니 자칫 무엄하게 들릴지 모르겠으나 그게 곧 개개인의 행적 중심으로 사람의 모듬살이를 특징짓는 사회의 내력이기도 하다. 쓰는 방식 또한 각양각색일뿐더러 화제에 올리는 망인의 직종 또한 그만큼 다양하다. 조문객 위주로 유족들 이름을 나열하는 방식과 누가 어떻게 살다 죽었는가를 객관적으로 검증하는 나라의 관습이나 시각 차이 아니겠는가.

그러나 우리는 우리다. 도리없이 현실로 돌아올밖에 없는데 이 대목에서 그 또한 자유롭지 못하다. 기껏 남의 번다한 격식을 흰눈질하다가 속없이 신문에 실린 자신의 부음을 가상의 허공에 그리며 세 번 웃는다. 장성한 아들딸들과 사위 직함의 하잘것없음에 한 번 웃고, 스스로의 속절없는 망상에 또 웃는다. 성명 삼자 버젓한 위인들이 죽으면 별격의 독상을 차리듯 신문마다 1단 2단 기사로 대접하던데, 자기에겐 죽었다 깨어나도 그런 일이 일어나지 않을 것이라는 생각이 마지막 웃음을 자아낸다.

까짓 일들이 대수랴 싶어 그는 고개를 흔든다. 꾸준히 좇아다닌 세상의 영안실에 진짜 이야기들이 즐비하다. 이를 데 없이 평범한 모친상이나 빙부상, 또는 가련하게도 남편 이름 밑에 '상배'라는 명목으로 따라붙어 죽음이 일괄처리된 여인들의 생시와 사시(死時)에, 남의 나라 신문들이 떠받드는, 아니거든 국내 신문에 단(段)을 매겨낸 것 못지않은 사연이 만만찮으리라 믿는다. 별로 보아넘겨서 그렇지 영안실 순례에서 주워들은, 사회성이 많이 떨어질망정 인간적 시사에 찬 주검이 어찌 없을 것인가. 우연찮게도 연닷새 동안에 거푸 목격한 몇몇 죽음에서 그는 그와 같은 경험을 했다. 앞으로는 친지들의 빈소를 찾을 때마다 주인공에 관한 최소한의 이야기나마 챙겨야겠다는 생각을 최근에 입회한 그 죽음들이 자극 촉구했대도 무방하다. 그것도 아주 자연스럽게.

남의 죽음은 아직 오늘을 사는 자기의 거울이라는 시건방을 떠나 내 죽음은 장차 어떠해야 하는가를 아울러 곰곰이 꿈꾸었다. 곰곰이 생각하고 꿈꿀 일이 따로 있지 죽음이 누구 맘대로 밥 먹듯이 이루어지는 것이더냐 비웃을 일 아니다. 야릇하다면 야릇한 그의 견문을 들어보고 나서 탓을 해도 늦지 않다. 좌우지간 그의 죽음 생각하기에 암시를 준 하나의 단서로 작용했음에 틀림없다. 기왕에 만난 숱한 죽음들을 사무적으로 스치고 지나온 것이 뒤늦은 아쉬움으로 다가서는 마당이었다. 유난스럽지는 않되 요즈음의 그는 그 이야기를 몹시 하고 싶어한다.

"어디로 모시지?"

그가 물었다. 그냥 해본 말이다. 궁금하기는커녕 달리 허두를 뗄

거리가 없어 문상 절차의 한 단계인 양 물은 것이다.

"화장하시겠대."

상주인 친구는 남 말 둘러대듯 성의 없이 대답했다. 그리고 조금 웃었다. 화장도 뜻밖인데다 비죽이 웃음까지 흘리는 기색이 어쩐지 낯설었다. 이 친구는 혹시 아버지의 화장 요구를 홀가분하게 받아들이는 것이 아닌가 의심할 만하다고 눈치를 살폈다.

"유언이신가."

그는 제단 중앙에 놓인 고인의 사진을 흘긋거리며 말했다. 몇 차례 뵙기는 했으나 별달리 남아 있는 기억이 없다. 평생을 고등학교 교원으로 보낸 분답게 행동이 퍽 정갈했다는 게 그 동안 받은 인상의 전부다. 그걸 반증하듯 가느다랗게 피어오르는 향불 연기 뒤의 사진 역시 빳빳한 모습이었다.

"응. 그 이상이야. 노환으로 병원에 입원하실 무렵부터 노상 강조하셨다네."

그는 마침 들어선 일단의 다른 조문객에게 자리를 내주기 위해 친구와 맞절을 하느라 꿇었던 무릎을 펴고 일어섰다. 얼핏 자신의 종합병원 영안실 출입도 이제는 웬만큼 도가 텄다는 느낌이 들었다. 무조건 두 무릎을 꿇고 이마가 방바닥에 닿도록 깊숙이 절을 올리는 사이사이 바라본 영정의 주인공들은 거의 생면부지 타인이었다. 안노인과 바깥노인의 차이가 있을 뿐 누구네 아버지요 어머니에게, 가다가는 그보다 윗대 어른이나 요절한 아랫사람 앞에 털썩 엎드렸다. 요새는 그러한 수고를 덜어줄 셈으로 비단 크리스천만이 아닌, 비신자 집안에서도 헌화와 묵념으로 부복 재배 관례를 생략하는 수가 있는데, 그는 번번이 엎어지듯 무릎을 꿇었다.

달라진 격식을 미처 알아차리지 못해 종전처럼 예의를 갖추는가 하면, 멋없이 서 있다 물러서는 예법은 왠지 성에 안 차 일부러 허리를 있는 대로 접기도 했다.

그럴망정 막상 당사자의 생전 삶이나 죽음 자체에는 크게 관심을 두지 않았을뿐더러 누가 자진해서 일러주지도 않았다. 오직 체면이 시켜 발걸음을 하고, 유족과 눈도장을 찍기 위해 틈을 낸다고 볼 수 있다. 하다가 오늘은 모처럼 고인의 사람됨과 무관하지 않은 화제가 생긴 폭이다. 다행히 상주 자리를 잠시 동생들에게 맡긴 친구가 그의 술상 쪽으로 내려와, 좀전에 하다 만 얘기의 중동을 재차 이을 수 있었다.

"자네 어머님이 살아 계셨대도 아버님의 화장을 허락하셨을까."

"그야 모르지. 하지만 화장 자체를 말리시지는 못했을걸. 납골당에 안치하는 선에서 타협했기 쉽다구. 그것도 사후에 몰래."

"하면? 유골을 납골당에 모시지도 않는다 이 말인가."

그는 친구의 얼굴을 빤히 쳐다보았다.

"타고 남은 재를 강에 흘려보내라고까지 하셨어."

"저런. 대단하시다. 화장할 때 하더라도 봉분은 봉분대로 만드는 게 예사 아닌가. 아주 흔적마저 없애다니."

"누가 아니래…… 화장에 관한 연구까지 꽤 하셨더라구."

"화장에 대한 연구라."

"내가 좀 과장했나 본데, 어디서 들으셨는지 아는 게 많더라는 뜻이야. 이를테면 말이네. 유체(遺體) 화장은 천오백 도에서 태우는 것이 가장 알맞다든가, 장기간 병을 앓은 사람은 등뼈와 허리뼈로 곧 식별이 가능하다는 식이었어. 그 부분이 무르기 때문이래나 어쨌대나. 금니는 팔백 도에서 녹아내리니까 사전에 빼야 한다는 둥, 하여간 상당하시더라구."

"아버님이 금니를 해 박으셨나."

"어디가. 가령 그렇다는 얘기지. 치아는 좋아. 돌아가시기 전에도 부사 사과를 껍질째 잡수실 만치 건치셨거든."

"향년이?"

"쌀 미자 미수."

"어지간하시다. 그럼 어떻게 되나."

"뭐가."

이번에는 친구가 반문했다.

"어머님은 선산에 모셨다고 했지?"

"물론."

"결국 양주분이 저 세상에서는 따로따로 아닌가. 산과 물로."

"그럴 뻔했지."

"무슨 소리야. 유골을 물에 뿌리라는 유언은 어쩌고?"

"일단 화장을 하되 묘는 묘대로 쓰기로…… 어떡하겠어. 남의 눈도 눈이지만 집안 대소가들의 의견이 딱 둘로 갈라지는 판이니. 잘하는 짓인지 못하는 짓인지, 내가 큰 불효를 저지르는 것이나 아닌지. 힘들어."

"두 분 사이가 혹시? 아버님의 진짜 속뜻은 무엇이었을까."

기대에 어긋난 것 같은 기묘한 감정을 감추려고 애쓰며 그가 물었다.

"아냐. 괜찮았어. 반드시 그 때문이라고는 할 수 없지만 아버님의 병환도 작년에 어머니가 돌아가신 후부터 더 나빠지셨는걸. 최소한 그런 차원은 넘는다고 보네. 혼의 세계는 천의무봉이거늘 너희 어머니 곁에 함께 든다고 저 세상의 연이 더 가깝고 따로 논대서 더 멀어지랴. 나도 장담은 못하겠다만 현세의 허망한 이치로 타세를 규정하지 말라. 이러셨거든."

"어렵다 어려워. 종교는 별달리 없으셨던 거 같은데."

"그러니까 더욱 자유로우셨는지 모를 일이야."

"하기는."

부풀었던 호기심이 실망으로 꺼지는 순간이었다. 지나가는 어투로 장지를 물은 끝에 얻어들은 화장이다. 요새 노인네치고 살아생전에 그만한 결단을 내리기도 드물다는 생각에 끌려 한참 따라 들어갔다가 수장까지 귀동냥했던 셈이다. 그러다 산 자들의 엉거주춤한 체면치레를 기어코 보았다. 남의 마지막을 자기의 종신 처리와 연관시켜 어떤 요량을 굳히려던 그는 자신의 속단을 도리없이 거두고 괜히 장례절차만 복잡하겠구나 여겼다. 하지만 그 말을 차마 입 밖에 내지는 못했다. '반반의 결정'을 내리기까지 중간에서 꽤나 부대꼈을 친구의 고뇌를 헤아리면 더욱 그랬다.

이래저래 슬슬 자리를 떠나야겠다고 마음먹었다. 그런데 이게 무슨 소리? 미리 와 있던, 안면만 좀 익었지 무간한 사이는 결코 아닌 사람의 느닷없는 개입이 그의 발목을 잡았다.

"영안실은 몇 도에서 얼어붙을까요."

"글쎄요."

질문을 받은 그가 미처 확답을 못한 채 잠자코 바라보기만 하자 얼굴에 이미 술기운이 돈 궐자는 저 혼자 풀죽은 음성으로 다시 중얼거렸다.

"냉동상태에서 화장장으로 간다 이건데."

영안실 온도 운운은 아마도 사체를 일시 보관하는 곳의 그것을 두고 하는 소리거니 넘겨짚었다. 하다가 화장장을 들먹인 것은 냉동에서 소각으로 이어지는 단계를 상상한 탓일 게다. 언제는 얼렸다가 언제는 굽는…… 술 취한 사람의 말을 친구는 마침 무언가를 의논하러 온 집안 아낙을 상대하느라 못 들은 것 같았다. 아니 듣고도 시침을 떼는지 몰랐다.

무신경하기로는 그 또한 자발머리없이 남의 얘기에 뛰어든 자와 거기서 거기였다. 젊어서 꼭 한 번 목격한 어떤 주검의 화장 장면을 그때 갑자기 떠올렸으니 말이다.

당사자는 같은 부서에서 책상을 맞대고 근무하던 처녀였으며 그것도 자살이었다. 시골서 올라와 자취하던 그녀가 왜 자살했는지는 자세히 알 길이 없는 대로 직장 동료들이 뒷수습을 맡을밖에 없었다. 여직원 주변이 그토록 쓸쓸하고 버성겼던 까닭이다. 그때도 시신을 병원에서 화장장으로 곧장 옮겼다. 관을 불가마 속에 밀어넣은 뒤 주검이 타는 모양을 볼 테면 보라고 화장장 역부가 일렀으나 모두들 밖으로 나오고 말았다. 그것은 작은 호의였다. 시신이 잘 타야 극락왕생의 저승길이 편안하고 그러자면 행자(行資)가 필요하다는, 일꾼의 한자투 권유에 따라 몇 닢의 지폐를 건넨 덕이다. 그런 반대급부성 선심 여부를 떠나 굳이 들여다보기로 하면 못 볼 것도 없었다. 한옆에 소각로 안을 살피는 소형 창구가 따로 있기 때문이었는데, 뿌연 유리 너머로 얼결에 훔쳐본 그 안의 화염이 하도 맹렬하여 더이상의 관람을 허락하지 않았다. 오싹하다든가 섬뜩하다든가 하는 예사 감정을 차라리 깜깜하게 막는다고 느꼈다. 적황색 불꽃들의 난무가 눈앞을 캄캄절벽으로 사른다고나 할까.

동료들은 뼈를 부술 때에야 말없이 일꾼을 에워쌌다. 사체를 완전히 태운 직후의 형상은 보지 못했다. 부러 피했으므로 어느 부분의 뼈를 수습해서 쇠절구 안에 담았는지 알 길이 없었다. 크고 작은 덩어리들만 주워 모은 눈치였거늘, 키가 어른 무릎 높이밖에 안 되는 절구 속에 그것들을 넣고 역시 쇠공이로 탕탕 빻았다.

시골에서 쓰는 쇠절구와 하나도 다를 것이 없었다. 집에 따라 통나무를 파서 만든 나무절구에 돌절구를 쓰기도 했지만, 어떻든 그런 절구에 별의별 곡식을 다 짓찧었다. 깨 콩 마늘 생강 고추 보리 밀 등을 빻았다. 볶은 참깨나 들깨를 찧을 때는 고소한 냄새가 온 동네에 진동했다. 가루를 죄 퍼내고 밑바닥에 들러붙은 찌꺼기에 밥덩이를 굴리면 훌륭한 깨범벅이 되었다. 동생들과 그걸 서로 먼저 먹겠다고 다투었다.

이따위 황당한 회상은 그의 손바닥에 제법 묵직한 작은 골분 자루가 놓이는 순간, 두번째 행자를 먹고 한층 곱게 분쇄된 여직원의 뼈처럼 산산이 깨졌다. 그때 그 가루의 따뜻함이라니! 사십 년 이쪽 저쪽의 세월을 타고 넘어 지금도 너끈히 기억할 수 있다. 기묘한 무섬증이나 으스스한 전율이 온몸에 퍼지면서 드디어 슬픔으로 굳는 시간이었다.

빻은 가루를 주머니형으로 된 무명 자루에 옮겨 담을 때부터 확인한 기분이요 흔들림이었다. 어쩌자고 맨 먼저 그의 손에 놓였다가 하얗게 질린 동료들의 손을 사전에 약속이라도 한 듯 차례차례 거쳤는데, 그들의 감정 역시 비슷했던 모양이다. 처진 분위기를 일

군답시고 과장된 농담으로 일껏 수선을 떨던 미스터 민이 대번에 눈가를 적셨다. 체온만으로 따진다면 당장은 살아 있는 사람의 그것이라고 해도 좋을 온기가 모두의 가슴에 잔잔한 파동을 전염시켰으리라 믿었다. 그때 그 순간이 지나면 그만일 것이다. 감동 또한 곧 식을 게 뻔하다 하더라도, 그날 한없이 부드러운 가루 주머니의 촉감을 통해 전달받은 체온은 오래 잊혀지지 않는다.

산 사람의 죽은 사람 회고는 더구나 혈육지간이 아닐 경우 엉성하고 무책임한 법이다. 하지만 도리없지 않은가. 자기 시야에 잡히거나 부분적으로 확보한 판단 재료에 의지하여 누군가에게 다가서는 것도 차라리 정직한 비탄의 토로일 수 있다. 미세한 꼬투리를 늘려 빼어 거꾸로 전체상에 근접하는 예 또한 종종 있으니까.

"장례라는 것은 결국 산 사람들의 분탕질이라고 보네."

그가 한참 되작거리던 생각에 아심찮은 다리를 놓듯 친구는 제 몫으로 따라준 술잔을 서슴없이 비우며 불쑥 말했다. 친구는 평소에도 말이 다소 거친 편이다. 어지간히 밤이 깊어 조문객들의 발길이 뜸하겠다, 마냥 허물없는 그와 미진한 이야기를 더 나누고픈 기미였다. 조금은 흥분한 표정마저 얼굴에 감돌았다.

"그런 측면이 없지 않지만 분탕질은 너무 했네."

"아냐."

친구는 쩝쩝 입맛을 다셨다.

"화장 때문에 집안간에 트러블이 있었다는 겐가."

"맞아. 잘 짚었는데 자질구레한 입씨름이야 자네의 상상에 맡기기로 하고…… 생전의 저 양반 당부에 왜 반대를 안 했겠나. 했지. 내가 장자 아닌가. 화장 수장에 따른 구설수를 감당하기 힘들 것이라는 예상 때문에도 아버님 사후의 문제는 남은 가족들의 일로 놔두셔야 옳다고 막말까지 했다구."

부친의 사진을 등진 채 앉아 있던 친구는 제 뒤통수만 살짝 돌리는 시늉을 했다.

"한데도 끄떡 않으셨다?"

"바로 그 대목이 미묘해."

"……."

"사실이 그렇잖은가. 돌아가시는 양반은 그 일만으로도 힘겹고 벅찬 거야."

"직접 겪어본 것처럼 말하네."

그가 살짝 웃으며 비꼬았다.

"웃기는. 꼭 죽어봐야 아나. 자네도 내 나이쯤 되면 시시로 감이 올 걸세. 임사체험(臨死體驗)에 관한 책도 못 읽었구먼."

친구의 여유를 되받아칠 생각이 없었다.

"아니할 말로 아버님 앞에서는 지당한 말씀이라고 네 네 하다가 나중에 깨끗이 뒤집으면 어쩔 거야. 마지막 소원은 소원이고 우리는 우리다. 자식된 도리로 그럴 수는 없노라고 내가 부득부득 우기면 안 될 것도 없다구."

"그런데."

"자네한테만 귀띔하겠네만."

망설이는 기색이 역력한 낯빛으로 또 토를 달았다.

"우리끼리만 하는 말이야."

"되게 뜸들이네."

"아버님 역시 무서웠던 거야."

"뭐가?"

"죽음이."

"그으래? 앞뒤가 안 맞는데."

"그런 분이 어째서 이승의 흔한 법도를 훌쩍 뛰어넘었느냐, 이런 의문인가."

"음."

"무서운 감정의 또다른 분식이야."

"갈수록 헷갈리는군."

"아무리 나이를 많이 먹은 사람도, 아무리 이 세상 인간사에 도통한 현인도, 이거다 하고 답을 내리지 못하는 게 죽음 아닌가. 관념적으로야 무슨 말을 못 해. 너무 넘쳐 걱정일 지경이지. 그러나 정작 죽음과 맞닥뜨리면 까짓 지식이 무슨 소용인가. 눈곱만큼도 도움이 안 돼. 자신이 직접 당해보지 않고는 나락처럼 캄캄한 것이 죽음이라고 했을 때, 천만년 전이나 오늘이나 저마다 최초이자 최후의 실험자로 떠밀릴밖에 없다고 했을 때, 어느 누가 본능적인 공포에 휘말리지 않겠나. 과정이 아니라 죽음 자체에 대해서."

"자네야말로 죽음 연구를 꽤 했구먼그래."

"비아냥거리지 마. 나 진정이야. 그 지경에 다다른 사람은 그와 같은 공포에서 벗어나기 위해 별 생각을 다 하겠지. 파격적인 결단으로 자기 위안을 삼을 수도 있지 않을까 싶어. 자네가 흥미 없어 하니까 빨리 예단을 하기로 하지. 아버님의 요구에도 그러한 속내가 전혀 없다고는 볼 수 없다 이런 말일세."

친구는 한숨인지 피곤을 털어내는 입김인지 분명찮은 소리를 끙 내뱉으며 천장을 향해 눈을 씀벅이었다. 그는 내가 무어라고 대꾸하기 전에 거푸 입을 놀렸다.

"이왕 얘기가 나온 김에 부연하건대 아버님은 내가 당신의 당부를 완전히 이행하지는 않을 것이라고 미리 넘겨잡았을지도 모를 일이구."

"자네의 청개구리 심뽀를? 아니라면 자네 나름의 자위든가."

세속과 동떨어져 다소 유별난 행동을 자청하고 나서는 사람들에겐 일말의 겉치레 의식도 있대더라. 좁은 땅덩어리를 무덤으로 파제끼기만 해서 장차 어쩌자는 거냐는 애국적 견지 또한 없지 않다. 왜 있잖은가. 우리나라에서는 땅넓이를 여의도 크기에 맞춰 계산하는 관습 아닌 관례…… 그런 구구법 기준에 따르면 해마다 여의도의 두 배 내지 세 배에 달하는 땅이 공동묘지라든가 유복한 가문의 유택으로 공동화(空洞化)돼간다는 거야. 남의 초상에 단지한다고 눈살 찌푸리지 마. 깊은 내력이야 어떻든 아버님이 이 세상에 왔다 간 흔적을 지우려고 애썼다면, 못 이기는 척하고 곧이곧대로 들어줄 수도 있지 않겠어?

입 안에서만 뱅뱅 돈 그의 이런 생각은 친구의 지극히 시들한 그 다음 대꾸에 막혀 더이상 나가지를 못했다.

"낸들 알 수 있나. 아닐 것 같기도 하고 긴 듯싶기도 하고."

"세상과 사별할 순간에 이른 분들은 무엇을 남기고 무엇을 안 남길까를 두고 한 번씩은 심각하게 궁리를 해볼 거라고 믿네."

"한다고 뭐가 나와? 소용없어. 것도 다 죽음이 두렵기 때문일 거야. 무엇엔가 의지해서 자기 위안으로 삼으려는 빌미에 지나지 않아."

"남은 사람들이 어련히 알아서 할 거란 말이지. 없으면 그만이고 있으면 챙기고."

"두말하면 잔소리. 자네나 나나 그 따위 쓸데없는 허영일랑 집어치우고, 어떡하면 식구들에게 마음고생 돈고생 시키지 않고 조용히 갈 것인가를 마음에 두는 게 좋아. 우리는 그럴 나이 아닌가. 요전에 만난 어떤 노인은 그러대. 자기는 매일밤 잠자리에 들 때마다 혼자 죽음 연습을 한대. 이대로 가뭇없이 사라지면 좋겠다고 말이야. 죽을 병에 걸리지도 않았는데 그랬어. 아침에 멀쩡한 자기 모습을 거울로 대하고는 간밤도 무사했구나. 그렇다면 오늘은 열심히 살아야겠구나……."

"누구 맘대로. 근데 말이네. 뻑하면 여는 세미나나 심포지엄이 좀 많은가. 하루가 멀다고 법석들을 떨면서 왜 죽는 문제에 대해 서로 의견을 나누고 토론하는 모임은 없을까. 자네가 만났다는 분 말대로 죽음 연습이랄지 트레이닝을 하는 곳은 어째서 한 군데도 없느냐 이 말이야."

"트레이닝 좋아하네. 세미나라는 것은 사회적 경험에 입각하여 실체적 진실에 웬만큼 접근하거나 합의에 도달하려는 전문가 집단의 토론장 아닌가. 마지막엔 사회자가 여러 의견을 참작하여 나름의 평가를 하고. 한데 죽어본 사람이 있어야 실감나게 질의응답을 하든가 결론을 내리지. 아무도 없잖아. 그보다도 장소조차 빌리기 어려울 걸세. 재수 없이 죽음을 가지고 따따부따하기냐면서 건물주가 당장 밀어낼 게 뻔해. 부정탄다고 소금이나 뿌리지 않으면 다행일걸. 터부 중의 터부야 그건."

"말 되네."

"되고말고. 더 오래, 더 날씬하게 살자고 하는 요가라든가 에어로빅 강습소가 아니거든."

그는 내일 아침 발인 때 보자며 친구와 헤어져 영안실 밖으로 나왔다. 고개를 들어 우러른 밤하늘은 어제처럼 그제처럼 칠흑이었다. 병원을 빠져나가는 자동차들의 전조등에 잠깐 갇힌 은행나무 잎이 제법 노랗게 물들어가고 있었다. 어느 영안실이나 똑같은 땅콩과 오징어포와 돼지머리를 집적거리며 걸친 소주 기운을 밤바람이 슬쩍 간질이고 지나갔다.

"허망하다기보다는 싱거웠습니다. 화장실에 들어갔다 나왔더니 벌써 갔지 뭡니까. 입원실 안에 달린 화장실이니까 벽 하나 사이지요. 숨만 크게 쉬어도 기척을 알아차릴 지경으로 바짝 붙었는데 글쎄."

이제는 미망인이라고 불러야 할 친구 부인이 아주 절통하다는 투로 말했다. 그는 적당한 위로사를 찾지 못한 채 고개를 떨궜다. 소식을 듣자마자 달려온 때문인지 영안실은 아직 한갓져 보였다. 오늘 죽은 친구는 엊그저께 부친을 여읜 친구가 아니다. 스무남은 살에 드난살이 서울로 일찍 기어들어 곡절 많았던 생을 서로 나누며 지켜보던 고향 친구다.

"자기의 마지막을 차마 하수 엄마한테 들키고 싶지 않았던 게죠. 긴 병에 효자 없다고 그만큼 수발들었으면 됐지 너무 애달아하지 마십쇼. 한시도 곁을 떠난 적 없죠? 내가 보니 그렇대 머."

췌장암으로 진단난 것이 반 년 전이다. 발견이 늦은 까닭에 잘해야 두 달이 고작이라는 의사의 선고와는 달리 그 후로도 석 달을 더 끌었다.

"숨 넘어가는 순간을 놓친 것이 아쉬운 게 아니라 끝까지 자기 맘대로 하는 짓거리가 밉살머리스럽다 이거예요. 하필이면 그 시간에, 그새를 못 참아 눈감을 것 뭐 있습니까."

"그게 쉬운 노릇인가요. 워낙 깐깐했던 친구라 하수 엄마 고생시키는 게 미안하고 염치없어 이때다 했는지 몰라요."

안팎으로 이물 없던 사이다. 슬픔을 징징 짜내느니 허름한 수작으로 축축하게 처진 방 안 공기를 헤집고자 떠벌렸다. 그런들 크게 흉 될 것이 없는 상대라고 여기며 내처 발을 뻗은 셈이다. 소심한 친구에 비해 강단이 세고 보폭이 넓었던 부인의 성품도 그의 대범한 농을 도왔다. 부부가 바뀌었더라면 좋을 뻔했다는 소리가 친구들 간에 오갈 만치 둘은 성격이 판이했다. 월급쟁이 남편에 제과점을 차린 아내의 역할 분담이 그래서도 퍽 자연스러웠다.

"영화나 연극에서는 죽을 임시에 할말 다 하고 가더마는."

놀랍다. 비감을 역설로 쳐내고 위로하려던 그의 어설픈 노력에 너그러이 편승하는 부인이 놀라웠다. 동시에 안심이 되었다.

"그렇죠. 주인공이 아무도 없는 데서 죽으면 이야기가 안 되죠. 옆에 반드시 누가 대령하게 마련이고, 그런 사람에게 요긴한 유언을 남긴 다음에야 툭 고개를 꺾어요. 하지만 우리네 인생은 영화나 연극이 아니니까. 아니니까 혼자 숨을 거두기도 하겠죠."

제물에 마음이 누그러지면서 그는 영안실로 오는 동안에 맛본, 언제나 이상하고 솔직한 기분을 이번에도 되새겼다. 죽음도 죽음 나름이지만, 웬만한 나이에 명을 다한 같은 연배의 친구가 세상을 하직하면 은근히 즐겁다. 이렇게 하나씩 사라지는구나, 요다음은 내 차례구나, 하는 적막감에 젖지 않는 것 아니다. 하면서도 살아

남은 자의 마음 한구석에 깊숙이 내장돼 있게 마련인, 제비뽑기에서 이긴 것 같은 기쁨을 먼저 확인하기 쉽다. 또 한 사람을 제쳤다는 경쟁의식의 발로가 잔류파의 쓸쓸함을 밀어내기 일쑤인 것이다.

우습게도 이때의 잠재적 선후 다툼은 뒤처질수록 좋은 걸로 되어 있다. 옛 시골 초등학교 운동회의 제자리 멈춤 자전거 경기와 비슷하다. 학부형들 몫으로 실시하는 이 프로그램은 누가 더 스타트 라인에서 멀리 못 나갔느냐는 것을 기준 삼아 등수를 매겼다. 동네 어른들은 따라서 자전거 바퀴를 굴리지 않기 위해 이를 악물었다. 넘어지면 물론 실격이다. 맨 나중까지 제자리에서 용케 버틴 자전거라고 오래 가랴? 간발의 차이로 쓰러지기는 매일반이었다. 구경꾼들은 그 차이를 즐겼다.

죽음에 번호표가 따로 없을 바엔 선후를 따지는 일 자체가 이와 같이 덧없다면 덧없다. 일정 연령에 엇비슷이 줄을 대고 선 이들에겐 염라대왕의 호출장을 받고 출두하는 자와 집행유예 수준의 말미를 얻는 자의 거리가 거기서 거기다. 친구의 부음에 접하고 자신의 후발 그룹 편입을 좋아하는 기분을 그렇다면 구태여 감출 필요가 없다. 실제로 그쯤 된 또래들은 우회적으로 그런 표시를 곧잘 한다. 그는 달포 전인가도 누구에게선가 유사한 이야기를 들었다. 오늘내일 오늘내일 하는 친구에게 일렀다던가. 너 죽은 다음에 부의금 싸들고 오면 뭐 하니. 이걸로 맛있는 거 사먹고 잘 가거라. 내가 가거들랑 이자까지 쳐서 갚기로 하고. 봉투를 건넸더니, 이 새끼 저 세상에서는 내가 선배니까 여기서처럼 까불면 국물도 없어! 이러더란다. 누군지는 모르나 그 친구의 '새끼' 소리도 이승에서는 그것이 최후의 한뎃말 아니었을까 유추했다.

친구 앞세우기에서 확인하는 느긋함이 처음부터 의도된 것이라면 죄받을 짓이다. 애초에 선후를 겨루기로 작정하고 나대기는커녕, 상대의 퇴장으로 얻는 것이 전혀 없을망정 우선 당장은 그렇다. 어디까지나 무해무득하다. 가벼운 장난기로 낙착을 보는 일종의 게임이라고 해도 좋다. 경제학에서 말한 게임의 법칙과는 상관없는, 늙은이의 죽음을 둘러싼 기분놀이가 아닐까 보냐. 한참 나이에 경험하는 친구의 요절과는 성격이 여지없이 다르다. 그것과는 차별화가 불가피하다.

"암튼지 지독한 사람이에요. 사는 동안에도 정나미가 떨어질 만치 깔끔을 떨더니만 그토록 지악스러울지는 미처 몰랐네."

"왜요."

그는 부인의 탄식에 가까운 넋두리에 귀를 쫑긋거렸다.

"신변 정리를 비로 쓸 듯이 하고 갔답니다."

"그게 어쨌게요."

당연한 것 아니냐는 말투로 물었다.

"사진 몇 장밖에 안 남겼는데두요?"

"네에?"

"사람이 평생을 지내는 동안에 따라붙는 잡동사니 부스러기가 얼마나 많습니까. 손때 묻은 일용품이며 기념물이며 편지 등속이며 이루 다 셀 수가 없지요. 그것들을 모조리 치웠어요."

"한 집 안에서 그러도록 모르셨습니까."

"가게가 있잖아요. 병구완하랴 밖으로 나돌랴 정신이 있었어야죠. 일일이 신경 쓸 여유가 없는 대로 다소 눈치는 챘으나 원체 결벽증이 심한 양반이라 그런가 부다 하다 말았죠. 그냥저냥 일에 몰리다가 어젯밤 영정으로 쓸 사진을 찾으면서야……."

발병 초기, 혼자 집에 있는 시간에 모조리 찢어발기고 태워버린 것 같다고 했다.

그는 죽은 친구의 그 무렵 기억을 더듬었다. 아직 입퇴원을 반복할 때였다. 열흘가량 입원했다가 집으로 돌아왔는가 하자 다시 병원으로 되실려가기 몇 차례, 끝내 암으로 판정이 났을 때 찾아간 그에게 친구는 병상에 앉아 말했다. 숱이 거의 빠진 민머리가 안쓰러웠다.

"에이. 인제사 암이래잖아. 진작 일러줄 일이지. 나는 일찍부터 각오하고 있었는데 의사의 얄팍한 인정주의가 그걸 막았겠지."

"각오하다니. 암을?"

"응. 필링이 심상찮았거든."

매우 덤덤한 표정이었다. 약골이 일낸다더니 이 친구의 어디에 그만한 견딤의 담력이 숨어 있었던가 괄목하지 않을 수 없었다.

"가족들도 다 아나."

부인이 자리를 비운 까닭에 단둘이서만 대화를 했다.

"아다마다. 내가 의사더러 청했어. 가족들을 불러놓고 기다 아니다 진상을 분명히 밝혀달라고 말야."

"그랬더니."

진상을 밝혀달라? 표현이 당돌하구나 속으로 혀를 찼다. 나 같으면 어땠을까 상상하는 마음에 구체적으로 떠오르는 그림은 아무것도 없었다. 마음속으로 그나마 얼른 지우고 의자에 깊이깊이 체중을 묻었다. 힘이 빠진 탓이다. 시야가 새삼 뿌옇게 흐려지면서 사람은 필경 남의 불행 앞에서 자신의 안일을 몰래 되작이며 주판알을 튀기는 동물인가 생각하자 부끄러웠다.

"선언하더라구."

"가족이 모인 자리에서?"

"그렇게 요구했으니까."

"치료는 된대?"

"글쎄. 말로는 가능성이 오십 대 오십이라면서 하는 데까지 해보자지만 되겠어? 비장이란 녀석은 워낙 위 뒤쪽 깊숙이 숨어 있거든. 발견하기도 힘들고 수술하기도 지랄 같대. 비장이 순우리 말로는 지라 아닌가. 이름값을 하느라고 그러는가 봐."

파리한 안면에 웃음이 조금 퍼지다 말았다.

"눕지 그래."

"괜찮아."

괜찮다면서도 친구는 몸을 병상에 비스듬히 부리고 의외로 또렷한 눈망울을 그에게로 돌렸다. 그때다. 갑자기 무참하고 눈이 부셔 친구를 정시하기 어려웠다. 내쏘는 시선에서 일순 적의 비슷한 걸 느꼈다. 삽시간에 벌어진 일이다. 많이 바스라졌으되 그를 겨냥한 응시는 무척이나 어리둥절하고 뜨악했다. 살짝 배튼다 싶은 입매와 더불어 어찌 보면 이쪽을 비웃는 듯한 감마저 주었다. 당황한 그는 하릴없이 내리깔았던 눈을 한참 만에 들어올렸다. 친구의 표정은 그 사이에 도로 풀려 있었다. 어째서 그랬을까를 추심하려던 그도 자기의 착각이 시킨 짓이거니…… 마음을 돌렸다. 상대가 누구이든, 사형선고를 받은 병자가 일쑤 던질 법한 억울한 눈초리를 자기가 대신 뒤집어쓴 꼴이라고 치부하고자 애썼다.

"하수 엄마 멀리 간 모양이지?"

"내가 요새 무슨 생각을 하는지 아나."

친구는 그의 맥빠진 궁금증을 무시하며 엉뚱한 화제를 꺼냈다.

"몰라."

"내가 내 죽음을 허락하기로 했다네."

"?"

허락 안 하면 어쩔 것이여. 눙치고 싶었으나 그런 때는 제풀에 이야기를 끌어가도록 잠자코 있는 게 낫다고 여겼다.

"아무리 죽을 때는 혼자라지만 그 과정이 쉽지 않아. 언제 죽음에 대비한 연습이 있었어야지. 서양에는 그런 종류의 시설이 있다대. 들었나? 죽는 자와 산 자, 또는 죽음을 앞둔 자들끼리 죽음을 테마로 실컷 떠들고 토론하는 곳이 있다 이거야."

"들은 것 같애. 자기 사망 기사를 제 손으로 쓰게 하는 둥, 두려움을 잊고 죽음과 친해지도록 꾸민 프로그램이 여러 가지라지 아마. 객관적으로 본 나의 업적, 내 인생에서 가장 즐겁거나 슬펐던 일, 제일 다정하게 지낸 친구와 주위 사람들, 남은 제한시간을 어떻게 유익하게 보낼까 등등에 대해."

이런 식으로 맞장구를 쳐도 될까 저어하면서 아는 대로 주워댔다. 어쩌면 엊그제 친구 생각과 비슷할까. 이상한 우연도 있구나 싶었다.

"옳거니. 그런데 우리는 없잖아. 처음부터 끝까지 홀로 감당해야 한다구. 얼마나 외롭고 힘들겠어. 최근의 내 체험에 의하면 그중에서도 가장 버거운 것이 자기 자신과의 싸움이야. 즉 내 안에 있는 죽음과 육신의 치열한 전쟁이라구."

"일 대 일의 결투."

"바로 그거야."

"죽음은 가자 울고 육신은 더 놀다 가자 늘어지고."

아차 했으나 엎질러진 물이었다. 친구가 척척 장단을 메기는 바람에 저도 모르게 방정을 떨었다면 떨었다. 하나 덕택에 입에 발린 거짓 위로를 진설하는 수고를 덜 수 있었다. 그런 점에서 친구의 배려가 고마웠다.

"자네도 멀쩡하구먼."

"자네 말에 빌붙어 해보는 상상일 따름이야."

"알고 보면 헛짓이지. 병세가 악화되어 더 견디지 못할 형편이 되면 둘 다 한순간에 꼴깍 가는 거니까. 웃자고 해보는 소린데 거기까지 가는 기간이랄까 과도적 프로세스가 문제는 문제야. 물론 처음부터 백기를 들면 곤란해. 말이 이상하지만 죽도록 싸워야지. 그러나 도저히 가망이 없으면 빨리 결단을 내릴수록 좋다고 생각하네. 처리해야 할 일이 산적해 있잖아. 마냥 미적거리다가는 주변 정리 하나 제대로 못하고 지저분한 잔재들을 남은 사람들에게 떠맡길 염려가 많다구. 목숨이 붙어 있는 사이에 그거라도 청소하겠다는 의지를 꼭 사치스럽게만 볼 수 있을까."

"알 만해."

"알다니 뭘 알아."

"나도 웨이팅 리스트에 끼어 있기는 마찬가지 아닌가. 나 전부터 심장병 앓고 있는 거 몰라?"

"쓰잘데없는 소리 집어치우고 내 말이나 더 들어."

"계속해 그럼."

"미련이 어찌 없겠나. 없다면 두 번 죽일 놈이지. 하지만 기왕 받아놓은 밥상 아닌가. 그 이후로는 아주 신간이 편하다네."

친구는 창 밖 하늘을 바라보다가 조출한 나무들이 제법 단풍 든 흉내를 내기 시작한 정원으로 시선을 깔았다. 오랜만에 격에 어울리지 않는 수다를 떤 것이 겸연쩍든가 피곤해서 한 짓일 테다. 겉으로 보기에도 그런 기색이 농후했는데, 그는 그대로 지난날의 책 제목 하나를 문득 입 안에 굴렸다. 『하늘을 보고 땅을 보고』를 이때 기억해낸 것이다.

언론인이었던 저자가 오일륙 쿠데타 이후 서대문 교도소에서 목격한 사형수들의 모습을 담은 책이다. 이른바 '넥타이 공장'으로 가는 걸음걸음에 그들은 누구라 할 것 없이 하늘 한 번 올려다보고 땅 한 번 내려다보더란다. 사람에 따라서는 같은 행동을 거듭 반복하기도 했는데, 그 짧은 동안에 달리 취할 거동 또한 마땅치 않았을 것이다. 사형집행장에서는 집행관이 유언을 하라 이르거늘 무슨 말을 얼마나 할 수 있었으랴. 새까맣게 때가 묻어 반들반들한 밧줄을 목에 걸 일만 남은 절체절명의 시간에.

친구의 말없는 시선이 바깥 풍경을 우연히 일별한 틈을 타 너무 엉뚱한 연상을 한다고 볼 수 있다. 하지만 그가 지금껏 입회한 죽음의 마지막 장은 대개 무언으로 속절없었다. 고갯짓, 손짓이 고작인가 하면 입을 달싹일 기운이 아직은 있어 뵈는데도 기어코 꽉 다문 채 끝을 맺는 장면 또한 겪었다. 임종 시의 아버지는 그르륵 그르륵 힘겹게 가래 끓는 소리가 절정을 향해 치닫는가 했더니 꺽! 끊어지고는 그만이었다. 한밤 내내 숨소리마저 흐트러짐이 없던 어머니의 자는 듯이 고요한 새벽녘 운명은, 당신의 생애가 조선

조의 막장인 광무(光武) 연대에서 질곡의 쇼와(昭和) 시대를 거친 만큼이나 고달프고 끔찍했던 까닭에, 참으로 평화로운 생의 종장을 차라리 다행스럽게 받아들이도록 만들었다. 복받은 대왕생에 그나마 슬픔을 좀 달랬다.

그러므로 그는 남편의 최후를 화장실 때문에 놓친 불운을 두고 어지간히 책궁하는 친구 부인을 요령껏 타이를 수 있었다. 그게 대수 아니라고, 능란한 솜씨로 유가족을 다루는 숙달된 염장(殮匠) 마냥 영안실 출입 기십 년의 이력에 힘입어 잘 다독거렸다.

돌이킬 것도 없이 엔간히 찾아다녔다. 서울 장안에 그의 발길이 닿지 않은 영안실이 있으면 나와보라고 할 판이다. 이 병원은 어떻고 저 병원은 저떻고를 눈감고도 훤히 그릴 수 있다. 간간이 단독주택이나 아파트 마당에 친 차일도 들추고 들어섰다. 아무려나 갈수록 영안실 중심으로 장사를 지낸다. 병원이 싫어 자기 집에서 치르기를 원하기도 하는데 그것만은 죽은 사람 소원대로 풀어주기 어렵다. 상주 쪽과 손님의 편의를 무시할 수 없기 때문이다.

달에 한 번이나 두 달에 한 번꼴로 쳐도 일 년이면 여남은 군데, 더구나 이번처럼 화불단행의 세상일에 꿰맞추듯 부음을 동시다발로 접할 양이면 죽음의 셈이 어떻게 되나. 그런 문상 행각이 사십 년을 족히 넘는다. 누가 들으면 그래서 어쨌다는 거냐고 핀잔받기 십상이다. 하지만 그의 진짜 속셈은 이같이 속된 계산과 한참 거리가 멀다. 그가 정작 아쉬워하는 것은 그럼에도 불구하고 제 죽음에 대한 자신의 앞가림 노력이 전무하다는 점이다.

그것도 건방진 발상이라면 그만이다. 이렇게 저렇게 얽혀 사는 사이에 맺은 인연의 줄을 좇아 산 사람은 먼저 간 이 앞에 경건히

머리를 조아려 예의를 갖추고 못다 한 인간의 도리를 닦는다. 그러기에도 바쁜 터에 무어 그리 건질 게 있다고 죽음의 마당에 참석하는 족족 쩨쩨하게 무언가를 배워오겠다는 심보냐고 다그칠 만하다. 아니라고는 못 하겠으나 그는 나름대로 골똘히 궁리한다. 죽음을 많이 생각하는 사람은 나날을 사는 일에도 열심이라는 논법이야 위선으로 호를 염려가 많아 접어두기로 한다. 무엇보다도 자신의 나이가 지시하는 준비태세의 너무나 허술함에 이따금 절망하는 것이 문제다. 하다 보면 마음이 초조해진다. 찰리 브라운 같은 미국 만화의 꼬맹이도 때로는 칠십 노인이나 읊조릴 죽음을 입설에 올리거늘, 내가 이래서 되랴 마음이 급해지는 것이다.

그렇다고 뾰족한 방도가 있을까. 평범하기 짝이 없는 그에게 그만한 묘수가 있을 리 없다. 있다면 이러고 안 산다고 나자빠질 공산이 크다.

'찢을까 말까. 그냥 둬? 말어?'

그는 어지럽게 널린 사진더미 속에서 집어올린 한 장의 흑백사진을 유심히 바라보며 독백한다. 작업이 간단할 줄 알았는데 그것도 일이라고 꽤나 품이 들고 시간을 많이 잡아먹는다. 사진관 사진 아니랄까 봐 서로 어깨를 겯고 찍은 세 청년의, 그중에서도 자기 표정은 긴장하다 못해 거의 울상이었다. 밑줄을 치고 하얗게 써갈긴 모년 모월 모일의 아라비아 숫자가 삐딱하게 누워 있다. 바로 그것들이 함의하는 다시 안 올 그날의 우정이 같잖게도 그를 주저하게 만든다. 실용성으로 따지면 자다가도 좔좔 욀 대여섯 개의 전화번호만 못하다. 죽어서도 못 잊을 통장의 비밀번호와는 하물며 어림없다.

사람은 평생에 얼마만큼의 사진을 남기는가…… 사람에게는 어느 정도의 땅이 필요한가를 물은 톨스토이의 어떤 민화에는 견줄 게 아니로되 하여간 대단한 양이다. 찍는 대로 간직하고 주는 대로 받아 모으기만 했지 좀처럼 파기 정리를 않은 까닭이다. 처음엔 앨범에 붙이다가 나중엔 귀찮아 쌓아두기만 했기 때문에 한 장씩 들고 퇴출 여부를 정하는 시간이 무척 더디다.

'제법 예뻤구나.'

아내와 집 식구들 사진은 본인의 뜻을 존중하는 차원에서 되도록 신중을 기하기로 한다. 아내도 별달리 반대하지는 않을 터이다. 언젠가 의향을 떠보자 전폭적으로 지지하고 나섰으니까. 그 여자는 친구들 따라 일박이일 예정으로 여행중이다. 안 가겠다고 미적대는 걸 그가 우겨 보냈다. 의도적이든 아니든 덕택에 그로서는 모처럼 좋은 기회를 갖게 된 폭이다.

'더 늦기 전에 또 가보고 싶군.'

해외 근무 때의 사진에서 그는 향수 비슷한 그리움을 느낀다. 향수는 꼭 자기의 태를 묻은 곳만을 가리키지 않는다. 바깥에서 산 경험도 '역향수' 기분을 시시로 들썩이게 만든다는 사실을 그는 이럴 적마다 실감한다.

'이 자식은 죽었는지 살았는지.'

까마득한 옛 친구 사진 앞에서 그의 추억은 그러나 오래 가지 않는다. 무수한 단체 사진이랄지 삼삼오오 그룹 사진은 더구나다.

이 노릇도 마음을 독하게 먹지 않고는 못 할 짓이라는 생각에, 북북 남의 모습을 훼손하는 미안과 니힐이, 시간이 지날수록 겹치고 쌓였으나 그는 마다하지 않았다. 자기만이 오래 전부터 작정한 일이라고 믿었거늘 비장암으로 죽은 친구가 선수를 치고 간 것이 찜찜하기는 했다. 그 때문에도 작업을 서둘렀던 셈이다. 남빛 상자에 넣은 갖가지 기념패를 결딴내는 손에 그랬으므로 더욱 힘이 들어갔다.

그것들은 동판, 나무판, 대리석에, 더러는 자개무늬를 둘러 감사와 공로와 표창을 새긴 증거품이다. 그의 이름을 맨 위에 따로 앉힌 것하며 형식은 거지반 같다. 그 밑에 새긴 판검사의 논고나 판결문 비슷한 설명문이 저마다 특이한 글씨체로 더없이 끼끗했다. 하나하나에 담긴 칭찬과 격려의 자구들이 암전(暗轉) 끝에 반짝 명전(明轉)했던 자기 삶의 어떤 마디를 객관적으로 감싸는 듯하여 감회가 새로웠다. 그러나 지워야 한다. 감사하는 마음마저 혼자 붙안고 인멸을 준비해야 한다. 자신이 떠난 다음엔 그게 모두 처치곤란한 쓰레기로 처질 것이라는 생각이 특히 근자에 와서 그의 뇌리를 떠나지 않았다. 사진도 그렇고, 내 손으로조차 폐기하기 만만찮은 물건을 부담스러운 짐으로 남겨두기 싫었다. 한 시절의 작은 성과라든가 흔적을 예전처럼 한 장의 종이에 기록한다면 또 모를까, 거추장스런 포장 때문에 덩치 큰 수하물 취급을 당하면 안 된다고 스스로를 다그쳤다. 원래부터 무얼 버리기 좋아하는 그의 저세상 행장 차비 이유는 그렇게 단순하고 간단했다.

'무얼로 만들었길래 재질이 이리도 단단하담.'

돌도 아닌 것이 플라스틱도 아닌 것이 여간 애를 먹이지 않았다. 그는 호박빛을 띤 투명하고 두꺼운 기념패 하나를 깨느라 있는 힘을 다하여 꽝꽝 망치를 내리치며 투덜거렸다.

그때 전화가 울렸다. 울도록 내버려둘까 하다가 지극히 단조로운 파손작업에 적지않이 물린 터라 얼른 송수화기를 들었다.

"나야. 그 사람 갔네."

"뭐라구요?"

"듣고 있나?"

"아주머니가 돌아가셨단 말씀입니까."

"그렇대두."

"언제요."

"오늘 새벽."

늙은이들은 새벽에 잘 죽는다. 그러나 아주머니는 자연사가 아니다. 교통사고로 병원에 입원한 지 달포 만에 간 것이다. 집안 촌수로 따지면야 멀고 먼 사이로되 가깝게 오가는 푼수로 치면 사촌간 이상인 아저씨요 아주머니다. 그에게는 둘 다 연상일망정 아저씨는 특히 사람이 좋아 그가 벗을 하자는 투로 기어올라도 에끼! 하다가 만다.

"그 병원 영안실이죠?"

두어 번 문병 갔던 병원이냐는 뜻이다.

"그럼."

"하던 일 마치고 곧 갈게요."

화장실 가서 웃으시겠네요. 이죽거리려다 만다. 그러기엔 넘고 처지는 아저씨의 나이다.

"서두를 것 없어. 안 오면 또 어때서."

공연한 군소리.

속 따로 걸 따로인 노년들의 위악을 가볍게 비웃으며 통화를 마친 그는, 좀전의 호박빛 도는 기념패를 재차 집어들고 이래저래 우울한 심사를 까뭉개듯 망치를 꽝 쳤다. 동시에 아 신음하며 엉겁결에 상체를 앞으로 구부렸다. 가슴에 뜨끔한 통증이 온 것이다. 음험하게 기어들었다가 야금야금 강도를 높이는 상종 못 할 흉통이다. 경계경보만 발령하고 슬그머니 퇴각하는 수가 있다. 하다가 무어라고 형용하기 어려운 고약한 아픔으로 진땀을 빼게도 한다. 한동안 뜸하다 싶었던 그런 불청객이 또 찾아왔는가, 덜컥 겁이 났다.

더 심해지기 전에 다스리기 위해 서랍을 뒤져 니트로 글리세린을 찾았다. 혀 밑에 머금어 녹이면 신통하게도 스르르 통증이 멎는 녹두알만한 타블렛이다. 시효가 지나면 효험이 없다고 했는데 그나마 눈에 띄지 않았다. 아픔은 점점 더했다. 옳게 걸려들었구나 짐작하고 위급하면 걸도록 병원에서 적어준 두 개의 번호를 겨우 발견하자 황급히 전화를 걸었다. 하나는 연결이 잘 안 되고 나머지 하나는 다행히도 예전의 주치의가 곧바로 받았다. 미리 얘기를 해둘 테니 당장 응급실로 가라는 지시를 의사는 내렸다.

우습게도 통증은 택시를 잡기 위해 큰길로 가는 사이에 씻은 듯이 가셨다. 그는 멀쩡한 행색으로 응급실을 찾아갈밖에 없었다. 얘기를 들은 의사는 그놈은 원래 게릴라처럼 출몰이 감쪽같다고 웃으며 온 김에 며칠 입원하는 것이 좋겠다고 일렀다. 상태를 보아가며 몇 가지 검사를 하자고 했다. 마침 빈 병실이 있어 그는 졸지에 환자복으로 옷을 갈아입었다. 연락할 만한 곳에 뜬금없는 기별을 한 다음.

그리고 많은 시간이 지났을 것이다. 비몽사몽의 경지를 헤매는 그의 귓가에 사람들의 조용조용한 말소리가 들렸다. 무척 오랫동안 잠을 잔 것 같았다. 그런데도 아직 부족한 잠의 유혹이 그를 놓아주지 않았다. 어쩌면 기분 좋은 피로감이 온몸을 녹작지근하게 휘감으며 무작정 밑으로 끌어내리려 들었다.

"그러니까 제 발로 들어와 입원했다는 겁니까."

"그랬나 봐요."

"웃기는 친굴세."

"잘했지요. 집에서 고스란히 당했으면 어쩔 뻔했어요. 하마터면…… 어쩐지 내 꿈자리가 사납더라니."

"살겠다고 제법 기민하게 굴었네. 허허."

알 만했다. 여자는 아내고 남자는 즈이 아버지를 화장한 친구다. 대화하는 두 남녀의 정체를 확인하자 그는 더욱 눈을 뜨기가 싫었다.

"일본에서는 심장병을 빠꾸리병이라고도 한다네요. 고목 가지가 갑자기 뚝 부러지듯 어느 날 갑자기 가는 수가 있다는 뜻이래요."

"빠꾸리? 뽀꾸리겠죠. 무르게 부서진다는 표현을 그렇게 하거든요."

"그런지 어쩐지 원. 여행 가기 싫다는 나를 가라 가라 밀어내더니 이게 무슨 꼴이래요, 글쎄."

"이럴 줄 몰랐겠지요."

'잘 논다. 요것들.'

그는 감은 눈에 힘을 주면서 꽤 오래 전에 경험했던 한 병실 풍경을 떠올렸다. 의식을 회복하지 못한 채 누워 있는 선배의 병상 앞에서 이복동생이라는 자가 자꾸 뇌까렸다. 앞으로 일 주일밖에 못 산다고 의사가 진단했다고 말이다. 후사가 없는 선배는 재산이

상당했는데, 그는 눈을 조용히 감고 있는 선배가 들을 것 다 들으면서도 이것들이 어쩌는가 보자고 무의식을 가장하는 게 아닌가 싶어 민망하기 짝이 없었다. 실상 선배는 그 뒤로 의식을 되찾아 얼마간을 더 살았다. 머지않아 사망하기는 했지만.

"가보세요."

"아닙니다. 이 친구 깨어나거든 갈랍니다."

흥. 그는 속으로 코웃음쳤다. 눈을 뜰까 말까. 이대로 죽어줄까 말까. 쉬 결론을 내리지 못했다.

그들은 말했네

무식하고 게으른 과시형 장서가를 재수없이 만나 마음은 골병 들고 몸은 몸대로 바스라졌다며 악담을 퍼붓기도 했다. 한 맺힌 울부짖음에 다름아닐 게다. 굄을 받기는커녕 철저히 묵살당한 책귀신들의 원혼이 일시에 우루루 달려들어 그의 목을 죄는 꿈을 그날 밤 실지로 꾸었다.

"그러니까 내 손으로 가져다 바치기 전에는 어렵다…… 이런 말입니까?"

"말하자면 그렇지요."

"말하자면 그렇지요가 아니라 실지로 그렇네요 뭐."

"미안합니다. 인력이 워낙 부족해서요. 직원이 딱 셋뿐이랍니다."

전화를 받은 여직원은 아닌게 아니라 매우 미안하다는 투로 열쩍게 대답했다. 사서 일을 보는 자기와 보조원 하나, 그리고 서무 담당자가 전부인 도서관 규모까지 들먹이며 스스로 안타까운 기색이었다. 공공 기관의 옹색한 살림살이를 내친 김에 하소연하는 듯한 분위기마저 풍겼다.

"몇십 권도 아니고 사백여 권이나 되는 책을 완전 무상으로 기증하겠다는데 그러시네. 더 정리하다 보면 훨씬 많아질 겁니다. 천

권 가까이 될지도 몰라요."

"뜻은 고맙습니다만 원체 사정이 그래놔서요."

"귀관과 우리집과는 거리도 아주 가깝다구요. 반 마장이 채 안 될 것이기 때문에……."

"잠깐만요. 귀? 무슨 마장요? 말씀이 어려워서 못 알아듣겠습니다."

"허. 낭패로군. 댁네 도서관과 내가 사는 동네는 엎디면 코 닿을 만치 가까운 곳이다 이런 말인데 그게 그리 어렵소?"

기껏 큰맘 먹고 뻗친 선의가 무안했다. 뜻밖의 손사래짓이 언짢아 제물에 반말이 튀어나왔다.

"네에."

"후닥닥 들고 가기 좋게시리 이미 내 손으로 무더기 무더기 묶어놓았겠다, 거 머시냐, 꼬맹이 트럭 한 대만 동원하면 족할 텐데 뭬 그리 어렵단 말이요."

"그게 글쎄 쉽지가 않답니다. 예산도 없고 또……."

변명조 사설이 짜증스러워 송수화기를 일단 귀에서 뗐다. '수고스러운 대로 도서관까지 직접 갖다주시면 고맙겠다'는 소리가 그러므로 허공에서 잠시, 불빛이 천천히 사그라지는 연극 무대의 한 장면을 연상시키듯 가늘게 이어졌다.

"알았시다. 그만둡시다."

절커덕 전화를 끊고 어수선하게 늘어놓은 책더미를 바라보자니 이번에는 또 자신에 대한 역정이 겹쳤다. 수수한 몇 마디로 끝내면 그만일 것을 어쩌자고 '귀관'이니 '반 마장'이니를 입에 담아 덤으로 우세를 사는가 싶었던 게다. 일부러 노티를 낼 작정이었다면 당해서 싸다. 상호간에 말귀가 어둡기로는 피차 매일반인 시절이다. 한문투 찌꺼기로 말의 멱을 감는 자기 또래나 인터넷으로 밥 말아먹는 푼수인 네티즌 사이에는 어차피 언어 도단의 벽이 갈수록 높이 솟아 서로 딴 세상을 헤매기 쉽다. 그럴망정 그 자신은 아니라고 우길 판이다. 고장난 레코드처럼 칙칙거린다는 비아냥에 직면하지 않도록 성량을 가다듬고 적응력을 키워 돌림판 같은 세상의 중심에서 벗어나지 않으려고 애쓰는 편이다.

이 판에서 어물어물하다가는 원심력의 이치에 휘둘려 바깥으로 튕겨나가기 십상이라는 걱정보다 그게 우선 좋기 때문이다. 이만한 편의와 합리와 간편 신속한 기능을 맘껏 누리기 위해서도 더욱 오래 살아야겠다는 욕망을 자꾸자꾸 가슴속에 심는다. 아니 그보다 앞서는 것이 학습욕이다. 학습은 책을 통한 공부로만 가능하다고 여기는 것 자체가 착각이라고 믿기 때문에 먹성이나 옷가지나 말씨에 퍽이나 신경을 기울이었다. 덕택에 무간한 친구는 그를 '거동수상자'로 몰고, 이도 저도 아닌 사람들은 돈 안 드는 인심을 아낌없이 써 매사에 십 년은 젊어 보인다는 공치사를 날렸다.

이사를 앞두고 꽤 많은 장서의 일부를 폐기 처분하는 과정에서 들이댄 기준이 팍 삭은 옛날 책 위주인 점도 그 때문이다. 낡은 잡동사니를 상대적으로 많이 소각(消却)하고 근래에 사들인 책은 되도록 살리는 방향으로 선정 작업을 해나갔다.

그렇다면 왜 귀관이나 마장 따위 어투를 들먹거려 공연한 화를 자초했는가. 자기 딴엔 일종의 농을 건넸다고 볼 수 있다. 애초부터 이물없는 사이였다면 또 모른다. 공적인 일로 얘기를 나눈 상대는 이름도 얼굴도 분명찮은 익명의 한 여성이다. 전화를 걸고 보니 그랬을 따름이지만 어쨌거나 농조로 나갈 처지가 못 된다. 우습기는커녕 경우가 틀려도 한참 틀렸다. 그러나 그게 바로 나이 먹은 자의 암수라면 암수요 여유라면 여유다. 냄새 나는 문자로 연막을 피워 연하의 공직자를 구슬리다니 별난 여유도 다 있다고 하겠으나 던진 언어가 다짜고짜 난삽하기 때문에 상대의 긴장과 호기심을 당장 유발하지 말란 법 없다. 일상적으로 대하고 반복하던 빤한 입씨름과는 상당히 다른 경우임을 직감하고 약간의 존대를 혀 밑에 까는 수가 있다. 한두 마디로 끝낼 일에도 제법 시간을 할애하는 예가 적지 않다. 상대가 존장 치는 기분으로 대하든 말든 상관없다. 하다 보면 서먹하고 껄끄럽게 마련인 양자간 초대면의 시간이 조금은 부드럽게 흐를 공산이 크다.

반드시 성공을 보장하기는 힘들다. 구립 도서관 여직원도 그가 내민 어줍잖은 화술에 일단 걸려드는 듯하다가 주저앉고 말았다. 알아들을 수 없는 의문을 풀고자 정직하게 반문하고는 그만이었다. 유별스런 노인네의 이상한 점잔빼기로 넘겨짚은 모양인데 그가 가끔 써먹는 이딴 말마디는 꼭 묵은 문자에 국한하지 않는다. 가다가는 나온 지 얼마 안 되는, 아직 따끈따끈한 유행어마저 섞어 그만한 기관 종사자들의 굳은 성깔을 녹이려 들었다. 작은 틈새 사이를 비집고 들어가 쓸데없이 농담을 날리는 것은, 그러므로 자기 기분부터 상처입지 않도록 하자는 방패막이 수단의 하나로 간주해도 좋다.

그나저나 보통 일이 아니라는 생각에 그는 심신이 축 처지는 걸 느꼈다. 벌써 며칠째인가. 지금 사는 집도 책이 이 방 저 방에 쌓여 있다. 전체 면적이 삼십 평 남짓밖에 안 되기 때문이었는데 새로 옮겨갈 집도 크기가 거기서 거기다. 도리 없이 눈 딱 감고 과감하게 줄이기로 작정한 건 좋았으나 그게 그리 수월하지 않다. 모두 합쳐 사오천 권 가량 될까. 값이 나간다거나 귀한 건 그다지 없다. 그저 그렇고 그런 잡서가 대부분이다. 그럴망정 평생을 함께 끼고 산 것들이어서 솎아내자니 미련이 많고, 싸잡아 짐을 꾸리자니 부담스러웠다. 젖혀둔 책들이 우리만 따로 떼어 팽개치다니 너무한다고, 너무 야속하다고 자기를 원망하는 것 같아 괴롭다.

도태당한 책들의 수런거림이 차츰 구호로 바뀌는 착각에 떨기도 했다. 남아 있는 재들이 잘났으면 얼마나 잘났더란 말이냐. 입을 열기로 하면 우리도 할말이 태산이다. 게으름뱅이 주인을 만나 일 년 열두 달은 고사하고 수십 년 동안 내내 먼지만 뒤집어쓴 동료가 태반이다. 여자와 집은 가꾸기 나름이라는 말은, 이따금씩 우리 몸에 켜켜로 앉은 진애(塵埃, 우리도 당구 삼 년으로 유식하다)를 먼지떨이로 조심스레 털어준 이 댁 아주머니의 정성을 생각해서라도 입 밖에 내지 않겠다. 다만 비슷한 각도에서 일러두겠다. 책에도 생명력이 있는 까닭에 끊임없이 쓰다듬어주지 않으면 안 된다는 것을…… 하지만 당신은 아니었다. 이왕 쓰레기 신세가 된 마당에 당신을 당신이라 부르겠는데 해도 너무했다고 생각하지 않는가. 잘되어봤자 우리는 이제 하루살이 신문 쪼가리라든가 저마다 제 물건이 제일이라고 뻥을 튀기는 알록달록한 팜플렛 따위에 섞여 재생 공장으로 간다. 갔다가 사람들 밑씻개로 다시 되돌아 나올 신세다. 그만만 해도 괜찮다. 자칫하면 군내 나는 김치 가닥이나 애들의 똥오줌으로 질퍽한 하기스 기저귀와 함께, 다이옥신이나 펑펑 뿜는 소각장으로 직행할 운명에 놓여 있다. 이래도 당신의 신간이 편한가? 묻지 않을 수 없다.

나도 안다. 가엾고 허퉁하여 제구실하기에 마땅한 곳으로 시집 보낼 궁리로 이같이 여념이 없다. 한데 니들도 들은 대로 모두 시큰둥하구나. 미처 절반도 정리하지 못한 단계에서 알 만한 이들에게 귀띔을 하고 원하는 사람이 있거들랑 연락해달라고 부탁까지 했으나 반응이 도무지 신통찮다. 자기네도 있는 책을 어떻게 처분할지 막막하다며 책의 애물단지화가 이토록 빨리 진전될 줄 몰랐다고 탄식하는 게 고작이다. 조선조 실록도 백과사전도 손에 쥐면 딱 알맞을 시디롬에 날씬하게 담느니 마느니 주워대면서 탄식 아닌 탄복을 늘어놓기 예사더란 말이다.

속수무책이기로는 그 역시 이처럼 딱했거늘 이사할 날이 눈앞에 다가올수록 마음이 더욱 급했다. 품은 품대로 들고 초조한 감정은 감정대로 영 션찮은 가운데, 진종일 책먼지 속에 묻혀 노끈으로 포박하듯 단단히 책을 묶느라 손바닥이 얼얼한 날이 계속되었다. 서울특별시는 무려 스무남은 곳의 구로 이루어졌을뿐더러 저마다 구립 도서관을 갖고 있다는 걸 안 것이 이무렵이다. 마침 잘되었구나 싶어 동네에서 멀지 않은 구립 도서관에 즉시 전화를 걸었다. 더없이 감사하다는 말까지 은근히 기대하며 내민 제의는 그러나 대뜸 빗나가고 말았다. 하기야 선심 쓰는 척하면서 짐을 덜려는 속내가 없었다면 거짓말이다. 그런 꿍꿍이셈이 분명 있었다.

그는 새삼스럽게 팔 할은 서가에 꽂히고 이 할은 아무렇게나 너부러진 책들의 한심한 몰골을 우두커니 쳐다보았다. 젊어서는 문학을 꿈꾸다가 우연히 발을 들여놓은 은행에서 평생을 보냈다. 은

퇴 직전까지 모은 책이 그렇다고 생업 중심은 아니다. 오히려 딴판이다. 소설류를 비롯한 문학 계통에 사회과학이나 전기 등등 종류가 무척 다양하다. 그래서 장서랄 것조차 없는 '책무덤'의 똑떨어진 특징을 찾기 어렵다. 때문에 그 밖의 몇몇 도서관에서도 '일단 보내나 보시라고' 배를 내밀었으리라 여겼다. 그런 다음에 우리가 알아서 낱개로 추릴 것 추리고 버릴 것 버리겠다는 뜻이겠거니 짐작했다.

'이 노릇을 어쩐다. 누구처럼 성서와 사전 몇 개만 남기고 깨끗이 치워버리는 게 낫지 않을까?'

그는 처진 기분을 추스리다 말고 혼자 중얼거리며 소파에 길게 드러누웠다. 손에는 무의식중에 뽑아든 책 한 권이 들려 있다. 책 정리라는 게 그렇다. 척 보면 아는 여느 물건과는 다르다. 건질 놈 폐기할 놈 가리기 전에 우선 손에 들고 관형찰색을 하게 마련이다. 앞뒤를 번갈아 뒤집고 후두둑 속을 훑는다. 책 등에 적힌 제목만으로도 대별할 수 없는 건 아니로되 아무래도 눈이 일일이 머무는 시간이 필요하다. 병아리 감별하듯 순식간에 툭툭 던질 수는 없는 것이다. 그 통에 작업이 더딜밖에 없고 덕분에 남모를 감회와 회상에 잠기는 수가 있다. 그걸 입수하던 때의 기쁨이나 감격이 책갈피 사이에 넘나들어 자기만의 역사를 되돌아보기도 한다.

엎어진 김에 쉬어 간다고, 에라 모르겠다 철버덕 소파에 누웠던 그가 이윽고 무심히 들어올린 책 제목이 어쭈구리, 일본어판 『노신전집』 아니더라고? 몹시 반가웠다. 노란 바탕의 절반을 기하학적 무늬로 검게 디자인한 표지가 낯설지 않다. 빠알간 제목 글씨 또한 오랜만이다. 단권짜리 전집이므로 평론이나 산문은 제외되었을지언정 노신의 소설은 거의 전부 수록돼 있다. 이걸 어디서 구했더라. 옳아 장터였어. 수복 직후의 고향 난장에서 작은매부가 사줬지. 아 그때.

누운 자세로 첫 장부터 페이지를 차례차례 더듬는, 정맥이 가늘게 솟은 그의 손등에 어느덧 여린 감동이 실렸다. 속표지에 사인이랍시고 끼적거린 영문자 'Lee D. Soo'의 잉크 색깔이 아직 선명하구나. 보나마나 집에 당도하자마자 내깔긴 일종의 소유권 표시임이 분명하다. 열에 들떠 밤새워 읽은 흔적으로는 고작 옛이야기에 불과한 소설 군데군데에 연필로 줄을 친 수작에서 잘 드러난다. 노신이 쓴 서문 첫머리에 벌써 방선을 그어놓았다. '회억(回憶)은 사람을 기쁘게 하지만 때로는 그들을 적막감에 빠뜨리기도 한다'는 대목이다. '나는 사 년 남짓 동안 언제나 매일같이 전당포와 약방 사이를 오갔다'는 문장이 그 다음에 나온다. 아마도 중국의 스산한 환경과 노신의 젊은 시절이 형태를 달리하여 나를 엇비슷하게 짓누른다고 공감했기 때문일 것이다.

「광인일기」「고향」「단오절」「아Q정전」 같은 제목들이 기억에 새롭다. 하지만 내용은 좀처럼 잘 떠오르지 않았다. 대표작 「아Q정전」을 빼면 대부분이 기연가 미연가 아스라하다. 흐른 세월이 얼만데 그걸 죄 기억하는 건 무리라고 자위한다. 반면에 책을 손에 넣을 당시의 앞뒤 정경이나 사정은 선명하게 그릴 수 있다. 무슨 조화속인지 아리송하다. 어찌 『노신전집』뿐이랴. 어지간한 책들이 대강 그렇다. 보라는 달은 안 보고 달을 가리키는 손가락만 쳐다보는 격이다.

그날의 난장은 판문점의 휴전 회담 따로, 전선의 땅뺏기 고지 전투 따로인 정세를 반영하듯 어수선하면서 초라했다. 깜냥껏 긁어 모은 물건들을 되는 대로 늘어놓고 난장 특유의 활기를 기대하는 눈치였으나 전체적 분위기는 더할 나위 없이 적막했다. 돈이 되겠다 싶은 건 무엇이나 들고 나온 터이므로 누가 장사고 누가 손님이랄 것이 없었다. 헐어빠진 의류라든가 군화 등속을 파는 얼치기 장꾼은 호객 소리를 외칠 기력마저 잃었는지 한옆으로 나앉아 종이에 만 담배만 빽빽 빨았다. 집에서 기르던 놈인지 어디서 훔친 것인지 의심쩍은 개 장수의 두 마리 개 역시 늦가을의 찬 땅바닥에 배때기를 착 붙인 채 늘어져 있다. 제대로 얻어먹지를 못해 폭삭 내려앉은 배가 간헐적으로 꺼졌다 부풀었다 하는 것이 오히려 이상할 지경이었다.

그래도 음식을 파는 곳은 좀 달랐다. 맨땅에 가마솥을 걸고 끓이는 꿀꿀이죽 주변엔 사먹는 사람보다 서성거리는 사람이 훨씬 많았거늘, 알고 보면 그것도 바로 옆에서 아코디언을 켜는 약장수 덕이었다. 입에 넣은 것이 있어야 병을 고치든가 소화불량을 다스리든가 할 게 아니냐고 누군가는 어깃장을 놓을 만하다. 그러나 약장수가 씨부려대는 병명을 듣고 있노라면 열에 한둘은 자신의 지병이나 고질을 은근히 짚어보며 고통 탕감의 시험에 빠지기 쉽다. 그게 이제나 그제나 변함없는 사람의 노릇이자 허점이 아닌가 한다. 가슴앓이, 복통, 요통, 두통, 장질부사, 이질, 화상, 교상(咬傷), 급체, 어지럼증, 백일해, 해수, 토사곽란, 임질, 매독증, 어느 한 가지와는 맥이 닿게 마련이다.

고통의 만각 탓이다. 정신없이 싸운다든가 느닷없이 닥친 재난에 넋이라도 있고 없고 휘둘릴 때는 아픔도 상처도 느끼지 못한다. 수틀리면 달라붙어 주먹질부터 해대던 아잇적 대거리를 돌이켜보면 안다. 이기고 지는 데에만 기를 써 온몸에 가시를 세울 때는 흐르지 않던 눈물이, 누군가의 중재로 쌈질이 끝나 곡절을 묻는 단계에 이르러 주루룩 흐르기 일쑤다. 싸움을 뜯어말린 중재자가 더구나 어른일 경우 볼을 타고 내리는 눈물은 한층 뜨겁다. 비로소 상처를 살피고 매만질 여지가 생긴다.

어른인들 별수 없다. 입으로는 하늘과 땅이 한날 한시에 딱 붙어버렸으면 좋겠다는 막말로 절통한 울화를 삭이던 사람까지도 하루아침에 들이닥친 경천동지의 재앙 앞에 쪽을 못 쓰기는 마찬가지다. 살아남기 위해 별별 짓 다 하며 여러 차례 죽음의 허방에 빠질 뻔하다가 가까스로 목숨을 건진 연후에야 둘레둘레 상처를 점검하기 시작한다. 심지어 어깨가 결리고 가슴이 답답했던, 환난 전 고질병까지 싸잡아 거듭 재확인한다. 어느 구석에 처박혔다가 나타난 약장수의 너스레를 안 듣는 척 듣는다. 달리 생각하면 전쟁통에 잃어버린 평범한 일상의 단초를 어렴풋이 느끼는 시간이라고도 볼 수 있다. 아직 희망을 꿈꾸기는 까마득한.

그런데 구경꾼들은 반드시 그런저런 이유로만 서성이는 게 아닌 것 같았다. 해낙낙한 표정이 모처럼 느긋하고 특히 아코디언으로 쏠린 시선에 호기심이 어른거렸다. 주름 상자를 폈다 오므렸다 하면서 '아 신라의 밤이여……'를 울려대는 헐어빠진 아코디언이 결코 낯설지는 않다. 해방 전 악극 무대에서 흔히 대하던 악기다. 한데 어찌된 까닭인지 해방 후로는 좀체 보기 어려웠다. 반대로 이북에서는 아주 애용한다는 사실을 인민군들이 쳐들어오면서 알게 되었다. 그들이 벌인 집회나 오락회 때마다 남한의 기타 대신 아코디언이 빠짐없이 등장한 예로 미루어 짐작할 만했다. 나중에는 또 소련을 비롯한 사회주의 국가의 전유물이라는 것을 깨닫고, 아하 그래서였나 보다 넘겨짚었다. '동무'가 그쪽 전용어로 자리잡으면서 이남에서는 도리 없이 '친구'로 고쳐 부른 연유에도 아울러 생각이 미쳤다. 따라서 지금은 때가 때인 만큼 약장수의 가슴에 매달린 고물 소리통의 내력이 수상쩍다면 수상쩍을 법도 했으나 아무도 타박할 기미를 보이지 않았다. 장바닥의 축 늘어진 인심이 그 정도는 눈감아줄 수 있다는 쪽으로 너그러워진 탓일 게다. 볼거리에 잔뜩 주렸던 눈으로 '지나가는 나그네여 걸음을 멈추어라'에 오다가다 걸음을 멈추는 행인이 늘어갔다. 처음부터 끝까지 건반을 누르지 않고 한 소절씩 멜로디를 자꾸 끊는 약장수의 손가락 끝을 감질나게 주시했다.

그런 정황 속에서 만난 것이 작은매형이다. 누군가가 살그머니 어깨를 건드리는 서슬에 놀라 돌아본 그의 눈에 평소에도 잘 웃지 않던 매형의 어색한 미소가 가득 들어왔다.

"웬일로 여기는?"

웃다 말고 매형이 물었다.

"그냥요. 학교에서 오는 길에."

하필이면 약장수 앞에서 맞닥뜨린 것이 쑥스러워 어물거렸다. 그가 아니라도 아이들은 곧잘 시장 거리를 배회하는 수가 많다. 별달리 시간을 죽일 장소도, 마땅한 놀이도 찾기 힘든 처지에 시장은 그나마 눈요기감이 많아 심심치 않았던 까닭이다.

"가자."

불쑥 한마디 던지고 매형은 스적스적 앞장을 섰다. 대답할 겨를을 주지 않기 때문에도 순순히 뒤따를밖에 없었다. 땅딸막하되 단단하게 벌어진 등판이 오래 노동판을 견딘 자의 당찬 모습으로 비쳤다.

작은매형이 걸음을 멈춘 곳은 가마솥 뚜껑 사이로 하얀 김과 더불어 구수한 냄새가 피어오르는 꿀꿀이죽 곁이었다. 보풀이 어지럽게 일다 못해 내장마저 삐죽이 드러난 가죽의자에 먼저 몸을 부리고는 그를 향해 고갯짓을 했다. 또하나의 빈 의자에 앉으라는 뜻이다. 용수철이 약간 튀어나오기는 했다 하더라도 같은 값이면 덩치 한번 요란한 일인용 소파에 앉아도 되련만 매형은 그 자리를 피했다.

"집에 가서 저녁 먹으면 돼요."

"여기서 먹어."

딴소리 그만두라는 투로 재빨리 두 그릇을 시켰다.

꿀꿀이죽도 내용 나름이다. 무엇을 건더기로 넣고 물 가늠을 어떻게 했는가에 따라 맛도 보매도 제각각이다. 소시지 조각이 좀 나우 섞인 죽은 그것들의 엷은 분홍빛과 브로콜리의 파랑이 간간이 어울려 보기에 아름답고 먹기에 고소하다. 안 그러고 삼지창 같은 칠면조 발이나 날개를 짓이겨 육기를 호도한다든가 홍덩홍덩 많이 잡은 물에 버터를 살짝 풀어 기름기 시늉만 낸 것은 시래기죽만 못하다. 아무리 험한 음식에 길들여진 혀라 하더라도 냉큼 구미가 당기지 않는다. 먹고 난 후에도 소증은 소증대로 처진다. 더러 스테이크 토막을 씹는 행운에 입이 벌어지는 날도 있으나, 그렇게 벌어졌던 입이 미구에 담배꽁초 부스러기를 삼켜 토악질을 해대지 말란 법 없다. 불같이 화를 낸다고 쥔이 설설 길까 보냐. 피차 쓰레기통 탓으로 미루고 일진 탓으로 돌릴밖에 없다.

"가자."

그저 그런 꿀꿀이죽을 뚝딱 해치우고 고개를 쳐들자 매형이 말했다. 이 사람은 가자 먹자밖에 모르는가.

"……."

대답 대신 주먹으로 입가를 훔치고 일어서자 지는 해의 잔광에 눈이 씀벅거렸다. 주위가 차차 붉게 물든다고 생각하면서 바라본 매형의 얼굴이 후끈한 음식을 먹은 다음의 식후 열기로 한층 검붉었다.

포만감에 겨워 저도 모르게 배를 쓸며 아까처럼 또 매형의 뒤를 좇던 그는 땅바닥에 쫙 깔린 책을 보고 걸음걸이를 늦췄다.

"먼저 가세요."

"왜?"

"구경 좀 하다 갈래요."

즐비한 책 쪽으로 고개를 비스듬히 돌렸다.

무슨 생각에서인지 매형도 걸음을 멈추고 덤덤한 시선으로 책을 바라보았다. 공사판으로만 돌아다닌 터수에 뭐가 뭔지 알 리 만무다. 글자와는 담을 쌓고 사는 사람의 엉거주춤한 거동이 이내 시들한 무관심으로 바뀌는가 했다. 그러나 매형의 입에서 떨어진 말은 뜻밖이었다.

"사."

"?"

"사고 싶은 게 있으면 한 권 고르라고."

곧바로 헤어지지 않고 발길을 돌릴 때 이미 요량을 세웠던 모양이다. 그는 한참 머뭇거렸다. 경기가 형편없어 벌이가 시원찮을 텐데 거푸 생돈을 쓰게 하다니 부담스럽기 짝이 없었다.

"걱정 말고 어서."

잇따라 재촉하는 성화에 못 이겨 그는 얼결에 『노신전집』을 집어들었다. 얼결이라고는 했을망정 첫눈에 욕심을 냈던 책이다. 부피가 두툼한 만큼 값이 비쌀 것이기 때문에 더더욱 죄송했으나 다른 건 눈에 차지 않았다.

"얼마요?"

물은 매형은 주인에게 책 값을 치르고 애써 아무렇지 않다는 안색을 가다듬으며 그의 등을 떠밀었다.

"가봐라. 공부 잘하지?"

나중 질문은 말수 적은 매형이 덤으로 보탠 말인데, 책 좋아하는 어린 처남에 대한 신뢰를 그렇게 둘러댄 셈이다. 그 속내를 어찌 모르랴. 구질구질한 해설을 마다하고 요점 위주로 말의 기둥만 세우고 물러서는 성미였다.

"안녕히 가세요."

"응."

대꾸하기 무섭게 자기 갈 길을 가는 매형의 빵빵한 어깨에 재차 믿음을 보내며 『노신전집』을 움켜쥐었다. 작은 도시의 동과 서로 갈라서는 순간이었다. 그제서야 그는 작은누님을 떠올렸다. 다리 하나가 부실한, 이 세상에 다시없이 맘씨 곱고 몽매한 여자를.

얼굴이 예쁘든 몸이 기울든 여편네 팔자는 뒤웅박 팔자라는 걸 입버릇처럼 뇌던 시대이다. 비록 왼다리를 가볍게 절지언정 오른다리는 실하다. 노동력까지 감안하여 배우자를 선택하던 관습에 크게 부족함이 없었다. 인물도 그만하면 반반했던 편이다. 때묻지 않은 마음가짐으로 그악스럽지 못하고 신체 결함의 열등감에서 오는 심술을 찾아보기 어려웠다. 마누라 나쁜 것은 백년 원수요 된장 신 것은 일 년 원수라는 옛말대로라면 그냥저냥 무던한 평생을 보낼 법도 했다. 한데 그게 바로 화근일 줄이야. 유만부동으로 세상 물정에 어둡고 돌아가는 인정의 기미에 판무식으로 너무 깜깜하여 마침내 반편이 신세로 나가떨어졌다. 농판 같은 첫 남편에게 석 달이 못 가 차이고, 두번째는 기막히게도 씨받이 소실로 들어갔다가 보따리를 쌌다. 그후로는 줄창 어머니의 구박에 시달리며 집에서 삼 년을 썩었다. 어렵사리 작은매형과 연이 닿아 구제된 몸이다.

누님은 그를 끔찍이 위해주었다. 먹을 것을 챙겨주지 못해 한이고 귀찮을 정도로 빨랫감을 졸랐다. 그러잖아도 두어 벌밖에 안 되는 그의 옷가지는 그 때문에도 빨리 미어졌다.

"두수 고추 많이 컸는가 보자."

깐에 장난을 건답시고 크크 웃으며 그가 벗는 사루마다(팬티)를 일거에 까내리려 들 때마다, 그는 벌컥 화를 냈다.

"이 손 치우지 못해!"

"아이고 성내니까 무섭네."

"내 옷이나 빨라 말고 어서 시집이나 다시 가."

"임자가 있어야 가지."

"어라. 생각은 있나 보네."

"내가 어서 없어져야 어머니가 편할 것 아닌가베."

"엄마를 위해서 간다는 폭이고만. 이러니까 쫓겨났지."

"야 말하는 것 봐."

"왜 억울해? 억울하면 빨리 가란 말여. 알았어?"

나가나 들어오나 마음 둘 곳 없는 누님에게 나마저 이렇게 딴지를 걸면 안 되는데…… 괜한 억하심정이 민망하여 무심코 눈을 준 마당 구석에 퍼런 사기 요강이 동그마니 웅크리고 있다. 그러자 엉뚱하게도 보리누름의 들판에서 본 누님의 새하얀 엉덩짝 생각이 났다.

애를 못 낳아 소박맞은 누님을 어머니와 함께 데리러 갔던 날이다. 일의 앞뒤 사정을 깊이 대중하지 못한 채 무작정 떼를 써 따라나섰는지, 혼자 걷는 길이 그나마 적적하고 원통하여 어머니가 일부러 그를 달고 갔는지는 분명찮다. 하여간 애물로 나동그라진 누님을 물건마냥 되받아오는 들녘길은 싯누런 보리밭으로 그득했다. 한바탕 난리를 피우지도 못하고 죄를 지은 양 서둘러 귀로를 재촉하던 세 사람은 아무도 말을 하지 않았다. 논두렁을 가로지르는 실뱀을 보고 그가 낮게 비명을 터뜨린 후, 누님이 "두수야, 누가 오나 보아줘" 하면서 마침 당도한 개천 밑으로 내려설 때 지른 소리가 전부다. 눈치를 채고 곧 느린 걸음을 떼던 어머니의 입에서 "썩을 년" 소리가 떨어진 듯도 했으나 확실치는 않다.

낮은 둑 위에서 망을 보던 그는 하릴없이 개천 바닥 쪽으로 눈길을 돌렸다. 치마를 들어올린 누님의 펑퍼짐한 둔부가 시야에 훤히 들어왔다. 집에서 누님이 요강을 타고 앉았을 적에도 더러 목격하지 않은 건 아니었으나 허연 둔부살을 사람 드문 백주의 들판에서 여지없이 확인하는 건 처음이었다. 창피하구나 느끼기에 앞서

몹시 화가 났다. 자신에게 닥친 비극을 제쳐둔 채 다급한 요의부터 태평스럽게 좔좔 푸는 소갈머리랄까. 일방적으로 당하기만 하는 순진이 미워, 저만치 앞서가는 어머니를 향해 냅다 뛰었다. 눈물이 찔끔 흘렀다.

그리고 십 년가량 지난 훗날 작은누님과 매형은 너무 일찍 앞서거니 뒤서거니 죽었다. 『노신전집』을 남기고 갔다.

우울한 감정을 누르다 못해 한참을 멍하게 앉아 있던 그는 좀전과 달리 한목에 두서너 권씩 들어내어 대충대충 살폈다. 동시에 내 독서는 애시당초 엉터리였다는 자괴감에 빠졌다. 해방 전에는 뒤숭숭한 환경이 환경이었던지라 더 말할 건덕지가 없다. 해방 후라고 뾰족했을 리 없다. 어른들은 혼란의 틈바구니에서 살아남기 위해 눈에 불을 켜고, 고래 싸움에 등 터진 새우가 틀림없는 아이들에게 책은 사치스럽고 독서의 기회는 멀었다.

그런 와중에서 얻어걸린 필사본 외설 팜플렛은 지금 생각해도 생뚱맞다. 어디서 기어들었는지 도통 가늠이 가지 않는다. 이 손 저 손 거쳐 들어온 일본어판이다. 남녀 주인공들의 이름 역시 노부오, 아키코 식인데다 들이당짜 그 짓이고 용어 또한 맞바로 노출시킨 것들이다. 아무리 진한 포르노라 하더라도 초장은 서정적 풍경 묘사나 은유로 분위기를 잡고 나가는 법인데, 돌려보는 기간을 이삼 일로 한정했기 때문인지 속전속결의 원색적 표현이 숨 돌릴 틈 없이 재빨랐다. 일설에는 패전국 일본이 신생 독립국가인 우리나라 청소년들을 색정으로 뇌쇄 마비시키고자 의도적으로 유출한 것이라고도 했으나 그건 믿을 게 못 된다. 어떻든 적잖은 아이들이 그걸 읽느라 밤을 새웠다. 황당하기 그지없었다.

육이오를 겪고 사회 전반에 질서가 잡혀가면서 그의 독서도 제법 폭을 넓혀나갔다. 그렇다고 깔끔하게 체계를 세우거나 집요하지는 못했다. 생겨먹은 성질이 원체 두루뭉수리였던 때문이었는지는 몰라도, 이것 조금 저것 조금 깨질깨질 겉만 핥다가 동댕이친 것투성이다. 서가에 꽂힌 책 중에 꼭지도 떼지 않은 게 숱하다면 알조 아닌가. 그러므로 '나의 인생을 바꾼 한 권의 책'이라느니 '책 속에 길이 있다'느니 하면서, 일찌감치 지혜로운 길로 들어선 이들을 보면 부럽다. 아니할 말로 즉석에서 삶의 방향을 후닥닥 틀고 터득한, 눈썰미 아닌 운명적 선택을 감행한 사람들의 얘기를 들으면 부끄럽다.

충분히 가능하다고 유추했다. 인류사에 떠도는 만고불멸의 어떤 발명이라든가 업적도 따지고 보면 하찮은 기연을 출발점으로 삼는 수가 많다. 흔한 일이다. 따라서 책을 통해 그만한 빌미를 얻어 비약을 꿈꾼들 어떠리. 비용 또한 싸게 먹힌다. 지식욕에 불타 획득한 정보와 직관의 힘을 빌려 더 나은 앞날을 설계하면 좀 좋으냐. 이런 이치에 조금도 시비를 걸 이유가 없다.

그가 기억하는, 몇 안 되는 멋있는 말마디 중에도 비슷한 것이 없지 않다. '그는 인생을 바라보기 위해 거리의 행인을 바라보지 않았다. 그보다는 행인을 바라보기 위해 책 속의 인생을 알고자 했다.'

소싯적에 읽은 아쿠타가와 류노스케 소설에서 얼핏 귀동냥한 아포리즘이다.

사정이 그러하므로 그 문제는 여하튼 가타부타할 것이 못 된다.

평소의 축적이 탄탄해야 방향 전환의 기틀을 금방 잡을 수 있다는 걸 너끈히 알거니와, 그러면 그럴수록 자신의 지리멸렬한 책 수집 행각이 보잘것없다고 느낀다. 돈만 처들였지 옳게 파먹지 못한 지난날이 어설프고 쓸쓸했다. 게다가 오늘처럼 어떤 책을 둘러싼 생활의 더께를 헤적이다니 남이 볼까 두렵다. 사람은 아는 만큼 본다더니 내가 그 꼴이구나 여겼거늘, 그런 수집벽이 아주 싫지는 않다. 이런 기회가 아니면 혼자 변죽을 울리는 재미와 언제 다시 만나랴. 기분을 돌리려고 마음먹었다. 한 권의 책에 함축된 자기 생애의 어떤 동안을 그립게 다독거리고 싶다. 그러다 눈에 띈 것이 또 『국사대관』이다. 기쁜 심정으로 냉큼 집어들었다. 네가 너로구나, 즐겁게 맞아 손에 쥐고 뚜르르 책장을 넘겼다.

워메! 활자의 골짜구니를 타고 써갈긴 무수한 잔글씨가 그의 눈을 압도하고 남았다. 초기 육필에 대한 친근감이 새록새록 정겹다. 『노신전집』에 친 곁줄 유가 아니다. 건너뛴 페이지가 없는 건 아니로되 요즘 들어 심해진 노안 증세로는 제대로 분간하기 힘든 펜글씨가, 개미 기어가듯 책갈피를 젖힐 때마다 여백을 가득 메우고 있었다. 저자 이병도 선생이 보았다면 정성스런 역사학도라고 경탄했으랴. 물론 아니었을 터이다. 국사가 고등고시 필수 과목의 하나로 정해지면서 생긴 가수요 덕임을 아는지라 씁쓰레한 내색과 회심의 미소를 아울러 표출했을 것이다. 좌우지간 나쁠 게 없다는 심정으로 베스트 셀러 인세를 챙겼을 것임에 틀림없다.

그의 회상은 『국사대관』서껀 법률서를 밤낮으로 뒤지던 고향 근처 암자로 의당 내처 뻗었다. 말이 암자지 산등성이에 있는 집단 하숙촌이나 진배없다. 부처님은 구석방으로 밀린 채, 아예 발길을 끓은 중생들의 기도나 소원에 접하는 대신 창백한 고시꾼들의 꿈과 탄식을 들어야 했다. 목탁 소리가 멎은 지도 오래인 암자는 생긴 당초부터 신통찮았는데 고시생들이 하나둘 모여들기 시작하면서 본격적으로 방을 달아냈다. 여남은 칸 방에 따로따로 틀어박힌 그들은 들숨날숨 없이 머리를 싸매고 밤낮을 가리지 않고 무덤 속 같은 시간을 갉아먹었다.

법과대학생이면 누구나 일단 앓기를 자청하는 돌림병이라고 해도 무방한 것이 고등고시였지만 그는 법과 거리가 멀다. 하지만 다급한 사정으로 치면 그 이상이었다. 내남없이 구차했던 집안 형편은 굳이 들출 것이 없다. 꼭 붙어야 할 이유가 너무 많아 졸업반이 되기 전에 두 주먹 불끈 쥐고 대들었으나 두드리는 문은 천만에 열리지 않았다. 미리 동곳을 빼건대 이태 만에 암자를 내려오고 말았다.

동문수학이라고는 할 수 없어도 한참 나이를 골방에서 곰팡이가 슬도록 묵힌 몇몇 얼굴이 오직 생각날 따름이다. 그리고 그들과의 관계에서 확보한 좌절 도로(徒勞)의 주홍글씨 자국은 그에게 병 주고 약 주는 농간을 번번이 부렸다. 여느 때는 흔적 없이 저절로 지워졌다가도 잊어버릴 만하면 나타나 네가 용을 쓴들 무슨 소용이냐며 악마의 혀를 낼름거렸다. 그런가 하면 죽기 살기로 대들라는 채찍을 마구 치기도 했다.

두 사람과 특히 가깝게 지냈다. 다시 결론부터 말하면 하나는 실패하고 하나는 낙방 끝에 죽었다. 자살이었다. 편의상 전자인 박 아무개를 A로 치고 후자인 윤 모를 B라고 부르자. 분명한 이름이 감감한 탓이다. B는 수다스럽고 A는 과묵했는데, 흔한 인식으로는

A가 죽고 B는 살아남아야 제격이다. 까짓 고시가 뭔데 목숨과 바꾸는가? 지지리 바보스럽다면서 다음 수순을 밟았어야 맞다. 그럴 수도 있는 거지 네가 사람의 깊은 속을 알면 얼마나 아느냐 머퉁이를 먹일 수도 있겠는데, 이를테면 그렇지 아니한가. 가다가는 산 사람도 세상의 맛을 운감하지 말란 법 없다.

달 밝은 밤이었다. 셋은 열에 뜬 머리를 식힐 겸 초가을 밤바람을 쐬러 암자 뒤 산꼭대기에 올랐다. 정상이랬자 거기서 거기다. 바위에 걸터앉거나 서서 헐거운 잡담을 나눴다.

"쓰발. 이번에 집에 갔다가 기분 있는 대로 잡쳤네."

B가 발로 담뱃불을 비벼 끄며 밑도 끝도 없이 말했다. B의 집은 암자에서 백여 리가량 떨어진 곳이다.

"왜."

그가 뒤를 받쳐주었다.

"우리 고장 선배 하나가 저지난 달에 붙었거든."

"사법? 행정?"

"사법."

"부러웠겠네."

"솔직히 부럽지 않았다면 거짓말이지. 근데 문제의 핵심은 그게 아냐."

"무슨 일이 벌어졌군."

이때까지도 A는 입을 달싹이지 않았다. 그와 둘이서만 수작을 했다.

"가자마자 동네 초입에 플래카드가 나부끼더라고. 환영! 이 누구누구 군 사법고시 합격 만세."

"환영은 뭐고 만세는 뭐야."

"아무러면 어때. 촌사람들 하는 것이 그렇지. 그런가 부다 하고 있는데 당사자인 선배한테서 너도 꼭 나오라는 전갈이 왔지 뭐야."

"갔겠네."

"두말하면 잔소리. 안 갔다간 소인배 소리 들을 게 뻔한걸. 나도 같은 공부 한다는 것을 선배가 알거든. 마을 공터 환영회장에 나갔더니 풍물패가 나오고 막걸리를 돌리고…… 굉장치도 않대."

"쥑여주누만."

A가 뒤늦게 끼어들었다.

"환영사, 답사 순서로 이어지는 데까지는 좋았다구. 근데 이 자가 마지막에 나를 지목하면서 여기에 또하나의 후계자가 대기중이라고, 그러니 격려의 박수를 쳐주자고 나발을 불지 않아."

"저런."

"얼마나 부끄럽고 면구스럽겠어?"

"그래서. 인사를 했나."

"몰라. 고개만 까딱 숙이고 도망치다시피 빠져나왔지. 새끼가 장원급제를 했으면 했지 왜 나까지 끌고 들어가. 헛물켜면 어쩌라고. 일종의 앙갚음일까? 개네와 우리집은 해방 이래로 피차 삐딱한 사이거든."

"어떻게 삐딱한데."

"알 것 없어…… 사상 문제 아니겠어?"

알 것 없다고 스스로 입막음을 하고는 넌지시 힌트를 흘렸다.

그때였다.

A가 느닷없이 바위 위로 올라가 바지와 팬티를 밑으로 죽 내리

는가 하자 손을 격렬하게 앞뒤로 움직였다. 팽팽하게 솟은 돌기를 왼손으로 거머쥐고 오른손으로는 그걸 맹렬히 훑었다. 달을 향해 훑었다.

나머지 두 사람은 하도 순식간에 일어난 사건이라서 멍청히 지켜볼밖에 없었다. 그런 때는 동물처럼 괴성이라도 지르는 게 보통이련만 꽉 다문 입에서는 아무 소리도 새어나오지 않았다. 때문에 더욱 괴괴한 시간이 흘렀다. 어째서 그런 순간에 그와 같이 황당무계한 짓을 했는지 차라리 오싹한 두려움에 떨었다.

그 뒤로 더 놀랍고 뜻밖이었던 것이 바람결에 들은 B의 자살 소식이다. 설마 선배의 금의환향 자리에서 치른 수모 때문은 아니겠지 짐작하면서 자세한 사연을 모르기는 A의 달빛 아래 춘극이나 마찬가지였다. 광기와 죽음의 차이가 엄청나다면 할말이 없으나.

다만 생각한다. 『국사대관』을 마르고 닳도록 뒤져 역사를 배우고 벼슬길을 노린 과정에서, 개인의 역사는 또 얼마나 속절없는가를 생각했다. 그렇다면 책은 사람에 따라 영광이기도 하고 좌절이기도 한가. 부질없는 망상을 굴렸다. 종이는 누렇게 바래고 활자의 검은 색깔마저 희미해진 『국사대관』을 두고 그는 쓴웃음을 지었다.

앞의 두 책이 고향에서 입수한 것이라면, 시간에 쫓긴 그가 손놀림에 가속도를 붙이다 눈길을 멈춘, 『사정한 조선어 표준말 모음』은 서울서 산 책이다. 고서점에서 구입한 것이다.

책이라기보다는 사전에 가깝다. 이렇게 늑장을 부렸다간 책더미에 치여 날새겠다고 생각했던 마당이다. 그래서 표지 모양 한번 후줄근한 표준어 모음을 하마터면 퇴출 더미 속으로 던질 뻔했는데, '표준어' 세 글자가 얼핏 마음에 걸렸다. 도로 집어 되는 대로 내용을 들추자 촌놈 겁주던 서울내기들의 중류 말씨가, 아니나 다를까 줄줄이 나왔다. 그러면 그렇지 제 눈에 안경으로 책을 대하던 버릇이 종당엔 이런 것까지 간수하게 만들었군 싶어 흐뭇했다.

'사정'은 무엇인가. 조선어학회가 지역 따라 다른 말떼(語群)를 취합한 다음, 서울하고도 중류 사회에서 쓰는 말로 으뜸을 삼아 표준어를 사정(査定)했다는 뜻이다. 선포한 날짜는 일천구백삼십육년 시월 이십팔일이다. 전문위원들이 주야 겸행으로 사정 작업을 했다고 적혀 있다.

그렇다고 그가 우리 말에 유별난 관심이 있어 산 게 아니라는 건 지금껏 보아온 그의 행태로 미루어 알 만하다. 서울 입성 얼마 만에 서울 말을 본뜨는 데 도움이 될까 했던 계산이 반이고 약간의 흥미가 반이다. 한마디로 기죽기 싫어 책꽂이에 편입시켰다.

하숙을 하다 말다, 자취를 하다 말다 하면서 서울살이를 바워내는 동안 그의 자존심에 적잖은 상처를 입힌 것이 곧 시골 사투리다. 그런들 대수랴, 젊은 나이로 뭉개고 나가면 그만이라지만 이십 초반의 말사치에 걸림돌 작용을 한 것도 사실이다. 더구나 비슷한 나이의 서울 처녀와 만났을 때 조금은 켕겼다.

뿐만이 아니다. 방을 구하러 들어간 복덕방에서도 때때로 구슬림을 당했다.

"그리 앉우. 전세? 하숙?"

"자취방인디요."

"충청도인감?"

"전라돈디요."

"그려어. 짐제 맹경은 아니고?"

"거기가 거기죠. 머."

무료한데 잘 되었다는 듯 그의 아래위를 째리던 초로의 복덕방 영감이 눈을 크게 뜨는 것도 그런 때다. 갑작스레 서울 억양으로 말씨를 다듬는 그의 장난기를 알아차린 것 같기도 했다. 멀쩡한 녀석이라고 시큰둥하게 표정을 고치는 수도 있었다.

거꾸로 고향에 가서는 어느새 입에 붙은 표준말 때문에 신경이 쓰였다. 이랬니, 저랬니라든가, 그런데 말야, 저런데 말야 할 때의 '니' 자 '야' 자로 끝나는 서술격 조사에, 고향의 불알친구들은 역으로 비웃거나 상심하기 쉬웠다. 동류의식으로 굳게 엉겼던 친화력이 허망하게 무너져버리고, 서로간의 대화에도 어느 틈에 바람이 들어 썰렁하게 겉돌기 십상이다. 어차피 사는 곳이 외지면 뜨악하게 마련이지만, 중간에 놓인 말의 빛깔이나 높낮이가 엉뚱하면 벌어진 공간을 보다 빨리 넓히고 성기게 만든다.

이와는 전혀 다른 차원에서 그는 마구잡이 독서의 한때를 서울 태생 소설가들이 풀어가는, 감칠맛 나는 대화술에 홀려 흠뻑 빠진 적이 있다. 염상섭이나 박태원이 대표 사례다.

"요 계집들이 돈푼 생긴 것을 보더니 다랍게 요리나……."

'다랍게' 라는 서울 사투리가 아기자기하지 무언가.

"왜 그리 풀이 죽으셨에요."

'셨에요' 라니.

"조년 벌써 하이칼라만 하웃 들고……."

'저년' 보다야 예쁘다.

"우리집에 한번 놀라 오세요."

'놀러'를 '놀라'로 바꾸자 어감이 부드럽다.

박태원의 『천변풍경』에 이르면 서민들의 말이 만판 누그러진다. '아닌뎁쇼' '하니깐두루'로 내려앉고, 어떻게는 '으떻게'로, 계집은 '기집'으로 바뀐다. 까지는 '꺼정'으로, 돈은 '둔'으로 둔갑하기 예사다. 변방으로 나앉으면 다른 사투리와 한통속으로 시골티가 질질 흐르기는 매일반일 텐데, 서울서 태어났기 때문에 대접을 받는 폭이다. 되레 시골 사람의 부러움을 살뿐더러 '시굴뜨기들'을 업신여기는 음성 부호로 자랑하기도 한다. 따지고 보면 '다랍기' 짝이 없는 노릇인데, 중심부 서울의 어이없는 텃세를 그때는 미처 마다하지 못한 채 고스란히 닮고자 기를 썼다. 아니다. 요새는 한층 드세다. 말의 평준화는 방송 덕에 상당 부분 성취되었을망정 권세는 한층 드높고 막강하다. '강동 팔십 리'는 저리 가라다. 수양산 그늘은 고작 팔십 리에 그쳤지만 표고 삼백 미터도 안 되는 남산 그늘은 방방곡곡 영향을 드리우지 않는 곳이 없다.

까맣게 잊어먹고 있는데 언뜻 눈에 띄어 그의 가슴에 잔잔한 파문을 일으킨 책이 어찌 노신과 국사대관과 표준말뿐이겠는가. 그밖에도 많다. 오랫동안 체념에 길들여져 처분만 바란다는 식으로 꺼뻑 죽어 지내던 것들이, 이번에는 오히려 선수를 치고 나오는 것 같았다. 어느새 달라진 주인의 눈치를 알아차리고, 나는 어떻냐는 표정으로 아양을 떨었다. 그가 살아낸 생애의 어떤 마디를 새삼 펼치며 애처로울 정도로 품안에 들고자 바둥거렸다. 그래도 영 두 손으로 쓸어주거나 안아줄 기미가 보이지 않으면 협박조 막말을 내뱉기도 했다.

맞다. 대개는 주인의 무관심을 원망할지언정 물실호기의 경황에 편승해서 자신의 정체성을 드러내려고 안간힘 썼다. 나와 만났을 때 당신은 마침 여차저차한 처지 아니었더냐? 나를 집 안에 들여놓으면서 마치 천하를 얻은 듯 기고만장했던 순간을 똑똑히 기억한다. 다른 동료들이 들을세라 그의 귀에 대고 속삭인 책이 대부분이다. 하지만 개중에는 댁이 뉘시더라? 얄잡으며 도도한 태도를 끝내 흩뜨리지 않은 책도 적지 않다. 나를 방구석에 처박아 팽개치고 내친 허물이 이만저만 아니거늘, 그렇다고 요만큼도 서운해할 내 아니다. 왜? 결국 손해를 보는 건 당신이기 때문이다. 나에 대한 객관적 평가랄지 명예가 그 때문에 손상될 지경이면 처음부터 태어나지를 않았단 말이다. 이렇게 거만스러웠다.

그런가 하면 당돌하게 접촉마저 거부하는 부류가 있었다. 손길이 닿자마자 터럭 손 치우라고 소리치며 몸을 뺐다. 앞에서도 언급한 대로 무식하고 게으른 과시형 장서가를 재수없이 만나 마음은 골병 들고 몸은 몸대로 바스라졌다며 악담을 퍼붓기도 했다. 한 맺힌 울부짖음에 다름아닐 게다. 푸우. 그는 긴 한숨을 쉬었다. 그들은 내게 그랬던 것처럼 얼마나 나에게 말을 걸고 싶었을까. 굄을 받기는커녕 철저히 묵살당한 책귀신들의 원혼이 일시에 우루루 달려들어 그의 목을 죄는 꿈을 그날 밤 실지로 꾸었다.

"요컨대 뭡니까. 손이 모자라 가지러 갈 수는 없으니 화물로 보내달라, 이런 말씀입니까?"

"네. 착불로 탁송하시면 됩니다."

"착불이라니요."

"화물 탁송 요금은 도착지의 수령자가 지불한다는 말이지요. 즉 우리가 물겠다 이겁니다."

"아. 붙을 착(着) 떨칠 불(拂)자 말입니까?"

"맞습니다. 한문으로 쓰면 그렇겠죠."

"아니 귀 도서관에서 띄운 안내문에는 분명히 연락을 주시는 대로 가져가겠다고 기록돼 있던데요."

"압니다. 그런데 사정이 여의치 않아 불가불 수고를 끼치게 되었답니다."

새로 생긴 지방 대학 도서관 관계자는 그냥 데면데면한 말투로 대답했다. 그가 (책을 양도할) 마땅한 도서관을 찾지 못해 고심하는 걸 본 친구의 조언에 따라 건 전화다. 대학교수인 그 친구는 자기가 최근에 받은 문서를 직접 건네며 서로 좋은 일 아니냐고 일러주었던 것이다.

"오백 권 분량이면 짐을 꾸리는 작업만도 대단한 노동인데 무슨 수로 포장하고 나른다?"

"운송 회사에 맡기면 간단합니다. 전문 회사가 많거든요. 포장에서 운송까지 일괄처리해줄 겁니다."

"알았시다."

찜찜한 기분으로 이삿짐 내용을 사전에 알아보러 왔던, 무슨 '익스프레스' 책임자의 말을 뒤미처 생각했다. 책이 너무 많아 규정요금에 십만원을 더 얹어 견적을 뽑을밖에 없다면서, 제일 골치 아픈 것이 책이라는 토를 그 사람도 기어코 덧붙였다.

이번에는 전화번호부에서 그럴 만한 운송 회사를 찾아 전화를 걸었다. 허실 삼아 알아나 보자는 심사에서다.

"양이 얼마나 되죠?"

여직원이 대뜸 물었다.

"기백 권 됩니다."

"아니요. 권수가 아니라 박스로 쳐서 말예요."

"박스라니 무슨 박스."

"이삿짐 싸는 파란색 박스 모르세요?"

"끈으로 묶으면 안 됩니까?"

"안 돼요."

"그런 박스 어디서 구하죠?"

"우리보고 물으면 어떡해요. 큰 도매 시장에 가면 있겠죠 머. 박스에 차곡차곡 쟁여서 가져오세요."

"와서 실어가지는 않습니까."

"그럴 수도 있는데, 그 경우엔 별도의 요금을 내셔야 해요, 참 댁이 아파튼가요?"

"그렇습니다."

"그렇담 곧장 실어가기 좋게 미리미리 아파트 입구에 전부 내려다놓고 연락을 해야 합니다."

"알았시다."

알기는 무얼 알아, 역정과 푸념이 목에 차올랐다.

갖고 있던 책을 모조리 없애고 성서를 포함한 여덟 권의 책만을 집 안에 두고 산다는 이의 단호한 과단이 재삼 궁금했다. 그 노인은 얼마나 홀가분할까. 그래. 어떤 존재는 때때로 번잡한 관념의 씨앗으로 남아 시원스런 사고를 구속한다. 나라고 못할까. 이 참에 몸피를 줄여 훨훨 날고 싶구나. 그는 굳게 입을 다물고 일어섰다.

갑자기 어지럼증이 일어 책장에 잠깐 몸을 기댔다. 동시에 울린 초인종 소리에 퍼뜩 정신이 들었다.

"누구요!"

필요 이상으로 크게 외쳤다.

"접니다. 춘광서점의 정입니다."

"누구?"

현관문을 따자 동네 책방 주인이 책으로 가득 찬 비닐 백을 들고 서 있지 않은가.

"아니 정 사장이 어떻게?"

"접때 주문하신 책 가져왔습니다."

도심의 대형 서사까지 일부러 나가는 게 짐스러웠다. 들고 다니는 것도 큰 일이다. 그래서 사고 싶은 책을 미리 치부해두었다가 두어 달에 한 번꼴로 일괄 주문한다. 참고서라든가 그때그때의 베스트 셀러 위주로 운영하는 책방이기 때문에 웬만큼 말미를 주면 주인 정씨가 또박또박 모아온다. 가게를 비울 수 없으니 와서 가져가라고 연락하는 수도 있다.

"내가 취소 전화 안 걸었던가?"

"받지 않았는데요."

"이 노릇을 어쩐다……."

"왜요?"

"이사를 한단 말입니다…… 이것들이 나 죽이네."

짜증에 겨워 맨바닥에 털썩 주저앉고 싶었다.

"?"

허리를 굽혀 응접실 쪽을 기웃거린 정 사장의 얼굴이 난감하게 일그러졌다. 그가 말한 '이것들'이 책에 틀림없는데도 정 사장은 자기에게 한 소리로 들은 것 같다.

풍경

그게 무섭다. 질주하는 일상에 무식할 정도로 길들지 않은 자신의 앞날이 걱정스럽다. 저들과 함께 엉겨 살지 않으면 안 될 처지가 미리 지겹고 맥풀린다. 완전한 이방인이 따로 없다는 실감이 몸과 마음을 짓눌러 주저앉고 싶다.

"내보내지."

정 총재가 말했다. 매다 만 넥타이가 두 갈래, 와이셔츠 위에서 힘이 없다. 너부죽한 쪽이 그나마 밑으로 더 좀 처져 자칫 주르륵 흘러내릴 기세다.

"……무슨 말씀이신지."

얼추 짐작은 하면서도 부인은 우선 뜨악하다. 머리와 꽁지를 떼낸, 생선 가운데 토막 같은 다짜고짜 말투에 아무리 익숙한 부부 사이기로 가다가는 헛짚는 수가 많다. 부인은 따라서 가끔 딴전을 부린다. 그 동안에 진의를 파악해도 늦지 않다는 계산이 몸에 배었다.

"저 사람 말이야, 가정부."

정 총재는 잔뜩 짜증이 실린 표정으로 가슴팍 양켠에 늘어뜨린 넥타이를 홱 뽑아 주먹에 한 움큼 쥔다. 상징이 풀린 와이셔츠 차림이 갑자기 낯설다. 뱀대가리 모양의 매듭이 바짝 멱을 죄고 있을 때는 한 남자의 사회성을 대표하는 치장으로 그럴싸하다. 한데 넥타이를 곁들이지 않은 민짜 와이셔츠 바람은 눈동자를 그려넣지 않은 용 그림이 이럴까 싶을 만큼 허전하고 쓸쓸하다. 노상 안경을 쓰고 다니던 사람이 어느 날 갑자기 안경을 벗고 나타났을 때의 서먹한 느낌과 비슷하달까. 아닌게 아니라 부인의 뇌리에는 이때 옛생각 하나가 불현듯 떠오른다. 어떤 친구와 주고받은 얘기 말이다.

그날 친구 쪽에서 꺼낸 화두가 바로 안경이었다.

이상하더라구. 너도 아다시피 우리 그이는 근시가 심하잖니. 안경 없이는 아무 짓도 못 해. 하지만 잠자리에서는 벗을밖에. 그런데 어땠는 줄 아니. 처음 한동안은 무척 섬뜩했어.

부인이 자발없이 물었다.

느네는 불 켜고 우동 먹니?

친구는 펄쩍 뛰었다.

아냐. 어떻게 불을 켜. 불 끄고 먹는단다.

그렇담 안경 끼나마난데 섬뜩하고 말고가 어딨어. 더듬이만 실하면 그만인걸.

모르는 소리 마. 칠흑같은 방이라고 생긴 윤곽마저 분간 못 할까. 그이는 얼굴이 유난히 희기 때문에도 쉬 드러나. 게다가 십오야 달 밝은 밤이라도 되어봐. 커튼 사이로 스며든 달빛 덕에 보일 것 다 보이지. 그러노라면 안면을 싹 바꾼 이 사람이 정녕 내 남편인가, 순간적으로 낯이 선 경우가 간혹 있다구.

뺑이 너무 심하다. 설사 느낌이 그렇다 쳐. 것도 나쁘지 않겠네

머. 환상의 타인으로 바꿔치기하는 재미도 있다더라.

얘가…… 한술 더 뜨고 나서네. 자기 고백으로 들린다.

농담도 못 하니.

하여간 사람은 평상시의 겉치장 하나를 떼고 붙이는 차이가 엄청 커.

"나도 궁리가 많아요. 내보내기는 내보내야겠는데 이 나이에 부엌으로 다시 들어가자니 심란하기도 하구."

"어쩌겠소. 차츰 쓰임새를 줄여야지. 붙박이로 사람을 두고 부릴 형편이 못 되면 파출부로 돌려야 하잖아. 식구도 단출하겠다."

"두 식구는 일이 없는 줄 아우. 두 식구나 다섯 식구나 밥하고 빨래하는 허드레 수고는 마찬가지예요."

"암튼 매사가 그전 같지는 않을 테니 빨리 현실에 적응하는 게 좋아."

"그러는 당신은? 왜 오늘도 아침부터 차려입고 나섰다가 주저앉고 그래요. 착각도 하루 이틀이지 남이 볼까 무섭네요. 평생 습관이 하루 이틀에 고쳐질 건 아니지만 그럴수록이 진중하게 처신해야 돼요."

"시끄러!"

스스로도 무참했던가 정 총재가 빽 소리친다. 거칠게 와이셔츠를 벗는 손길이 조금 떨린다. 그 통에 더욱 단추 풀기가 힘겨워 애를 먹는다.

부인은 안다. 반드시 오늘 아침에 들고 나오지 않아도 될 가정부 문제를 꽤나 다급한 일인 양 꺼낸 이유를 짐작한다. 공연한 자격지심 탓이다. 부인이 마침 화장실에 앉아 있는 동안 정 총재는 벌써 가정부에게 아침을 차리라고 재촉했다. 관직에서 물러난 후로는 이 댁 조반이 늦다. 오랫동안 시간에 매여 지내다가 모처럼 한갓져 살 것 같다며 늑장을 부렸다. 하지만 오래 가지 못했다. 자기 입으로 공사(公事)에서 놓여난 기쁨을 구가하던 정 총재는 작심 삼 일 아닌 방심 삼 일 만에 만판 늘어난 시간을 주체하지 못해 절절맸다. 그러다 느닷없이 부산을 떤다. 일부러 그럴 리는 없다. 자기도 모르게 채비를 하고 나섰겠는데 오늘 아침이 바로 그런 날이다.

"출근하시게요?"

가정부가 예사롭게 묻는다. 가정부가 말하는 출근은 단순한 출타까지 포함한다. 호텔 조찬회가 있는 날은 여느 때보다 더 일찍 서둘러야 할지언정 식탁을 차리는 처지에서는 굳이 둘을 구분할 필요가 없다. 그러나 정 총재는 그 한마디에 퍼뜩 정신을 차린다. 또 실수했구나 여기고 자신의 거듭된 호들갑에 기분이 잡친다. 습관도 병인가 겁이 덜컥 난다. 나중에는 가정부까지 나를 머쓱하게 만드는가 고리눈을 치켜뜬다. 안에서나 바깥에서나 이것들이 어느새 사람을 우습게 알고 비아냥거리는 것이 아닌가 거꾸로 눈치를 살핀다.

"김 기사는 아직 출근 안 했나."

가정부가 아침 인사처럼 던진 말을 묵살하는 장면전환용 반문이다. 비약 어법으로 뒤틀린 아침 기분을 얼버무린 셈이다. 자리는 떴어도 기사까지 해고할 수는 없는 노릇이다. 타기만 하는 세월이 하도 길어 부부는 운전면허를 따지 않았다. 그보다는 손수 운전의 초라함이 싫어 가는 곳마다 데리고 다니는 운전기사는 늘 한결같다. 그때그때 호칭과 직급이 다를 뿐이다. 정 총재가 회사 사장으로 들어가면 김 대리요, 장관이 되면 김 계장이라고 부른다. 직함이 오르락내리락 바뀔 따름인데 정 총재로서는 그냥 기사가 편하다. 입에 붙었다.

"열시가 돼야……."

가정부는 말꼬리를 사린다. 퇴임 후 기사의 출근 시간도 늦췄다. 특별히 하명하지 않는 한 오전 열시에 나오라고 이른 게 언젠데…… 가정부의 혀짧은 대답은 그런 암시를 풍긴다.

정 총재는 따분하다. 이따 김 기사가 온다 한들 오늘은 갈 곳이 마땅찮아 승용차를 놀릴 판이다. 그게 견디기 어렵다. 차를 굴려 당도할 목적지가 없다니. 번히 세워두고 바라만 보다니. 미리 맥이 빠진다. 일생에 드문 일이다.

누구나 그렇듯이 젊어 한때는 고생깨나 했다지만 후반으로 접어들면서 고급 승용차가 상징하는 자리를 징검다리 건너듯 차례차례 거쳤다. 노력 못지않게 운도 따랐겠지. 한시도 쉴 겨를 없이 사장 회장 이사장 총장을 두루 역임하고 한 달 전까지도 현직 장관으로 있었다. 그것도 두번째였다. 비로소 보통 야인으로 낙착하는가 하자 어떤 민간단체에서 제깍 명예총재로 추대하고 나섰다. 국회의원을 안 해본 것이 아쉽다면 아쉽되 마음만 먹었으면 그것 역시 가능한 일이었다. 그걸 안 한 것은 마누라가 죽어라고 반대했기 때문이다. 떨거지들 치다꺼리를 생각하면 끔찍하다고 오만상을 지었다. 들었죠? 최 의원네의 아침 현관에는 손님 구두가 늘 열 켤레도 넘는다는 것. 졸자는 그렇지도 않겠으나 이왕 할 바에야 그 정도의 위세는 갖춰야겠지만서도…… 비례대표요? 바친 돈을 언제 뽑는대요. 그 돈 가지면 편히 누워 까먹어도 수수십 년은 가겠수.

이랬거늘, 그 무렵에 또 두번째 입각 교섭을 받아 그나마 없던 일로 쳤다. 불과 달포 전에 물러난 것이 그 자리다.

남의 말 하기 좋아하는 위인들은 손금이 지워지도록 손바닥을 잘 비비기 때문이니 어쩌니, 물밑정치를 잘하느니 못하느니 찧고 까불었지만 정 총재는 그딴 뒷공론에 코방귀를 퐁퐁 뀐다. 기관 운영의 운자도 행정의 행자도 모르는 주제에 입으로는 갖은 방정을 다 떤다고 치부한다. 그런 치들일수록 어쩌다 장관차에 태워 점심이라도 한끼 사줄라치면 뒤로 돌아 공치사가 또 요란할 게다. 악수를 나누고 떠나는 검은 차를 향해 허리를 깊숙이 꺾지 말란 법 없다.

그런데 지금은 그 차의 갈 곳이 막막하다. 비록 장관차가 아니고 회장차도 못 되지만 번드르르하기는 매일반인 고급차를 굴릴 곳이 마땅찮다. 목적지를 잃고 납작 엎드린 차가 자신의 무료를 대변하는 것 같아 못내 조바심을 한다.

정 총재의 새 직함도 이름 장식의 방편으로는 일단 버젓하다. 하지만 명함치레로나 알맞다는 걸 누가 몰라. 달에 한 번 얼굴을 비쳐도 그만 안 비쳐도 그만인 명예직인 까닭에 산 총재가 죽은 장관만 어림없다고 다들 여긴다. 이 바닥의 데데한 습속대로 장관은 죽을 때까지 장관이므로 총재가 시위소찬이라면 장관은 명목상으로나마 수양산 그늘이 강동 팔십 리의 여세를 누리는 폭이다. 왕조시대 이래 정승을 가문의 영예와 출세의 완결판으로 치던 사회의 묵은 관념 탓으로 돌릴 수도 있다. 그와 같은 인식의 연장선에서 전직 호칭 또한 오래 간다. 그렇다면 이건 무언가. 정 총재는 요즘 들어 허공에 대고 이런 불만을 가끔 터뜨린다. 불과 한 달 만에 사람도 차도 기동할 건수조차 없다니 너무하다고 생각한다.

할망정 정 총재는 여전히 정 장관으로 불러주기를 선호하는 편이다. 그럼에도 불구하고 (필자가) 굳이 '정 총재'를 고집하는 이유는 간단하다. 두 차례의 장관 시절을 포함하여, 또는 그것을 중심으로 자꾸 뒤를 돌아보기 쉬운 그의 눈을 현재진행형으로 바꿔가기 위해서다. 어차피 유명무실할 바에야 '총재'가 차라리 제격이다. 그것으로 눈을 가린다기보다는 그것으로 시력을 보강하여 진짜 진짜 세상 속으로 들어가라고 우길 판이다.

새삼스럽기는 하지만 정 총재는 김 기사가 모는 승용차 뒷좌석에 앉아서도 영 마음이 썰렁하다. 누구는 옷을 벗자마자 수발 들던 군식구들이 떨어져나가 홀가분하다고 했는데 그것도 사람 나름일 게다. 그는 오히려 허전하다. 우선 조수석이 비어 이 빠진 느낌이다. 전에는 앞에 앉은 수행비서가 온갖 시중을 들었다. 음식점에 들어서면…… 시찰을 가면…… 파티장에 얼굴을 내밀면…… 이제는 아니다. 융단을 타고 바그다드 하늘을 날다가 맨땅으로 내려선 느낌이다. 다 늦게 홀로서기를 시도하자니 부자유스러운 것투성이다. 기중 힘든 것이 일일계획 세우기다. 꽉 짜인 스케줄대로 움직이다가 자기 손으로 이틀 사흘치 일과표를 작성하는 일마저 수월하지 않다.

처음 얼마 동안은 괜찮았다 하랴. 위로전화에 점심 저녁 초대에 골프 권유에 제법 바빴다. 질색인 것은 중간에 뻥 뚫린 시간이나 온전히 뜬 빈 날 메우기다. 점심과 저녁 초대가 겹친 날의 틈새 처리도 난감하다. 일단 귀가했다가 되짚어 나오자니 번거롭고, 빈둥

거리자니 시간이 너무 길다. 그럴 만한 장소도 별로 없다. 사우나나 이발로 때우기도 했지만 그러고도 남는 자투리 시간이 지겹다 못해 처치 곤란이다. 그런 때는 영화관람을 예상하고 나오기도 하지만 막상 발걸음이 떼어지지 않는다. 늙은이 혼자 무슨 초친 맛으로 깜깜절벽 속을 기웃거린단 말인가.

초친 맛으로 칠 것 같으면 오늘의 산소행 역시 엉뚱하다. 늦가을 찬 날씨에 어쩌자고 부모님 묘소를 찾아 길을 나섰는지. 자동차로 두어 시간이면 닿을 곳이긴 해도 어지간히 멋쩍다. 한다 한 정치인들이 새로 큰 역할을 맡거나 추락했을 무렵, 조상의 무덤 앞에 엎드리는 광경을 상상하지 않았다면 거짓말이다. 그럴싸하게 보였다. 그렇다고 그걸 전적으로 본뜨자는 건 아니다. 마침 외출할 데도 없겠다, 공허한 심정도 심정이겠다, 바람쐬는 기분으로 겸사겸사 나들이를 마음먹었다. 그리고 그 뜻을 아내에게 비쳤다. 웬걸, 미처 동행을 제의하기도 전에 손사래를 쳤다.

지난 추석에 성묘했으면 됐지 무엇하러 거푸 간대요.

다시 가면 어때. 자주 갈수록 조상님이 반길 텐데. 대과 없이 소임을 마치고 보고차 왔습니다 하면.

이 양반이.

아내는 탐탁찮은 기색으로 입을 빼물다가 쭈뼛쭈뼛 덧붙였다.

조상 탓하러 왔느냐면 어쩌시려구.

그래놓고 웃는 낯을 꾸몄던 것 같다. 농담도 아닌 것이 진담도 아닌 것이, 불쑥 터뜨린 말의 서슬에 자신이 먼저 데어 조금은 겸연쩍었을까.

뭐라고? 여기서 그 말이 왜 나오누.

있잖아요. 잘되면 제 탓이고 못되면 조상 탓한다는 속담.

갈수록.

그렇게 효를 닦고 격식을 차리자면 취임하는 족족 갔어야죠.

옳아. 성공했을 때 가야지 실패했을 때는 찾아뵙는 것 아니다? 앞뒤가 틀렸다? 별 희한한 소리 다 듣겠네.

비약하지 마세요.

관둬. 함께 가지 않으려거든 잠자코나 있으라구.

그래요. 혼자 다녀오세요. 나는 몸도 찌뿌드드하고 그러네요.

사람이 어찌 그래. 나 같으면 내키지 않더라도 동무 삼아 냉큼 따라나서겠다. 쌀쌀맞기는.

미안하구려.

정 총재는 어느덧 새치가 드문드문한 김 기사의 뒤꼭지를 쳐다보다 말고 창 밖으로 시선을 옮긴다. 낙엽을 떨군 야산이 하마 잿빛이다. 간간이 섞인, 스러지기 직전의 단풍이 회색 숲에 점점이 흩어져 아름답다. 실직에서 오는 감정의 낙차는 계절 따라 다르고, 이혼도 봄과 가을의 차이가 현격하다는 것을 어디서 읽었던가 본 듯하다. 사람들의 속절없는 노릇을 자연의 전이(轉移)에 빗댄 발상이겠는데 정 총재는 불시에 끼어든 상념이 가당찮아 얼른 고개를 흔든다. 자기답지 않은 감상을 밀어내는 한편으로 내친 김에 더 그 속으로 파고들고픈 유혹에 번갈아 빠진다.

긴 세월 직장생활에 골몰하다가 집 안에 처박히게 되면 대개 그런다고 들었다. 강팍하게 굴던 사람도 여간해서 내색은 하지 않지만 깊은 밤 홀로 눈을 뜨고 있으면 듣는다고 한다. 야반 삼경에 나는 집 안의 여러 소리를 놓치지 않는다는 것이다. 천장이 툭 하면

냉장고는 딱 하고 받는다. 텔레비전인들 가만히 있을손가. 타다닥 하고 장단을 맞춘다. 요것들이 제각각의 체수나 규격에 알맞은 단발음을 내는 푼수로 실직한 가장도 제 몸 깊숙한 곳에서 간헐적으로 토해내는 신음을 듣는다고 한다. 둔감해서 못 들었다면 다행이지만 민감한 자는 깊이 잠든 처자식들의 숨결이 고우면 고울수록, 나팔꽃처럼 당나귀 귀처럼 한껏 열린 귀로 애간장이 녹아내리는 소리를 듣게 마련이라고 했다. 몸을 뒤척이면 뼈마디가 우두둑 비명을 지른다. 그게 두려워 잔뜩 숨을 죽이면 쇠잔한 내장 기관들의 음험한 아우성 같기도 한 소리가 괴괴한 야음을 타 한층 또렷하게 들린다고 경험자들은 입을 모은다.

제법 강한 장골(壯骨)이 그럴진대 나이가 시들어빠진데다 애초부터 심약하게 생겨먹은 가장의 경우는 어쩌겠는가. 삼십 년이면 삼십 년, 사십 년이면 사십 년을 한 가지 일에만 코 박고 살았기 때문에 그 밖의 일에는 당최 소용이 닿지 않는 인사는 더 말할 나위 없다. 냉장고나 텔레비전이 딸꾹질하듯 딱 타다닥 하는 것은 물건의 수명이 다 된 탓이다. 아니 그게 신경에 거슬리거들랑 아예 플러그를 잡아빼 밤새 찍소리 못 하도록 다잡으면 그만이다. 천장의 툭 소리는 스팀 파이프의 온수 유통 때 흔히 나는 잡음일 수도 있으므로 그다지 걱정할 것이 없다. 정 시끄러우면 스팀 아웃되기 전에 사람을 불러 고칠 일이다. 문제는 나이 지긋한 실직자의 귀밝음이다. 밤에만 혼자 듣는 불쾌한 암호에 시달린다. 살아도 살았달 것이 없고 죽어도 죽었달 것이 없는 한밤의 어떤 그가 그래서 더욱 민망하다.

그런 사람들은 불을 켤 염을 내지 못한다. 이를테면 무더기 무더기 엉겨 하늘을 향해 솟은 아파트촌의, 밤꽃인 양 띄엄띄엄 불을 밝힌 창은 연민의 한 표징일 수 있다. 죄 그렇지는 않을갑세 시험 준비로 밤을 새는 고삐리의 머리 싸맨 모습이라든가 번민하는 누군가가 거기 있다고 믿기 때문이다. 잠들지 않는 도시의 풍경으로 여긴들 상관없으나 어둠 속에 몸을 가둔 채 그걸 바라보는 끈 떨어진 자의 눈에 때로는 그게 위안으로 다가온다. 볼륨을 한껏 줄인 케이블 티브이 심야극장은 재탕 삼탕으로 시답지 않다. 발가벗은 상체로만 거시기 흉내를 내고 탕 탕! 총질을 한다. 나쁜 놈은 한 방에 가더라도 좋은 사람은 서너 방을 맞고도 멀쩡하다. 종당에는 애인을 으스러지게 보듬고 입을 맞춘다. 세속의 내력과는 딴판이다. 그 짓에 물린 눈으로 쳐다본 바깥 세상의 정밀이 차라리 편안하다. 낮에는 한옆으로 밀렸다가 비로소 자기 차례를 얻은 듯한 기분으로 생각이 많아진다.

그렇다면 정 총재 역시 이런 범주에 든단 말인가. 아니다. 실직자 일반의 속성 묘사가 다소 장황하여 오해를 살 만도 한데 달라도 상당히 다르다. 쇠퇴한 노동력이나 지긋한 연세로나 그는 실업자 통계에 잡히지도 않을 것이다. 먹고 사는 걱정과는 무관하기 때문이다. 오직 여타의 실업 군상과 겹치는 특징이 있다면 아깟번에 본 것과 같은 고질적 출근병이다.

병통으로 규정하는 게 너무 심하다면 길들여진 습관의 반복적 증후군으로 말을 바꿔도 된다. 게다가 고통 감내의 방법도 여러 가지다. 나만 몹쓸 병에 걸렸다고 생각하면 죽을 맛이다가도 여럿이 함께 당한다고 생각하면 아무것도 아니다. 그것이 증후군 본래의 특징이다. 동네방네 나발 불고 다닐 것까지는 없지만 시일이 지나면 사그라지는 유행성 돌림병이나 매한가지다. 그러나 반드시 그럴까.

아닐 공산이 크다. 정 총재의 예를 두고 출근병 아닌 반복적 습관 증후군의 고약한 성질을 가늠할 수 있다. 본인도 그걸 깨닫고 일찍 다스리고자 애쓴다. 아침에 일어나 넥타이를 매고 출근을 서두르는 따위 볼썽사나운 짓을 하지 말기로 다짐한다. 하다가도 눈을 뜨면 반사적으로 같은 행동을 여러 번 반복했다. 어떤 날은 아차! 도중에 주저앉기도 한다. 오늘은 실수를 면했구나 자위하는데 곧 속이 상한다. 내가 왜 이러고 있다지 서성거리다가 끊었던 담배를 다시 찾는다. 거기까지는 좋은데 다음에는 또 시간대별로 자신의 예전 위상을 상상한다.

여덟시—현관을 나선다. 빌라 경비원이 지키고 섰다가 차렷 자세로 경례를 한다. 김 기사와 수행비서가 빠른 동작으로 승용차 문을 연다. 여덟시 반—시내를 달린다. 그 사이 조간신문에 대충 한 눈을 판다. 여덟시 오십오분—청사 앞에 내린다. 전용 엘리베이터를 탄다. 그때마다 순식간에 나타난 부하직원들이 작은 줄을 지어 꾸뻑꾸뻑 인사를 한다. 아홉시 십분—관계자들의 보고사항을 듣고 하루 스케줄을 점검한다. 열시—열한시—열두시—.

정 총재는 자신의 익숙한 오전 그림자를 좇다 말고 후유 한숨을 쉰다. 도무지 기다림이 없었던 세월이다. 기다림은커녕 짱짱하게 잡힌 시간을 따라 분 단위에 가까운 생활을 잘게 저미며 살았다. 먹는 일도 시간의 한계에서 벗어나지 않고 잠자리에 드는 시간도 크게 보면 할당받은 시간의 한자락에 지나지 않았던 셈이다.

그랬으면 자신의 시간을 자신이 마음대로 주무르게 된 처지가 더할 나위 없이 자유로워서도 해방감이 여간 아니려만 오히려 부자유스럽다. 퇴임 직후엔 이런저런 마련이 제법 많았다. 그러나 곧 물렸다. 공무에 짓눌려 생각조차 못했던, 그토록 좋아했던 승마는 일진이 나빴는지 나가던 날로 다리를 삐어 물리치료를 받았다. 무엇도 하고 무엇도 하겠다는 계획 중에 여행이 어찌 빠질라구. 두번째로 꼽았다. 그러나 대번에 시들해졌다. 해외여행에 앞서 연습 삼아 떠난 국내 나들이는 당초에 예정했던 일정을 반도 채우지 못하고 발길을 돌렸다. 풍경은 휴식이다. 일과 일 사이에 가로놓인 숨고르기의 어떤 장(場)이라고 했을 때 소화하기 힘들 정도로 많은 시간을 하릴없이 끌고 다니는 구경꾼에겐 드디어 적막강산 이상도 이하도 아니다. 마냥 마음을 풀어헤치는 것도 돌아갈 긴장이 전제되어야 포근한 법이거늘 뿌리 뽑힌 나그네 신세로는 되레 초조하다. 정 총재는 더구나 들끓는 관광객의 한 사람으로 치부되는 게 견디기 어려웠다. 밥 한끼 사먹자고 여기 기웃 저기 기웃 하는 꼴이 제물에 궁상스럽고 초라하다. 여간 피곤한 일이 아니었다.

자기만 그런가 했더니 먼저 자리를 떴던 옛 동료나 친구들은 이제사 그걸 알았느냐고, 말도 말라고 시쁜 입맛을 다셨다. 출근 증후군에 감염된 경우 또한 그런 축일수록 비슷했다. 그들이 체험한 치유기간은 각인각색이었으나 대충 한 달에서 석 달로 잡는 게 보통이었다. 가시적인 증세 소멸이 그렇다 뿐이란다. 속병으로 잠복하기 시작하면 달수로는 계산이 안 될뿐더러 죽음에 이르는 병으로 도질 가능성마저 배제하기 힘들다고 겁을 주었다. 그게 괜한 협박이 아니라면서 귀띔한 여러 사례가 듣기에 끔찍한 건 또 어쩌고. 어떤 사람은 자다가 벌떡벌떡 일어나 문밖으로 뛰쳐나갔다. 증세가 날로 심해 병원 출입을 하던 끝에 차에 치여 즉사했다. 스트레스성 우울증에 시달리던 몇몇은 기어코 암에 걸려 이승을 떴다. 들먹인 이름 가운데에는 안면이 있는 이도 있어 별로 들리지 않았거늘, 초기에 잘 다스려 질기게 오래 사는 예가 더 많아 안심이 되었다.

"할아버지 거기 공 좀 던지세요."

동네 놀이터 옆을 지나던 정 총재는 걸음을 멈추고 소리 나는 쪽으로 흘깃 고개를 돌린다. 놀이터는 길보다 높다. 어른 키 곱절은 될 게다. 그곳에서 농구공을 가지고 놀던 녀석이 금방 또르르 굴러내린 공과 자기를 동시에 손가락질하며 외친다. 초등학교 고학년쯤 되나 보다. 던져주세요도 아니고 던지세요라니. 아무리 천지 분간을 못 하는 어린것이기로 맨입의 사역형 어투가 언짢다. 이 노릇을 어쩐다? 무슨 말버릇이냐고 혼을 내자니 그 조무래기에 그 좁쌀영감이라는 빌미를 살까 두렵다. 군소리 않고 집어던지자니 불가불 손에 흙이 묻을까 봐 싫다. 그렇다고 모른 척 지나치자니 어른스럽지 못한 소행으로 비칠까 신경이 쓰인다.

"빨리요오."

녀석은 응석조로 재촉한다. 뒤늦게 다소 미안한 기색이다.

정 총재는 할 수 없이 공을 주워 녀석을 향해 힘껏 던진다. 공이 놀이터까지 올라가다 말고 허망하게 도로 떨어진다. 이번에는 길 건너까지 굴러가다 멎는다.

"에이."

아이 녀석이 한심하다는 듯 혀를 차며 후닥닥 뛰어온다. 정 총재가 그걸 물끄러미 바라본다.

이웃 안팎에서 맞닥친, 그를 시험에 들게 하는 것 같은 일은 여기서 그치지 않았다. 그 뒤로도 계속 생겨 정 총재의 입지를 마구 흔들었다. 이런 일도 있었다.

때는 밤 아홉시 무렵이고 장소는 동네에서 한참 떨어진 행길가였다. 그날 밤 그 시간을 아홉시로 또렷이 기억하는 것은 횡단보도를 건너기 위해 서 있던 자리에서 아홉시 뉴스를 들었기 때문이다. 등뒤 과일가게 텔레비전에서 흘러나왔다. 시청자 여러분 안녕하십니까. 아홉시 뉴스를 말씀드리겠습니다. 이렇게 운을 뗀 목소리를 분명히 들었다. 아홉시면 어떻고 열시면 어떨까마는 이것도 정 총재의 다음 행동과 조금은 관계가 있다.

실상 정 총재가 그때 생각한 것은 푸른 신호가 떨어지기를 기다리는 동안의 싱숭생숭한 마음이었다. 자기 발로 땅을 딛고 서서 교통신호의 가시오 멈추시오를 성마르게 기다린 적이 드물었던 탓이다. 항상 승용차 안에서 건너고 멈췄다. 네거리 복판에 정차해 있을 때는 앞을 스쳐 좌우로 교류하는 통행인들을 구경하는 재미도 괜찮았다. 남녀노유의 표정이나 걸음걸이, 계절에 따른 입성의 변화와 여자들의 옷맵시 등을 본의 아니게 바짝 붙어 살피노라면 그런 대로 짐작할 수 있을 것 같았다. 세상의 평화와 분란과, 부자와 가난뱅이의 몸짓을 거기서도 감지할 만하다고 여겼다. 발에 흙 안 묻히고 사는 사람들이 그만 못한 대중들의 실생활을 알면 얼마나 알겠느냐고 흔히 타박하지만, 당신들의 부엌과 안방을 일일이 살피는 것만이 능사가 아니다. 통계와 여론을 기반으로 현상을 파악하고, 가령 승용차 보닛 앞 인파의 활갯짓이나 웅크린 어깨를 통해서도 당신들 삶의 얼룩과 때깔을 얼추 엿볼 수 있다고 믿었다.

정 총재는 그런 지난날들을 잠시 회상하다가 길을 가로질렀다. 곧바로 건너지 않고 건너편 못미처에서 오른편으로 살짝 몸을 비튼 것은 다만 몇 발짝이라도 손해볼 필요가 없다는 순식간의 계산에서다. 집으로 가는 마음이 그만큼 바빴다기보다는 술기운이 시킨 짓이다. 친지끼리 어울려 마신 술이었다.

도시의 가로수는 언제부터인가 은행나무 천지다. 그늘을 드리우기로는 종전의 활엽수만 못하되 정갈하고 곧은 성깔이 좋다. 눈에 아름답기로는 가을철이 오히려 전성기나 다름없다. 샛노란 이파리들이 우중충한 건물을 상대적으로 더욱 초라하게 만들지언정 시민들의 가슴에는 모처럼 순수한 우수가 고인다.

그때 한때를 보자고 가로수로 심었는가 싶을 지경인데, 그날 밤의 은행나무는 아직이었다. 정 총재가 뜬금없이 밤하늘을 우러러 확인했을 리 만무다. 무심코 걷다가 은행나무를 에워싼 서너 남녀의 수선스런 행동을 보다 말고 느꼈다. 잎은 아직 파랗더라도 열매는 노랗게 여물었으며, 남자와 여자들이 그걸 털고 줍느라 한참 부산을 떨고 있다는 걸 알았다. 그러자 몹시 화가 났다.

이게 무슨 짓들이오!

정 총재가 버럭 호통을 쳤다. 도시의 아홉시는 시골에 비하면 초저녁이다. 그토록 이른 시간에 떼를 지어 버젓이 은행알을 훔치다니.

이래도 되는 거요?

재차 내질렀다.

왜요. 좀 주워가면 안 돼요?

자동차가 바람을 일으키며 내닫는 아스팔트길을 마다 않고 은행을 줍던 부인네 하나가 당돌하게 나섰다.

시민의 공공 시설물을 이렇게 훼손해서 쓰겠소.

정 총재는 주변에 어수선하게 흩어진 잎새라든가 짓이겨진 은행알을 가리켰다.

공공 뭐요? 문자 쓰시네. 그러는 아저씨는 나무 임자라도 되시나. 덮어놓고 반말이셔.

제이의 여자가 되받았다.

아저씨라니?

황당했다. 처음 듣는 아저씨 칭호가 기막혔다. 큰 시비로 번져 휘둘리기 전에 자리를 뜨려던 발길을 그 여자가 붙잡았다.

아저씨가 싫으시면 영감님, 그냥 놔두면 어차피 썩어 문드러지거나 날짐승들 차지가 될 것 아닙니까. 하기야 새들이 은행을 깨먹을 줄 모르는지, 차들이 질주하는 길바닥이기 때문에 언감생심 날아오지를 않는지 도통 볼 수가 없드만요.

제삼의 여자가 곱게 타이르듯 구슬렀다. 셋 다 사십은 넘지 않은 듯했는데 차례차례 꼬박꼬박 대꾸하는 말솜씨로 미루어 근방에 사는 가정주부가 아닌 것은 분명했다.

영감님은 또 뭐야.

정 총재는 물러설 명분을 서서히 찾아야 할 형편이었다. 아저씨에 영감님이면 갈 데까지 간 폭이다. 길섶에 깔린 잡초처럼 흔한 게 그거다. 헌칠한 남근주의에 카리스마를 보탠 위신도 때와 장소에 아랫사람이 있을 때 얘기다. 삼위일체 아귀가 맞아떨어져야 한다. 대로변이기는 해도 사정없이 쌩쌩 달리는 자동차 소음과 불빛으로 눈이 부실 따름인 곳에서는, 지나다니는 사람마저 뜸한 통행인의 사각지대에서는 부질없기 이를 데 없는 망상이다. 꺼풀이 벗겨지고 으깨어진 은행의 구릿한 냄새가 역겨워서도 어서 퇴로를 터야겠다는 생각이 간절했다.

아저씨도 싫다 영감님도 싫다. 그럼 뭐라고 불러드리리까.

자기 차례가 돌아왔다는 푼수로 제일의 여자가 까놓고 빈정거렸다. 손으로는 쉴새없이 우두두두 쏟아지는 은행을 라면박스와 쌀부대에 주워담으며 이죽거렸다. 말다툼은 자기네의 우세승으로 이미 결판이 났다는 투로 기세등등했다.

그때다. 마지막 쐐기를 박는 소리가 은행나무 위에서 꽥 터졌다.

사장니임, 집에서 손주가 기다려요. 참견 그만 하시고 빨랑빨랑 댁에 가서 손주들 볼기짝이나 토닥거리세요. 네? 회장님.

이 사람들이 도무지 경우가 없군그래.

정 총재는 고개를 뒤로 삐딱하게 젖힌 채, 은행나무 가지를 팔로 발로 흔들어대는 사내의 실루엣 같은 검은 덩치를 노렸다. 노리다가 참담한 기분으로 돌아섰다.

집으로 돌아와서도 내내 분을 삭이지 못했다.

밖에서 불쾌한 일이 있었나 보군요.

부인이 조심스레 기색을 살폈다.

무슨 일이 있었는지는 모르지만, 이리 와 앉아서 입가심으로 이거나 한잔 드시고 푸세요. 접때 애들이 잠 안 올 때 나나 먹으라고 보낸 술인데 온 더 록으로 해서 마시면 덜 달아요. 아시죠, 코앵 트로.

부인이 잔을 들어 보였다. 혼자 카푸치노를 만들어 먹던 참인가 했더니 술이었던 모양이다. 색깔이 비슷했다. 정 총재는 말없이 부인이 따라준 잔을 입에 대고 한 모금 마셨다. 혀에 닿는 단술의 차디찬 촉감 덕이었으랴. 집으로 오면서 겪은 일을 요점만 주섬주섬 꺼냈다. 부인은 그러자 대뜸 이맛살을 찌푸렸다.

상종할 것들을 상종해야죠. 무엇 하러 껴들어가지고 우세를 삽니까.

우세라니, 내가 못할 말 했나. 돼먹지 않은 짓을 보고 어떻게 가만히 있누.

못할 말을 했다는 게 아니에요. 그래서 얻은 게 뭐냐구요. 괜스레 체면 깎일 일을 왜 합니까. 격이 맞을 때나 상관을 하든 간섭을 하든 해야지, 까탈부릴 건덕지만 찾는 사람들과는 아예 상종을 안 하는 게 수예요. 모르면 몰라도 앞으로 조심해야 할걸요. 그들을 다루는 법도 배울 겸.

배울 것도 많네.

할 수 없잖아요. 아주 딴 나라에 가서 살기 전에는.

정 총재는 언뜻 미국에서 사는 아들딸들을 떠올린다. 그쪽으로 가서 노후를 보낼 궁리를 하지 않은 건 아니었으나 후취인 마누라가 딱 거절했다. 가려거든 혼자나 가라고 고개를 젓는 통에 두 번 다시 입 밖에 내지 않는다.

나는 버얼써부터 치르고 있어요.

치르다니 무얼?

정 총재의 눈이 번득였다.

당신이 오늘밤 겪은 일 같은 거. 들어보실래요?

정 총재는 해보라고도, 하지 말라고도 이르지 않는다. 하리망당

트릿한 안색으로 표정이 없다.

날개 잃은 새로 사는 방법을 싫어도 터득할밖에요. 멀리 갈 것도 없다구요. 우리 주위에 있는 사람들의 눈치가 진작에 달라진 것 몰라요? 김 기사의 속내도 수상쩍고…… 그들은 모두 눈치박사예요. 예전같이 섬기는 줄로만 알았다간 큰코다치기 쉬울걸요.

끄응.

식탁 의자를 뒤로 밀치고 일어선 정 총재는 잔뜩 힘이 들어간 몸을 소파에 무겁게 부렸다.

우연치고는 공교롭다. 바로 다음날 정 총재 또래 퇴직자들의 작은 모임에서도 자신들을 에워싼 주변 인물들의 표변이 화제의 중심을 이루고 있다. 말이 끝날 때마다 참석자들의 앞뒤 형색을 묘사한달지 전직이 무엇인가를 설명하기 번거롭다. 묘사는 지겹고 설명은 지루하기 십상이다. 그러다 장 파하는 우를 범하지 않기 위해 두서없이 엇섞인 말만 곧이곧대로 옮기기로 한다.

"천하에 믿을 게 못 되는 것이 민심이야. 이리 쏠리고 저리 쏠리면서 잇속만 챙기려 들어."

"간에 붙었다 쓸개에 붙었다."

"맞아. 그래도 거대한 집합명사로 뭉뚱그리면 근사하지. 국민 시민 민중 대중 서민 백성 민초……."

"풀뿌리는 어떻고. 반대편엔 인민이 있고."

"한 대상을 놓고 우리처럼 그렇게 명칭이 많기도 어려워. 아마 세계적으로 드물 걸세."

"헷갈려. 그중 어떤 것을 택하느냐에 따라 장본인의 위상이랄까 신분과 사상이 드러나게 마련이지."

"그런데 재밌어. 같은 말이라도 시민은 좀더 산뜻하게 들린단 말이야. 체제보수파에 대한 진보적 이미지라는 도식으로 비칠뿐더러 범지구적 국제성마저 띠거든. 시민혁명이라고 할 것을 백성혁명이나 서민혁명이라고 명명해봐. 우선 촌스럽잖아. 핫바지들의 행렬 같아서."

"그건 말을 위한 말장난에 불과해. 핫바지는 혁명을 못하나? 시민이라는 것도 근대적 서구사회의 내림으로는 하나의 신분이었거든. 자유와 참정권을 전제한. 위로 나랏님이 있고 밑으로 사농공상이 줄을 선 사회와 동렬에 놓고 볼 게 못 된다고 생각해. 자본주의 부르주아지의 다른 말이었다가 근대민주주의 형성의 주도세력으로 부상하면서 보편적 모델로 삼게 된 거지. 특히 후진국들이 경쟁적으로 말이야."

"다 좋은데 자네는 적(的)자가 너무 많아서 탈이야. 좀 뺄 수 없나."

"버릇이 그런 걸 어떡하나."

"요컨대 브랜드의 차이 아닌가. 같은 사람을 두고 이렇게 저렇게 부르던 나머지 이왕이면 우리도 듣기 좋고 보기 좋은 시민을 따르자. 이거 아니겠어?"

"옳거니. 듣던 중 근사한 해석이군그래."

"그나저나 어려운 이야기는 집어치우자구. 비싼 밥 소화 안 될라."

"조석 변하는 민심인가 인심인가를 따지다가 골로 빠졌구먼."

"쉬운 얘기를 하자니 말인데, 야 무섭더라. 확확 달라지는 속도가 어찌나 빠른지."

"야속하던가?"

"야속하고 자시고 간에 사람을 사람으로 안 보는 것 같애."

"이 자리에서는 내 실직 햇수가 젤 기네."

"선배로서 한말씀 하시겠다?"

"가령 연하장을 예로 들어봄세. 현직에 있을 적에는 귀찮을 정도로 많이 쌓여 제대로 눈을 주지도 않고 치운 사정이야 다들 짐작하겠지. 그만둔 다음해까지만 해도 소불하 백 장은 되데. 차츰 절반으로 팍팍 줄다가 사 년차인 금년 정초에는 얼만 줄 알아? 열다섯 장인가 열넉 장인가…… 그걸 한 장 한 장 세다가 또 마누라쟁이한테 들켰네. 궁상떤다고 압수해갔는데 아마 쓰레기통에 당장 버렸을 거야. 얼마나 무안하고 부끄럽던지."

"내 집 앞이 파출소 아닌가. 집을 들락거리자면 불가불 그 앞을 지날밖에 없는데 소장이 기다리고 있었다는 듯이 번번이 튀어나와 경례를 붙였어. 남들이 이르기를 말려도 소용없는 일이라길래 웃음으로 받았지. 백수가 된 뒤로는 길에서 눈이 마주치면 마지못해 팔을 들어올렸는데 점점 팔이 밑으로 처지지 뭔가. 요새는 아예 외면을 해버려."

"못 보았겠지."

"그럴 리가. 지나가는 사람도 얼마 없었는데. 내가 저 사람한테 무얼 잘못했을까 한참 생각했네."

"자네는 왜 시종 입을 다물고 있나. 전립선염 때문에 고생한다더니."

"가소로워서 그래."

"뭐가. 우리 화제가?"

"물론."

"어째서? 어떻게 가소로워?"

"창피하지들도 않아? 할 얘기가 그렇게도 없어서 쩨쩨하게…… 나 갈래. 내가 밥값 낼 차례 아니지?"

"저 친구 왜 저래?"

"심기가 매우 불편할 거야."

"무엇 때문에?"

"사기를 당했거든. 당해도 크게 당했지. 믿던 도끼에 발등 찍힌 폭이야. 재직 때 민원까지 해결해준 친구에게 고스란히 속았어."

"저런."

"알고 보면 우리는 세상을 너무 몰라. 남의 집에서 꾸어다 놓은 수탉마냥 전후좌우를 분간 못하겠으니 힘들고 고달파서 원. 지난날 쌓은 지식이나 경험이 백병전으로 치고받는 현장에서는 도대체 별무소용이라는 실감이 갈수록 더하다구."

"그만큼 편하게 산 증좌라고 역으로 힐난하는 보통시민도 있을 걸세."

"그들이 보통시민이면 우리는?"

"이스터브리시먼트."

"많이 듣던 소리군. 끝났는데도 그래?"

"알아서 재활훈련을 해야 돼."

"그런 훈련소를 만들어야겠군."

"누가 들을까 어색하지만 얼마 전부터 내가 버스 타는 연습을 하고 있다면 놀라겠지."

"것도 연습이 필요한가?"

"암."

"웃기는군."

"웃을 일이 아냐. 요금이 얼만 줄 아나?"

"몰라."

"거 봐. 잘못하면 간첩 소리 듣게 생겼어. 군중 속에 섞여 부대끼노라면 별별 생각이 다 들어."

"어떤 생각?"

"직접 타보고 얘기하자구."

반드시 옛 동료의 흉내를 낸달지 자극을 받아 시도한 건 아니지만 우리 정 총재도 오늘은 단단히 결심하고 나섰다. 혼자 지하철을 타기로. 마침 김 기사가 친상을 당해 승용차를 세워두고 고향에 간 이유도 있었다. 임시로 스페어 운전사를 부를까 망설였다. 김 기사도 그렇게 연락을 취해놓겠다고 했으나 말렸다. 이런 틈을 타 대중교통 수단을 이용해보는 것도 나쁘지 않겠다는 호기심이 겸사겸사 발동한 탓이다.

한없이 땅속으로 뻗은 지하철 계단이 우선 섬뜩하다. 지표면에서 위로 솟구치는 내력에만 익숙했지 땅밑으로 꺼져드는 일이 좀처럼 없었던 까닭에 조심조심 떼는 발걸음이 위태롭다. 가벼운 현기증으로 머리가 핑 돌려고 한다. 나락으로 떨어지는 감정까지는 아닐망정 마음이 영 안 좋다. 거따 대고 거의 뛰다시피 나대는 사람들의 성급한 발소리가 투당탕 겁을 준다. 늙다리 똥차가 남의 바쁜 앞길을 가로막는 장애물 구실을 한다고 몰아붙이는 것 같다.

어렵사리 계단 밟기를 끝내고 평평한 돌마루에 서자마자 불어온 바람은 웬 바람. 갑자기 온몸을 휩싼다. 땅속 깊은 데서 올라온 냉기가 뭇사람의 체온을 만나 일으키는 회오리인가 싶다. 때문에 공기가 전체적으로 뜨뜻미지근하다. 데데하게 들척지근하다.

걸음을 멈춘 정 총재는 땀이 배지도 않은 이마에 접은 손수건을 꾹꾹 눌러 숨을 돌리는 척한다. 그제서야 목적지조차 정하지 않은 사실을 깨닫고 잠깐 생각을 가다듬는다. 발길을 돌려? 말어? 이왕지사 전동차를 타? 말어? 골똘히 궁리한 끝에 자동판매기를 향해 걸어간다. 자신이 없는 눈으로 다시 주위를 두리번거리다가 역무원이 표를 파는 창구를 발견한다. 그러면 그렇지.

요금표가 따로 없어 덮어놓고 천원짜리 지폐를 내민다. 접때 모임에서 들은 바로는 한 장에 오백원인가 오백오십원이다. 그렇다면 천원으로 너끈하다. 거스름돈으로 요금을 역산할 작정이다.

"……."

역무원이 말없이 정 총재를 쳐다본다.

"한 장 주시오."

뜨악하기는 내 쪽도 마찬가지라는 뜻을 담아 재촉한다.

"몇 구간요?"

"구간이라니."

"구간도 몰라요?"

약간 짜증 섞인 눈치다.

"글쎄."

조금 초조해진다. 자기 뒤에 서 있는 청년이 행선지를 말씀하시라고 이른다.

"그러니까 광화문을 가야겠는데."

"구간을 모르면 목적지라도 빨리빨리 댈 일이지."

표 파는 직원이 손끝으로 민 티켓과 오백원짜리 동전을 주섬주섬 거머쥐는 정 총재의 더딘 손등 위에, 그새를 못 참아 던진 등뒤 청년의 만원권이 얹힌다. "정액권!" 소리와 함께.

정 총재의 굼뜬 거동은 다음 단계에서 또 헷갈린다. 남들 하는 대로 째진 일자 구멍에 표를 디밀기를 예닐곱 차례. 차단기가 꿈쩍하지 않는 건 고사하고 들어가지조차 않는다.

"영감님. 일자표에 집어넣으면 안 돼요. 화살표가 있는 곳에 넣어야지. 보세요. 드나드는 통로를 반반씩 갈라 일자표와 화살표로 구분했잖아요."

자세히 가르쳐준 중년여인이 몸소 시범을 하듯 차단기를 열고 나간다. 표를 넣고 뽑아드는 동작이 팅팅 불은 것 같은 몸집치고는 제법 날렵하다.

그러고 보면 역 구내는 화살표 천지다. 똑바로 서 있는가 하면 옆으로 뻗은 놈이 있다. 비스듬히 누운 놈도 많다. 정작 광화문을 찾아가기가 막연하다. 미리 전철 노선도를 챙기지 않은 불찰을 자책했으나 오늘은 어차피 맛보기 삼아 나선 길이니까 되는 대로 간들 대수랴 자위한다. 광화문도 애초에 겨냥한 곳이 아니다. 다급해서 입에 담았을 뿐이므로 광화문을 가자면 바꿔타야 할 종로 삼가를 지나치고도 아뿔싸 낙담하지 않는다. 그나마도 통과한 다음에야 알았으나 실패한 도중하차를 후회할 생각이 없다.

그러려니 치부하고 대롱대롱 춤추는 손잡이 하나를 골라 잡아쥐고 이를테면 정처없이 어디론가 가는 판이다. 깜냥껏 여유를 부린다고 볼 수도 있겠는데 뭇사람의 체온과 인내로 후텁지근한 차 내 공기로 미루어 천만에다. 가는 데까지 가다가 정 숨이 막힐 지경이면 후닥닥 뛰어내려 지상으로 피난할 속셈으로서 갈 따름이다. 그 사이에 자기와 승객들의 거리랄까 형색 따위를 살피기로 한다. 아니거든 시선이 마주치는 걸 꺼려 시종 멍청히 앉아 있다든가 눈을 감은 사람의 속내를 뜯어보기로 한다. 저러다가도 타고 내릴 때는 탈토처럼 빠른 순발력을 발휘하겠지. 어디서 그런 힘이 나올까. 느려터진 자기 행보에 딴지를 걸듯 밀치고 들치고 법석을 떠는 군중을 이미 보았다. 싫다. 함부로 덤부로 몸을 부딪는 게 싫고, 그러고도 미안해하기는커녕 당연한 노릇인 양 시치미 떼는 대중을 감내하기 어렵다고 속으로 고개를 젓는다.

그게 무섭다. 질주하는 일상에 무식할 정도로 길들지 않은 자신의 앞날이 걱정스럽다. 저들과 함께 엉겨 살지 않으면 안 될 처지가 미리 지겹고 맥풀린다. 오랫동안 등 돌리고 산 누항(陋巷) 속으로 들어가기 위해 멋모르고 꼽은 리허설 프로그램이 암만이었다. 도상연습 아닌 실제상황용 계획표에는 포장마차에서 닭똥집을 저작하며 소주 마시기, 놈팡이처럼 백화점에서 쇼핑 카트를 밀며 마누라 뒤나 졸졸 따라다니기, 등이 들어 있다. 그 짓도 어지간히 물리거들랑 통일호를 덜커덩 덜커덩 타고 가다가 아무 한역(寒驛)에서나 무작정 내리기, 하다가 산사에서 하룻밤 신세를 지며 주승이 잠든 사이에 홀로 풍경 소리 듣기 등등, 요량이 많다. 한데 첫날 첫 시도부터 일이 버그러지고 말았달까. 지레 피곤하고 시들하구나…… 정 총재는 미구에 지하철에서 튀어나온다. 답답하도록 폭이 좁은 엘리베이터에 육신을 기대고, 앞으로 쏟아질 듯 직립한 높은 계단을 이리저리 에돌아 허우허우 오른다. 깊은 굴속을 빠져 나와서야 입 안에 고인 텁텁한 침을 꿀꺽 삼킨다. 칵 배앝었으면 시원하련만 차마 그럴 수는 없어 목 안에 억지로 밀어넣고 코로는 더운 김을 후유 뿜는다. 거리가 갑작스레 낯설고 다리가 후들후들 떨려 억지로 눈을 감는다. 완전한 이방인이 따로 없다는 실감이 몸과 마음을 짓눌러 주저앉고 싶다.

생활이 곤궁하여 할 수 없이 견뎌야 한다면 모를까 멀쩡한 정신으로는 못할 짓이라는 거부감이 앞선다. 위장도 유만부동이다. 그래서 무얼 어쩌겠다는 것이냐는 자문자답이 허망하다. 하루 종일 바람같이 통과하는 특급열차만 보내던 시골역에 내려 감상을 씹는다? 더러 읽은 글줄이다만 만고에 쓸데없는 자작극이다. 조용하다 못해 귀신이 나올 것 같은 고찰에 누워 풍경 소리와 더불어 깊은 사색에 잠긴다? 절밥 이틀 만에 일게 마련인 소증이나 아귀처럼 머리에 달라붙는 잡념은 어쩌고. 감상도 사색도 웅숭깊이 해본 사람들의 것이다. 글을 쓰기 위해서 꾸민 억지춘향이다.

"오늘은 또 어디로 발걸음을 하시려우."

부인이 심란한 안색으로 묻는다. 아니 살짝 비꼬는 투다.

"점심 약속이 있잖아. 내일은 필드에 나가고."

"점심 잡순 후에 말이에요."

"글쎄."

"정처 없는 발길이라더니 그짝 났네."

"이 사람이 누굴 놀리나."

"그렇잖아요. 매일매일 시간 때우기가."

"좀 좋아. 시간에 매여 살다가 시간을 맘대로 부리는 주인이 되었으니."

"좋기도 하겠수."

"아닌게 아니라 무슨 수를 쓰긴 써야겠어."

"독서에 취미를 갖도록 해보세요."

"그것도 쉽지 않아. 안 하다 할라니까 잘 안 돼."

화제를 일으킨 책을 몇 권 사기는 샀다. 하지만 진도가 잘 나가지 않는다. 곧 피로를 느낀다. 방금 읽은 내용이 머리에 곧바로 들어오지 않아 이미 읽은 구절로 다시 눈을 되돌리기 일쑤다. 하다 보면 슬그머니 잠이 온다.

"세상에 쉬운 일이 있나요. 진득하게 참고 재미를 들여야겠죠."

"독서깨나 한 사람의 말투로군."

"빈정대지 마세요. 내가 뭘 알까마는 이치가 그렇다는 거죠."

"그건 그렇고 새 기사가 모레 온댔나."

"김 기사 말로는 글피나 돼야 한다더군요."

언젠가 부인이 귀띔한 대로 김 기사는 친상을 치르고 온 지 며칠 안 되어 그만두었다. 개인택시를 몰아볼 심산이라고 했다.

"먼저 있던 곳에서 처리할 게 남아 있대요."

"몸만 빠져나오면 될 텐데 뭐가 그리 더디노."

"아무나 들이기로 하면 오늘이라도 쌨죠. 워낙 사람이 참해서 그쪽도 잘 놓아주지 않는다나 봐요."

"젊다고 했지?"

"서른몇이라더라. 김 기사에 비하면 훨씬 젊대요."

정 총재가 당초에 꿈꾼 새잡이 적응훈련에는 자가운전도 포함돼 있었다. 차제에 운전면허마저 따려다 그만두었거늘, 손수 운전의 불편이나 사고 염려보다는 남의 눈을 먼저 의식한 탓이다. 물정에 어두운 혹자는 뒷좌석에 편안히 파묻혔다가 앞으로 자리를 옮겨 약간의 노동을 할 따름 아니냐고, 대범하게 보아넘기기도 할 게다. 단신의 자유로움으로 되레 거치적거리는 것이 없어 얼마나 속편하냐고 넘겨짚을 수도 있다. 그렇담 말 다했다. 그런 이는 그런 이들대로 살게 내버려두려니와, 딱 한 가지 짚고 넘어갈 것이 있다. 정 총재가 굳이 전담 기사를 '태우고' 다니는 것은 자신이 상대하는 인물들의 체면을 존중하기 때문이라는 사실을 분명히 밝힌다. 혼자 거동했을 때 느끼는, 수족 하나가 떨어져나간 것 같은 상실감은 둘째치고, 자기 때문에 상대방 삶의 격을 낮춰서는 안 된다는 이유가 제일 크다.

엇비슷한 얘기지만 그러한 측면에서 정 총재는 최근 들어 익명의 두려움을 떨어내지 못한다. 이러다 시민의 한 사람으로, 군중의 한 입자로 묻히면 큰일이라고 질겁을 한다. 정 총재가 아니라도 마찬가지일 듯싶다. 이름 석자로 존재를 확인받는 인사는 항용 그렇다. 석 달 열흘은커녕 흩사흘만 이름을 안 부르거나 들먹이지 않으면 안달이 난다. 그런 사람들은 어중이떠중이 인총 중에서 특히 표가 난다. 여간해서 한눈 팔지 않고 똑바로 걷는 폼이 벌써 남다르다. 누가 나를 바라봐주지 않나 탐색하는 눈치를 얼굴에 나타내지 말자는 겸손이 역으로 긴장을 불러 표정이 빳빳한 편이다. 하물며 정 총재는 어쩌겠는가. 자리에서 물러난 지 한 달 남짓밖에 안 됐으므로 웬만하면 인사를 걸어오는 사람이 있을 법하건만 별로다. 지하철의 불특정 다수는 어차피 서로 노는 동네가 달라 치지도외

하기로 한다. 오히려 악수를 청할까 무섭다. 맞닥뜨려 반갑고 전화 목소리만 들어도 처진 마음이 좀 풀릴 만한 인사와는 여간해서 조우하지 못하고 기별을 주고받지 못했다. 그게 걸린다. 자신의 이름에 어느덧 먼지가 한꺼풀 덮였을까 걱정스럽다. 잊었으면 자진해서 일깨워주는 방법을 찾아야지 마음먹는다.

"실컷 데리고 있다가 뒷말해서 안됐지만 김 기사는 워낙 언행이 느려. 눈치도 모자라고."

"그만한 사람도 드물죠. 입이 무겁고. 기사는 첫째 입이 무거워야 하는 거 아녜요."

"새로 올 친구는 어떨는지. 젊어서 민첩하기는 하겠구먼."

"김 기사말고 나간다는 사람이 또 있어요."

"누구?"

"아줌마요. 그만 집에 들앉겠다는데 속셈은 그게 아닌지도 모르죠. 다른 데로 갈지. 당신이 집에 있으니까 더욱 어렵답니다. 열흘 후에 나가요. 그 안에 딴 사람 구하랬어요."

"다들 나가는군…… 나간다는 말이 났으니 말인데…… 나도 한두 달 미국에 가 있을까 해."

"그런 소릴 왜 인자 하세요?"

"인자가 아냐. 진작부터 생각했던 일이야. 가서 말이나 타면서 머리를 식힐까 해."

"말을 타요?"

"왜. 내가 승마 좋아하는 것 몰라서 묻나. 마침 애들 집 근방에 유명한 승마 클럽이 있겠다, 안성맞춤이지."

"갔다 온 사람이 그러는데 말은 영국이 그만이랍디다. 초원이 어찌나 널찍하고 좋은지, 반했대요. 몽고는 훨씬 비용이 싸게 먹히고."

"이 사람 한데로군."

"뭐가요?"

"내가 순전히 그 때문에만 가는 줄 알아? 미국이 어떤 곳이야. 우리나라 정세를 여기서보다 더 정확히 판단할 수 있어. 미국에 있어야 남의 눈에 안 띄게 손쓰기 쉽고 무슨 소식이 있어도 곧장 연락이 닿아 달려오기 쉽지."

"하면 거기서 로비 같은 걸 할 셈이에요? 서울을 놔두고?"

"누가 듣겠다. 딱히 그렇다기보담도 일단 생각할 수는 있는 문제 아닌가. 가능하면 어느 대학 연구소에 적을 둘까도 해. 재충전이라는 거겠지."

"나는요?"

"같이 가면 더할 나위 없지. 내키지 않으면 왔다갔다 드나들면서 견문을 넓히든지."

"아직 포부가 커서 든든하네요."

"계획이 그렇다뿐이야. 결과가 어떻게 될지는 나도 장담 못 해."

정 총재는 그 뒤부터 바짝 준비를 서둘렀다.

무료한 나날을 망연히 보내느니 그렇게라도 해서 일을 꾸미는 편이 낫겠다고 다짐했든 어떻든 매우 바삐 움직였다. 아들에게 팩스를 띄우고 이리저리 알아보는 둥 스스로를 다그치는 기세다.

그런 어느 날이다. 혼자 집을 지키던 부인이 어디론가 전화를 걸어 긴 이야기를 늘어놓는다.

"나예요. 응 응. 잘 있지. 때가 됐나 봐. 이 집을 떠날 때가……

이 양반은 미국에 가 있겠대…… 아니 아니. 그건 아니고, 공부도 할 겸, 머리도 식힐 겸 가나 본데…… 전혀. 아직 말을 꺼내지는 않았지만, 이때를 놓치면 안 될 것 같아요…… 그렇기는 해. 이 양반 처지가 처지인 만큼 무척 야속하기도 하겠지만 어떡해. 결단을 내릴 때 내려야지…… 이 양반도 제이의 인생을 서두르는 마당에 나는 어쩌겠어요. 나이차가 얼만데…… 맞아. 나라고 하루 이틀 생각한 일 아니잖아…… 그래, 만나. 자세한 이야기는 만나서 하기로 하자구. 그건 말해 무엇해. 감회가 복잡하지…… 언제? 금요일…… 그 카페 알 만해요. 네거리에서 왼쪽 골목길로 가다 보면…… 생각 나. 그때 갔었지…… 알았어요. 그럼 오늘은 이만…… 안녕히……."

누구와 전화를 하는 건지 도통 짐작하기 힘들다. 반말을 했다가 경어를 쓰다가 하는 바람에 더 가늠이 안 간다. 친정 식구일까. 친한 여자친구일까. 혹은 남자친구일까. 통화를 끝낸 부인의 표정이 상당히 심각한 점으로 미루어 그냥 건 전화가 아닌 것만은 확실하다.

그러나저러나 우리 정 총재는 지금쯤 어느 지경을 헤매고 있을까.

속삭임 외로움

덮어놓고 다수의 편을 드는 게 장땡일까. 때로는 아무도 따라붙지 않는 사막을 모랫바람 뒤집어쓴 채 홀로 걸어야 한다는 걸 안다. 사구(砂丘)에 코 처박고 나뒹굴지언정 제 갈 길을 가야 한다는 과장된 몸짓까지는 아니로되, 글 장사의 본래적 성깔에 웬만큼 충실하려고 기를 쓴다.

종로에 산다는 어떤 사나이와 한바탕 입씨름을 하고 난 그는 푸우 한숨을 껐다. 아니다. 흙발로 남의 집 대문을 걷어차듯 전화를 걸어 일방적인 주장만 펴다가 통화를 끝냈을망정, 상대방은 종로에 사는 버들 류자 류 아무개라고 자신의 이름을 분명히 밝혔다. 게다가 시민의 한 사람임을 말의 서두와 중간에 몇 차례 끼워넣었다. 묘금도 유나 인월도 유 아닌 '류' 씨를 유난히 강조했으므로 절반의 정체성은 갖췄다고 볼 수 있다. 하지만 듣는 쪽은 그게 그거다. 김씨면 어떻고 이씨면 어떤가. 사는 지역이 종로와는 턱없이 동떨어진 영등포라든가 강남이라 한들 상관없다. 어차피 시민의 한 사람으로 복면을 썼을 바에야, 성씨의 차별화 의식이 자신의 어떤 직책이나 번지수를 맞바로 대신하지 못할 바에야, 차라리 맥이 풀릴 정도로 마찬가지다.

텔레비전이나 라디오에 흔히 등장하는 소박한 여론 수집 양식의 정형화를 보는 것 같다. 어디 사는 누구십니까 물으면 을지로에 사는 최 아무개입니다 가리봉동에 사는 송 아무개올시다 식으로 대답하기 일쑤다. 사회적 현안이나 생활관습 변화 등에 대한 찬반 의견을 물을 때 동원하는 수법이기 때문에 찬성이 암만이면 반대 또한 그에 걸맞도록 수효를 양분한다. 산술적으로 딱 들어맞되 결과적으로는 밋밋하기 짝이 없다. 굳기름 빼고 따귀 뺀 민심의 화장을 그런 때 본다.

얼굴 없는 목소리만으로 의견을 진술할 때는 전혀 딴판이다. 더구나 자기와 생각이 엄청 다른 타인과 견해차를 다툴라치면 더좀 직설적으로 몽니까지 부리기 쉽다.

"선생의 글을 읽다가 하도 같잖아서 웃음도 안 나오더라구요. '자기가 평소에 존경하는 친구나 어른이 고통을 함께 하고 있다고 생각하면 한결 위안이 된다. 굳이 알고 지내는 사이가 아니라 하더라도 같은 하늘 아래에서 같은 성질의 어려움을 겪는다는 사실 확인만으로도 힘이 솟는 수가 있다. 품앗이는 노동을 거드는 일만을 뜻하지 않는다……' 이렇게 썼죠?"

종로에 사는 류 아무개라는 사람이 방금 그에게 한 말이다. 한 말이라기보다는 그가 신문에 쓴 짧은 글의 어떤 부분을 좍좍 읽어 주었다.

"그렇습니다만."

"시민의 한 사람으로 하는 말씀이오만, 그래서 어쩌자는 겁니까. 아니 국가 부도설이 나돌 만큼 위기에 처한 오늘날 고작 한다는 소리가 그겁니까? 능지처참을 해도 시원찮은 놈덜이 수두룩한 판에 존경하는 친구나 어른 생각을 하며서 고통을 달래라커니 어쩌라커니, 세상이 경제적으루다가 쑥대밭이 되건 말건 책임질 놈덜은 여전히 떵떵거리고 아무 죄 없는 우리 서민들만 따따불로 당할 망정 찍소리 말고 납짝 엎드려 있으라? 그게 정 억울하거들랑 함께 고통받는 주변을 살피고 마음을 돌리라? 에이 여보슈!"

"……."

당신이 지적한 '그런 놈덜'에 대해서는 앞머리에서 호되게 책임을 묻지 않았느냐. 글의 한 부분만을 가지고 따지는 건 오독(誤讀)의 전형이라고 대꾸하려다 말았다. 이런 대꾸 역시 너무 상투적이라는 느낌이 지겹도록 싫었기 때문이다.

"섭섭합니다. 도대체 어느 편에 서서 문필을 희롱하느냐 이거예요. 시민의 한 사람으로 생각건대 글이라는 것은 어디까지나 약하고 힘없는 자를 위해 써야 하는 것 아닙니까. 글줄이나 휘두른다는 당신이 그걸 모를 리 없을 게구. 내 말이 틀렸어요? 틀렸으면 틀렸다고 말씀해보시라구. '여럿이 가는 데 섞이면 병든 다리도 끌려간다'는 속담까지 들먹이셨더만. 그것도 그래요. 최소한도 지금은 그렇게 책임을 나눈달지 탕감해줄 때가 아니다 이겁니다. 아시겠어요? 말 많은 소수에 끌려다니지 말고 말없는 다수에 더 신경을 써야 한다 이거라구요. 아시겠소?"

안다고 대답하기 전에 종로의 류씨가 먼저 전화를 끊었다. 시민의 한 사람인 건 분명하되 상상으로 넘겨짚기는 어려운 여러 얼굴이 모자이크 형식으로 겹쳐 엉기는 순간이었다. 상대방을 유추하는 증거랄까 흔적은 '선생'을 '당신'으로, '아니겠습니까'를 '아니겠소'로 차츰 하대하는 텁텁한 목소리뿐이었기 때문에, 아마도 술 담배에 전 중년 후반의 사내라는 짐작이 고작이었다. 무교동 건널

목이나 신도림역 지하도에서 우르르 옷자락을 스친 군중 속의 어느 누구였대도 상관없는, 그러다가 가벼운 접촉 사고를 일으켜 작은 시비를 벌이기도 하는 장면에 비길 만했다.

천만에. 그것과는 다르리라. 길바닥의 시비조 다툼질은 어디까지나 일 대 일이다. 그러나 그는 만인을 상대해야 한다. 계산상으로는 일단 중과부적인 셈인데 그중에는 '아군'도 있으므로 그다지 걱정할 것이 없다. 그것 하나 믿고 버틴다. 좀전의 종로 류씨가 소수의 의견에 끌려다니지 말고 말없는 다수를 더 생각하라는 투로 쐐기를 박았으나 그로서는 때문에 사돈 남말 한다고 되받아칠 수 있다. 훨씬 많은 동조세력(웃긴다)은 대체로 조용한 편이다. 오히려 극소수의 반대 의견이 적극적으로 목소리를 높인다고 믿는 까닭에 전화 저쪽의 반박은 공손하게 듣기는 할망정 쉽사리 자기를 굽히지 않는다. 이랬다 저랬다 갈지자걸음을 걷다가는 이미 확보한 고객을 놓치는 것은 물론, 줏대 없는 위인으로 낙인 찍히기 십상이다. 꿩도 매도 다 잃는다.

덮어놓고 다수의 편을 드는 게 장땡일까. 때로는 아무도 따라붙지 않는 사막을 모랫바람 뒤집어쓴 채 홀로 걸어야 한다는 걸 안다. 사구(砂丘)에 코 처박고 나뒹굴지언정 제 갈 길을 가야 한다는 과장된 몸짓까지는 아니로되, 글 장사의 본래적 성깔에 웬만큼 충실하려고 기를 쓴다.

사정이 이렇다 하더라도 그가 먼저 유의하는 것은 여론의 대표성이다. 깐에 많은 사람들의 생각을 대변한다는 자기 존대 의식이 번번이 앞선다. 그들의 가슴속 응어리를 풀어주고 미처 정리하지 못한 날선 감정을 요령껏 다림질하거나 질서를 먹여 공개시장에 내놓아야 한다고 스스로를 타이른다. 이때 그의 붓대에 결정적인 힘을 실어주는 것이 민심의 흐름이다. 민심은 흔히 외가닥 아닌 두 가닥 세 가닥으로 갈려 나타나게 마련인 까닭에 어느 한쪽으로 치우치기 일쑤다. 그럴 적에도 효력의 반타작을 전제하고 들어가기 때문에 완전히 외롭지는 않다. 사회적으로 대두된 문제에 대한 찬성이면 찬성 반대면 반대 논리를 어떻게 개발하고 벼리느냐에 따라 언제나 존재하는 부동층마저 덤으로 끌어들일 수 있다. 이쪽도 저쪽도 아닌 '모르겠다' 파를 상당수 건질 수 있는 것이다. 걸핏하면 언론이 들먹이는 시너지 효과가 별건가.

한데 제각각 노는 시민의 한 사람들 또한 그가 신문 칼럼에서 언급한, 고통도 함께 나누면 위안이 된다는 연대의식 확인과 성질이 비슷할지 모른다. 공교롭다면 공교로운 생각인데, 시민의 한 사람을 자처하는 층들 역시 자기 뒤엔 불특정 다중이 있다는 환상을 은연중 품고 있으리라 여겼다. 일일이 대표성을 띤다고 자긍하지야 않겠으나 은근히 연대를 기대하는 심리가 없으란 법 없다. 옛날 옛날 한 옛날의 백성과는 말의 울림부터 다른 것이 시민이다. 닫힌 체제 속에 살던 보수적 생활의식과는 엄청 층하를 두고, 민주주의를 아주아주 멋있고 세련되게 담보하는 개념으로 들린다.

되민증 시대를 회고하면 구분이 더좀 명확해진다. 동네 주민으로 시작하여 면민 군민 부민을 거쳐 도민으로 신분의 울타리를 넓히기는 했으나 되민증이 상징하는 권력과 핫바지의 종속체계를 모면하기는 힘들었다. 시민이 그 자리에 대신 들어섬으로써 비로소 양자의 수평적 균형이 얼마간 이루어진 폭이다. 그러나 아직은 보기 좋은 떡에 불과하다. 시민이라는 말이 할인 마트에서 왕성하게 거래되는 상품처럼 유행되고는 있지만, 실속은 포장에 걸맞지 않게 매우 초라하다는 것이 그의 생각이다. 나와 다른 타인의 견해 차이를 토론으로 좁히는 훈련이 태부족한 상태에서 저마다의 주장은 무척 단조롭고 공허하다. 때문에 수시로 일고 꺼지는 거품같이 자주 노출되는 화제에 대한 찬성 반대 논의가 단선적이다. 다음 단계의 소프트웨어를 옳게 설명하지 못하는 건 고사하고, 애초에 내민 원론만을 고집하기 바쁜 경우가 종종 있다. 그런 의견은 또 본래부터 지닌 자기 취향이나 직업상의 이해득실과 밀접하게 연관된 것임에도 불구하고 시민의 너울을 쓰면 그만인 것처럼 행세하기 쉽다. 그래서 어쨌다기보다는, 개인의 불찰이라든가 낙담까지를 사회 전체의 왜곡으로 부풀려 스스로 독보적이고자 하는 데에 시민의 명목상 허와 실이 넘나든다고 본다.

지금 누가 누구를 탓하고 넘보는가. 그 자신이야말로 그러한 시민의 등에 업혀 사는 꼴이다. 시민들에게 물으면 그들은 그들대로 펄쩍 뛸 터이다. 업기는 누가 업어? 업혀도 시원찮을 만큼 내 짐이 한짐이거늘 등을 내줄 여력이 어딨담? 재수 없다고 얼른 등을 돌리겠으나 비유컨대 그렇다. 시민들의 마음밭에 나름대로 사유의 깃을 내리고 틈틈이 살피거나 생각을 주워모으는 척할 따름이다.

오늘 아침도 그랬다. 단골로 다니는 이발소 의자에 앉아 뭇사람의 머리 냄새가 밴 허연 앞치마를 둘렀다. 이발사는 어떻게 깎겠느냐고 묻지조차 않았다. 그 또한 별다른 주문 없이 다소곳하게 머리를 맡겼다. 앞서 앉았던 손님의 끈끈한 미온이 자기 엉덩이에 미지근하게 달라붙는 데에만 신경이 갔을 뿐이다. 결코 기분 좋은 체열이 아니다. 버스든 지하철에서든 매양 느끼는 찝찝함을 이번에도 어쩔 도리가 없다. 젊은 여자가 일어선 자리는 한여름에도 체중을 몽땅 실어 찰싹 밀어붙일갑세, 어느덧 땀까지 눅진하게 배었지 싶은 비대한 장한이 떠난 자리에서는 엉거주춤한 자세로 둔부를 살짝 허공에 띄워 좌석이 웬만치 식기를 기다린다.

"방금 나간 손님 모르세요?"

머리 서슬을 눅이기 위해 분무기로 안개비를 픽픽 뿌리던 이발사가 말했다.

"누구?"

숙였던 고개를 문께로 돌린다. 가장자리를 레이스로 치장한 커튼 탓에 어둠침침한 유리문 밖이 보일 리 없다. 그가 들어오자마자 나간 대머리 노인의 모습을 뒤늦게 떠올렸으나 이름도 성도 모른다.

"기성대씨라고, 이 근방에서는 알아모시는 알부자라구요."

"단골입니까?"

"일류로만 다니는데 오늘은 어쩐 일로 우리집에 오셨네요. 한참 증권으로 재미 본 얘기를 하다 갔습니다."

"좋겠군."

"좋다마다. 돈 놓고 돈 먹기니까. 있는 사람은 세상이 앞으로 가나 뒤로 가나 재산 불리는 데는 아무 지장이 없지 뭡니까."

"타고난 팔자를 어쩌겠습니까. 부동산도 많겠네."

"이를 말씀입니까. 따로 전속 중개사를 둘 정도래요. 그걸 누가 나무랄까마는, 정부는 어쩌자고 종합토지세를 왕창 물리지 않는지 원. 실명제도 온데간데없고…… 그런 것 좀 신나게 까세요. 속이라도 후련하게."

"샘이 나시나 본데."

"샘이 나나마나 불공평하지 않습니까. 많이 벌었으면 번 만큼 사회환원을 시켜야지 이거야 원."

평소에도 그를 만나기만 하면 이번 글이 좋으니 나쁘니 품평하는 이발사다. 때로는 그게 부담스러워 딴 이발소를 찾기도 한다. 성질이 급한 편이기는 하나 그때뿐이다. 곧 낯꽃이 부드러운 서비스업 종사자의 나긋나긋한 위치로 돌아간다.

"참아요. 그러다 손님 놓칠라."

"본인 안 듣는 데서야 어떻습니까. 장사는 장사고 국민의 한 사람으로 할 소리는 해야지요."

그래. 시민 외에 국민이 또 있지. 그는 허리를 굽혀 자신의 뒷머리를 다듬는 이발사의 가위 소리를 들으며 생각한다. 두 단어 사이의 어감상 간격이 크기는 하지만 실상은 그게 그거려니 넘겨짚는다. 의미 부여를 달리하는 말로 민중 대중 인민 백성 민초 씨알 서민 소시민을 다시 들 수 있다. 이중에서 어떤 표현이 가장 적절한가를 따지기는 힘들다. 인민이야 애당초에 젖혀둔 언어다. 나머지를 가지고 쓰는 사람 마음대로 골라잡아 표기하는 판인데 어떤 어휘를 선택하느냐에 따라 집필자의 성벽이나 글의 성분이 드러난다고 볼 수 있다. 우리나라 아니고는 찾아보기 어려운 현상이다. '우리'라는 단어가 등장하여 덧붙이건대 개중에는 아예 우리라는 인대명사를 애용하는 사람이 적지 않다. 누구 맘대로, 당신 혼자 하는 생각을 왜 우리로 과대포장하느냐는 지청구를 그래서 가끔 듣는다. 조직과 유대를 만들어 그만한 여론을 공개적으로 당당하게 집대성하는 건 바람직하지만, 골방 샌님의 꾀죄죄한 흰소리를 익명의 다수에 빗대어 뭉뚱그리는 것은 잘못된 가탁(假託)이라고 우박지를 공산이 크다. 하여, 그는 곧잘 '사람들' 이라는 어중간한 표현을 동원하거니와, 이 역시 트릿하기는 매일반이다.

"어떻게 보세요?"

"무얼 말입니까?"

"돌아가는 세상 형편 말입니다. 정치도 경제도……."

"그걸 알면 이러고 살겠습니까."

얼른 이발사의 입을 막았다. 아무 때 아무 장소에서나, 십 년 전이나 지금이나 변함없이 맞바로 통할 화두가 따분하고 울적하여 덥석 입부터 막고, 일부러 생각의 딴 지경을 헤맸다.

이발사는 오만 사람을 상대하고 손님들은 제각기 하는 일이 다르다. 입이 근지러워서도 적절한 화제를 끌어내어 필요에 따라 동네 정보를 교환하는 사랑방을 겸하게 마련이다. 이발사는 그러므로 가외의 구실까지 은연중 담당하게 된다. 그렇다면 이 이발사를 어디에 소속시키는 것이 좋을까. 조금 전에 든 공동체에 관한 수식어를 하나씩 머리에 씌워본다. 백성 아무개, 민초 아무개, 민중 아무개, 서민 아무개, 시민 아무개, 국민 아무개, 대중 아무개, 씨알 아무개, 소시민 아무개…… 이발사 스스로는 '국민' 을 선택한 셈이지만 썩 근사해 뵈지는 않는다. 본인의 의향이 어떤지 모르겠으나 차라리 노동자가 어울리지 않을까. 같은 값이면 근로자가 낫겠다고 집합명사의 유연성을 희망하고 나설지 알 수 없는 노릇이다.

하기야 가끔씩은 그도 이발소를 인심 살피기의 틈새로 이용하는 편이다. 작정하고 나선다기보다는 한 귀로 듣고 한 귀로 흘리기 예사지만 염량세태의 막연한 냄새랄지 빛깔을 엿듣고 바라보는 쉬

터로 제격이다. 그러는 너 자신은 무슨 자격으로, 관등성명은 여하간에 소속마저 불분명한 상태에서 어찌 남의 입설에 오른 소식을 그다지 탐하느냐는 자문이 없을 수 없다. 한편에 그런 자격지심이 엄연히 존재하거니와 그럴 때는 일쑤 제삼자의 방패 뒤로 몸을 숨긴다. 매에 쫓긴 꿩이 꽁지야 훤히 드러나든 말든 머리만 처박으면 그만이라고 믿는 꼬락서니와 같다. 이발사는 고맙게도 그를 탓하지 않는다. 이 자는 남의 이야기를 받아만 먹고 사는 위인으로 치부하며 되레 색다른 소식을 전달하지 못해 안달하는 눈치다. 일찍 안면을 튼 사이의 편안함이다.

예나 이제나 사람이 연락부절로 꼬이는 곳에 정보는 나돈다. 헌 것은 시세가 없다. 이왕이면 듣느니 처음인 새놈이라야 귀를 쫑긋하게 만드는데 옛날에는 그걸 소문이라 일컬으며 장마당을 중심으로 취합하고 교환했다. 그것이 정보로 옷을 갈아입자 천리를 지척으로 여기는 푼수로 빠르고 정확해졌는가 하면, 종류와 가지가 너무 많아 골치가 아플 지경이다. 위로는 극소수 권문세가에 집중된 고급정보가 있고 밑으로는 간직하나마나인 하급정보가 있다. 그 사이에서 생성과 소멸을 거듭하는 잔챙이가 하루에 열두 번도 더 오도방정을 떨 듯 제물에 단층을 쌓고 허물며 난무한다. 그럴수록 가까운 이웃은 지척이 천리 아닌 삼천리로 더욱 멀어져 캄캄절벽으로 차단된 역설의 세계를 가져왔다. 그렇게 묘수를 부리는 것이 오늘날의 정보다.

고급정보와 하급정보 간에도 교류가 있을 수 있을까. 있어 마땅하지만 하급정보 소지자는 고급정보에 목말라하는 반면 고급정보 소지자는 하급정보를 발 새 티눈만도 못하게 여긴다고 보면 틀림없다. 간혹 자신의 오지랖이 얼마나 넓은가를 과시하기 위해, 또는 여론의 환심을 사기 위한 사치성 발상으로 고급정보 은닉자가 나도 하급정보를 이만큼 안다는 제스처를 취하는 수가 있다. 효과 직방일밖에. 와 와 박수 소리 요란하다. 할 짓 못할 짓 다 하던 고급정보 날조자의, 대통령을 그만두면 동네 대중 목욕탕에도 자주 가겠다는 말 또한 그런 내력에서 파악함직하다. 권좌에서 내려온 다음엔 꿩 구워먹은 소식이나 진배없는 헛소리임이 분명하지만 의식의 밑바닥에 도사리고 있을지도 모를 선천적 그리움마저 아주 무시할 건 없다. 이 바닥에서 높이 솟은 자의 칠팔 할이 따지고 보면 거의 농경시대의 물을 먹고 자랐다는 점에서 매양 거짓말만은 아닐 터이다. 권력의 정점에서 노닐다가, 알고 보면 나도 당신네와 하등 다를 게 없는 몸이라면서 천연스레 낮은 데로 임할수록 추앙받는 사회의 크나큰 덕목이다.

이른바 지식인은 안 그런가. 대동소이하다. 재차 시민의 형성 과정과 됨됨이를 이에 결부시키는 것이 겸연쩍기는 하지만 전후 성격은 유사하다. 지식인의 우월감이 역설적으로 버거우면 차라리 편안한 소속감에의 귀의를 의도하기도 한다. 이때 수월하게 다가갈 수 있는 표지물이랄까 말뚝이 바로 시민의식이라는 이름표다. 일반대중의 지식인층에 대한 열쩍은 거리감 역시 시민이라는 명분으로 상향 조정된다. 실천적 현실에 대한 인식 부족 콤플렉스와 지식의 미흡함에서 싹튼 콤플렉스의 알맞은 접점이 곧 시민으로 봉합되어 일단 화합에 성공했다고 볼 만하다. 모든 면에서 모조리 그렇다고 말하기는 어렵다. 혼자서 한참 딴세계를 노닥거리다 말고 느닷없이 이발사의 소속체계 따위를 꼽는 그의 티내기 버릇이 벌써 무모한 어깃장에 가깝지 않은가.

"비아그라 써보셨어요?"

이건 또 무슨 소리. 그는 고개를 숙인 채 잔뜩 눈을 치뜬 자기 모습을 거울로 확인하며 미처 대꾸를 못했다. 엉뚱해도 분수가 있지.

"아깟번 기 노인은 시험해봤답니다."

"그래서요?"

"삼삼하더라나 어떻다나."

"그 양반 나이가……."

"확실한 건 안 물어봤는데 일흔 안팎이지 아마."

"덕분에 회춘했겠네."

"평소에 머리를 많이 쓰는 이들은 하초가 부실하다죠?"

이것 봐라. 거울에 비친 이발사의 입매가 웃고 있었다. 장면 전환이 빠르다.

"아무리."

"사람 나름이겠죠."

"글쎄."

불가근 불가원이라더니. 어느새 배꼽 밑까지 들추는구려.

언제부터 말발의 사교실로 이발소 같은 장소가 이용되었을까 생각하다 말고 그는 갑자기 택시 기사를 떠올렸다. 동네 언저리에 붙박이로 터를 잡은 이발소에 비해 달리는 택시의 한정된 공간은 얼핏 설면하고 어색하다. 할망정 이물없기로 들면 오랫동안 뜸을 들여야 하는 이발소 유가 아니다. 주객이 함께 하는 시간이 짧은 만큼 화제 전개는 대뜸 적나라하고 단도직입적이다. 가다가는 소태

씹은 얼굴로 입을 굳게 다문 채 시종 말 한마디 없이 거리를 내닫는 기사도 있으나 열의 일고여덟은 먼저 말문을 튼다. 허두를 떼고 자시고 할 겨를 없이 개폐가 자유롭다.

바로 어저께도 겪었다.

켜둔 라디오에서 마침 뉴스 쪼가리가 새어나오면 그게 곧 말마디의 매개체 역할을 하는 경우가 흔타.

"잘들 논다. 처먹고 남 등칠 궁리만 하는 놈들!"

"이건 또 신종 수법이네. 사기 단가가 후딱하면 억을 넘으니."

그가 장단을 맞추어본다.

"요새 누가 천 단위 이하를 사기꾼으로 칩니까. 적어도 그 정도는 돼야지요."

운전기사가 주먹으로 빠방! 앞차를 향해 경적을 울리며 되받는다. 청신호가 떨어졌는데 무얼 꾸물대느냐는 불호령이다.

"여기서나 저기서나."

"마찬가지죠. 정치가들의 떡값도 사천만원인가 오천만원 이하는 문제삼지 않기로 정했잖습니까."

"법으로 정해요?"

"사직당국이 그렇게 기준을 매겼으니까 정한 거나 같지 뭐예요. 이십억 삼십억도 정치자금으로 받았다 어쩔래? 하면 무사통관데 누가 누구를 나무란단 말입니까, 쓰발."

"그러네."

"어지러워요. 희망 없어요."

그렇게 어울린 대화는 어제만이 아니다. 승차 거리에 따라 주제를 자주 바꾸며 마냥 새끼를 쳐나갈 수 있다. 성폭행이 나오고 아파트 값 등락을 들먹인다. 십대들의 오토바이 폭주를 거쳐, 언급해 봤자 스트레스만 돋우는 교통문제를 거두절미 숙제로 남겨둔다. 모든 것이 썩어문드러졌다는 데 흔쾌히 합의한 셈이다. 시간이 조금만 더 허락되었다면 거칠게나마 대안까지 제시할 수 있는 시점에서 대개 차를 내리게 마련이다. 그런들 대수 아니다. 원래부터 밑도끝도없이 제자리를 뱅뱅 도는 것이 차내 방담이기 때문에 주객간에 아무 미련이 없다.

승객은 낱낱으로 흩어진 단편적인 생각의 한 예각에 접한 것으로 친다. 기사는 무수히 타고 내린 손님들이 중구난방으로 수북이 흘리고 간 잡담 부스러기를 배기가스와 더불어 털어내고 새로운 말상대를 싣는다. 언론 매체에 그와 비슷한 성격의 글을 쓰는 이 가운데에는, 따라서 방금 겪은 것과 같은 담론의 일단을 맞바로 지면에 옮기기도 한다. 생방송 중계를 하듯 거리의 민성을 가감없이 드러내어 실감을 보태는데, 그런 한마디는 도처에 쌨다. 무엇을 버리고 무엇을 주워모아 자기 주장에 설득력을 부여할 것인가가 과제로 쳐진다.

그러나 그가 정작 마음 쓰는 것은 자기 자신과의 싸움이다. 내부 갈등으로 먼저 몸부림하고 외부의 반향 내지 간섭에 흔들리거나 영향받는다. 기관으로 묘사되는 덩치 큰 집단의 그것은 막상 배겨내기 수월하다. 난감하기 짝이 없는 것은 웃으면서 치고 빠지는 게릴라 성 허점 낚아채기라든가 몸을 숨긴 개개의 돌출 의견이다.

가령 들고 나는 사람들로 항상 북새통을 이루는 고속도로 휴게소 화장실에서 바지 지퍼를 내리고 오줌을 철철철 싸는 광경을 상상하자. 모두 잰걸음으로 들어왔다가 느린 걸음으로 천천히 나가는 곳이다. 오래 참아 팅팅 불은 요의를 마음껏 방사하는 시원함으로 부르르 몸을 떠는 순간, 옆에서 누군가가 자꾸 자기를 쳐다보는 걸 의식한다.

"안녕하세요. 글 잘 읽고 있습니다."

"아, 네."

엉겁결에 쳐다본 젊은이의 공치사가 싫을 리 없다. 냉큼 대꾸하고 계속 볼일을 보는 그의 등짝을 그러나 가시 돋친 빗자루가 슬쩍 쓸어내리고 지나가지 말란 법 없다.

"붓끝이 예전만 못한 것 같아요."

"아, 네."

동어 반복이 멋쩍다. 시원찮은 오줌줄기가 그나마 졸아붙는 느낌이다. 자기 쪽을 힐긋거릴 때는 좀 언짢았다. 피아의 오줌보 크기를 비교하는 건 아니겠지 짐작하면서도 기분이 썩 좋지 않다가 인사성 밝은 접근에 곧 표정을 풀었다. 자신의 지나친 오해가 사뭇 미안하여 한껏 호감 섞인 낯빛으로 대한답시고 대했거늘 기어코 쐐기를 박는구나, 뒷맛이 쓸쓸할밖에 없다.

어르고 뺨친다더니 낯이 익기로는 어지간한 촌수 저리 가라 할 만치 익숙한 주변인들의, 어느 날 느닷없는 기습형 질문은 안 그런가. 서울이 제아무리 넓다 하되 하늘 아래 동네요 이웃이다. 집 밖으로 몇 발짝만 나가면 눈알이 핑핑 도는 팔차선 대로가 지척일망정 골목길을 거치지 않고는 단숨에 다다르지 못한다. 그가 사는 동네 또한 이러한 대로와 소로가 얽힌 곳이다.

누구에게 사는 집의 약도를 그려준다든가 입으로 설명하는 경우를 회상하면 알조다. 무슨무슨 네거리에 이르면 근방에서 제일 높은 십삼층짜리 빌딩이 보일 것이다. 맨 밑층은 아무아무 은행 지점인데 반대 방향에 있는 독서실을 목표로 우선 길을 횡단한다. 이 팔층 건물을 왼편으로 끼고 몸을 틀라. 거기서부터는 마주 오던 두 자동차가 어렵사리 비켜갈 만한 골목이다. 양쪽에는 이발소 목욕탕에, 다모토리 수준의 술집과 음식점 구멍가게 세탁소 미장원 오락실 등이 머리를 맞대고 있다. 세탁소에서 오른쪽으로 꺾어, 하나 둘 셋 넷 다섯번째가 우리집…… 하는 식이다. 시 군 단위 지역에서는 군청 경찰서 농협을 중심으로 위치 서명을 하던 버릇이 대도시에서는 큰 빌딩 위주로 바뀌었을 따름이다. 입으로 그림으로 그 또한 이런 약도를 숱하게 그렸다.

바깥 나들이를 할 때는 물론 순서가 거꾸로다. 이처럼 오종종하게 눌러붙은 단독주택과 가게들을 역순으로 더듬어나간다. 타성에 젖은 발이 알아서 걸음을 떼는 동안 대개는 한두 지면과 맞닥뜨려 의례적 눈인사를 교환하기도 한다. 그중에는 늦은 밤 가까운 주점에서 잠깐 어울리는 축이 없지 않다. 집을 코앞에 둔 음식점은 맥 풀린다. 여간해서는 그런 곳에 함께 들르지 않는 편이지만 피차 전작 기운이 뻗쳐 때로 외도를 하는 밤이 어쩌다 생긴다. 하다가 곤경에 빠지는 수가 있다.

"어쩌면 그토록 우리네 가려운 데를 쏙쏙 짚어줍니까."

"허허, 사람 부끄럽게 만드신다."

"그런데요."

이를테면 이발사와도 친할 법한 세탁소 주인이 말을 머뭇거린다.

"왜 말씀을 하다 맙니까."

"주제넘은 소리인지 모르나 그게 다 생활에서 우러나온 말씀인가 싶어서."

"무슨 뜻인지."

약간 긴장한 기색을 보이자 동네 언저리를 휘젓고 다니며 '세에탁'을 외치느라 목청이 제법 트인 상대는 한바탕 웃음으로 민망한 국면을 얼버무린다.

"으음. 항상 옳은 말씀만 하시잖아요. 쓴 대로 행동하자니 무척 힘들겠구나 해서요. 실천궁행이란 옛말이 있지 않습니까. 우핫핫핫."

"어렵다. 어려워."

반반의 놀라움을 그렇게 눙쳤다. 뜻밖에 불쑥 튀어나온 한자투 말씨가 반이고 갑작스레 찔러댄 파격의 뜨끔함이 반이었다.

"괜히 그러시지 마세요. 우리 아버님이 한학자였거든요. 들은 풍월로 귀동냥했지 뭡니까. 허튼소리 귀담아듣지 마시라구요. 제 딴엔 선생님이 좋아서 그런 거니깐요."

사실일지 모른다. 사실이 그렇다 하더라도 친밀감 따로 단절감 따로 노는 '시민'의 언행일치 인식이 힘에 겹기는 매일반이다. 말하는 대로 표현해야 한다는 어문일치 사고를 더좀 깊이 파들어간 흔적이 역력하다. 글과 사람을 동일시하는 관념 앞에서 나는 결코 도덕군자가 아니라는 변명은, 그의 일상을 매우 지근한 거리에서 살핌직한 이웃관계 때문에도 별로 설득력이 없을 것 같았다. 나 또한 시민의 한 사람으로 그럴 만한 계제에 내 생각을 읊조릴 뿐이라는 설명도 그러므로 접어두는 게 나을 듯했다.

어느 편이냐 하면 그는 글을 통해 현실의 잘잘못을 쪼거나 재단

하는 과정에서 고공비행과 추락을 거듭한다고 할 수 있다. 남이 태워준 비행기를 타고 기분 좋게 날다가 급전직하 나락을 헤매는 일이 적지 않다. 검다 희단 말 없이 대수롭지 않게 바라보는 무반응과 묵살이 대부분이되, 때로는 하룻밤 사이에 마음이 우쭐하거나 볼품없이 구겨지는 경험을 반복한다. 더 고약하기로는 한 입으로 두말 하기다. 예컨대 고속도로 휴게실 변소깐에서 조우한 낯선 청년의 이도 저도 아닌 인사가 그렇다. 일껏 친밀한 어투로 나오는가 하자 순식간에 붓끝의 약발이 무디니 매서우니 갈기고 내빼면 황당하기 이를 데 없다. 어느 하가에 시는 이렇고 비는 저렇다는 따위 곡직을 가리랴. 장본인이야 모처럼 임자를 만난 김에 닭을 예의 닦고 할 소리 한 셈이다. 그것 또한 배설의 쾌감일 테다. 어차피 뭇 시선에 노출되기를 자청하고 나선 자로서 다소곳이 경청하며 마땅히 감당해야 할 안면치레로 여겨야 한다.

그런데 이상도 하지. 갈수록 깎아내리는 소리가 한층 귀에 거슬린다. 그것도 멀리서 해대는 동안은 아무렇지 않다. 면전에 바짝 붙어 이러고 저러고 할 때 감당이 불감당이다. 아니 자기 자신을 조금이라도 아는 사람이 슬며시 안으로 파고들어 무어라고 무어라고 할 적엔 신경이 쓰이는 정도를 넘어 차라리 무섭다. 그는 요새도 그런 경황에 놓여 있는 격이다. 달포 전에 받은 한 독자의 편지를 떠올릴 때마다 여태껏 꺼림한 것도 그 때문이다.

이번 글에서 선생은 또 옛날옛적의 프랑스 탐정 얘기를 들먹였더군요. 몇번째인 줄 아세요? 벌써 두번째입니다. 심심풀이 삼아 수십 명의 내로라 하는 지명인사에게 '모든 것이 들통났다.

즉시 피하라'는 전보를 띄웠더니 다음날로 모두 파리를 떠났다는 말씀인데, 좋은 노래도 늘 들으면 싫다는 속담 생각이 납니다. 혹 쓰는 지면이 다르면 그만 아니냐고 강변하시려우? 잡지에 한 번, 신문에 한 번씩 써먹었을 뿐이니까 탈 잡을 게 못 된다고 성을 낸다면 나 같은 독자는 어쩌란 말입니껴.

그래서인지 '더러더러 들은, 흘러간 세월의 부스러기 같은 삽화에 불과하다'는 토를 달기는 했습니다만 아니할 말로 어지간히 밑천이 달랑달랑한가 보다 하는 느낌이 들더군요. 그 얘기에 빗대어 우리 사회의 부패를 점검해보고 싶다는 지적에 공감은 하면서도 너무 자주 등장시키는 수법이 신선하지 않더라구요. 실례를 무릅쓰고 한마디 하건대, 익명의 전보 한 통에 그토록 혼비백산 줄행랑을 친 군상들과 선생의 거리는 얼마인가. 얼마나 자유로운가 묻지 않을 수 없습니다.

그 자신을 잘 알지 않고는 써보내기 어려운 편지라는 직감이 맨 먼저 들었다. 오랫동안 글을 끼적거리노라면 전에 쓴 것과 겹치는 부분이 있다손 치더라도 거푸 두 번은 너무했다 싶어 부끄럽다. 일일이 확인하기로 들면 못 할 것이 없겠으나 어련히 잘 캐어 두 번으로 딱 못박았을까 접어두는 감정에 보풀 같은 꼬리가 남는 것도 사실이다. '줄행랑을 친 군상들과 선생의 거리는 얼마인가'를 따지는 어간에 넘나드는 비아냥의 분위기 변조가 고소를 머금게 만들었다.

아무려나 예사 편지와는 어울리지 않는 격식이었는데 잊어버릴 만하면 단골의 유세인 양 되풀이해서 띄운다. 때로는 간지럽도록 치켜세우기도 하면서.

비단 선생뿐만 아닙니다. 이 바닥에서 글줄이나 쓴다는 사람들, 왜 그렇게 외국의 사례를 많이 드는지 신물이 납니다. 걸핏하면 미국이나 일본, 아니면 영국으로 도망가 우리는 돼먹지 않았다고 마구 헐뜯습니다. 뜻이야 알 만하지요. 앞서가는 나라들의 본을 떠 그들을 따라잡자 이건데, 그래서 어쨌다는 건지요. 더더구나 공자 맹자 시대 도덕이라든가 잣대로 오늘을 말하는 걸 보면 하품이 나온다구요. 자기 목소리를 내도록 해야 해요. 그런 면에서는 비교적 독자적이던 선생께서도 요즘은 전과 달리 후딱하면 동서고금의 위인이나 석학들이 남긴 격언 등속을 인용하대요. 좋지 않습니다. 혼자 난 척하는 글투. 어떤 사람은 그런 인용으로 절반을 채웁니다. 인용 빼고 군소리 빼면 알맹이는 불과 여남은 줄? 고깝게 생각 마시고 되도록이면 주체성을 살려주기 바랍니다.

맞는 말이다. 익명의 편지가 주장하듯 그 또한 남의 등에 기대어 사설을 풀어나가는 예가 잦다. 중심이 잘 잡히지 않아 애를 먹을 때 성현이나 고전으로 낙착된 사람들의 이른바 아포리즘 등을 원용하기 일쑤다. 그걸 문장의 들머리나 중간에 턱 앉혀놓으면 격이 더 있어 보인다고 위장을 기도하기도 한다. 견강부회가 따로 없다. 호가호위의 다른 표현이거늘, 그러다 보면 같잖게 남을 호령하는 모양의 자아도취에 빠지기 십상이다. 말끝마다 '……하여야 한다' '……하지 않으면 안 된다' '……하라' '……말라'를 외치는 푼수로 헛심을 쓴다. 웅변대회에 나간 어린 학생이 교사가 사전에 일러준 시나리오를 상기하며 그다지 목이 타지도 않는 대목에서 황급히 물 한 모금 마시고 갑자기 탁자를 탕 치는 광경과 무엇이 다를 것인가.

사람살이가 대충 그러하듯 누구는 애초부터 자기 것을 가지고 태어나던가. 부모형제에게 배우고 스승의 가르침을 내 것으로 삼는다. 친구나 타인의 생각 또한 이자 없이 빌려 제 것으로 소화한다. 그러므로 엄밀한 의미에서 순도 백 퍼센트인 자가 제품은 찾기 힘들다. 다만 그것들을 요령껏 모으고 골라 내 의견은 이렇소 내밀 따름인데 편지의 주인공은 매번 남의 흠집에 더 주목하는 기색이 농후하다. 하나 처지를 바꾸어 생각하면 그것도 남의 글을 읽는 재미의 하나임이 분명하다.

독서의 초기단계에는 미처 깨닫지 못했던 즐거움이자 흥미다. 책이면 책 잡지면 잡지를 손에 넣기 무섭게 누에가 뽕잎을 갉아먹듯, 이딴 비유가 구닥다리라면 요새 아이들이 하겐다스 아이스크림을 아귀아귀 퍼먹듯 닥치는 대로 읽을 무렵은 말할 필요 없다. 그 시기를 어느덧 지나 글읽기에도 어지간히 물리고 웬만치 도통할 지경이면 슬슬 장난기가 동한다. 발로 내깔겨도 이만큼은 쓰겠다는 둥, 이걸 글이라고 내놓았느냐는 둥, 구박하고 싶어진다. 하물며 사실을 잘못 묘사한달지 간간이 오자라도 발견할라치면 외수없다. 작신 놀려먹기 전에 무작정 횡재한 기분이 든다. 그게 또 단순한 오식 아닌 필자의 무지에서 온 것임이 확실할 때, 붓을 놀린 당사자는 그날로 자기 젯상을 받은 거나 다름없다. 너 잘 걸렸다는 카운터 펀치를 누구한테서건 반드시 얻어맞는다. 가엾게도 전공

(前功)이 무색하게 주저앉고 후공(後功)을 세울 기회마저 박탈당할 공산이 크다.

남말 할 겨를이 없다. 폐일언하고 그 자신에게도 그만한 경험은 많았으니까. 따라서 상대방 편지질의 속내를 일정 부분 꿸 만했는데, 그러자 글쓰기는 필경 술래잡기와 유사하다는 종전의 자가발전식 뜻매김으로 되돌아가 혼자 히죽거렸다. 글을 앞세워 불특정 독자와 만난다든가 커뮤니케이션을 시도하다니 말이 너무 거창하고 외람되다. 숨은 글자 찾기처럼 중간중간에 빈칸을 두고 시험하는 퍼즐 게임은 아니지만 네모 반듯한 문자의 나열로도 어찌 다 뜻이 제대로 통하기를 바라랴. 서로 파장이 맞으면 다행이고 안 맞으면 별수없다는 마음가짐이 차라리 속 편하다고 무책임하게 나자빠지기도 한다. 어깨에 힘이 과도하게 들어가면 될 일도 안 된다는 상식의 허실은 비단 운동선수에게만 적용되는 게 아닐 터. 매사가 흔히 그럴 것이다. 그렇다면 알겠다. 아픈 데를 슬슬 긁는 세탁소 주인이나 잘못을 알려준 '편지씨'의 지적을 끝까지 고맙게 대하되 기회가 닿으면 상대방을 술래로 세우고도 싶었다. 거꾸로 재미있을 것 같았다.

주소 성명을 숨긴 채 편지를 하는 사람말고도 그에게는 마침 가끔씩 전화로 비행기를 태우다가 떨어뜨리다가 하는 고객이 따로 또 있다. 전자와의 두드러진 차이는 그의 이력을 후자가 상당 부분 이미 알고 있다는 점이다. 소싯적부터 근자에 이르기까지 제법 자상하게 짚는 까닭에 응대하기가 꽤나 거북살스럽다. 얼마 동안은 자연히 긴장하고 경계했다. 왜 있잖은가. 지은 죄가 있건 없건 누군가가 불쑥 자신의 과거사를 요만큼만 건드려도 단박 얼굴 근육이 굳어지기 예사다. 처음엔 그랬거늘 차츰 통화가 잦아지면서 피차간에 쌓은 뜨악한 돌더미를 조금씩 걷어냈다. 그러나 아주 허물지는 않았다. 사전에 최소한의 담장은 치고 사는 게 낫다는 약조라도 한 것처럼.

때문에 말의 서두를 당장 농조로 내칠 수 있다.

"강북 선생이시구먼요."

걸려온 전화를 받고 조용히 숨을 죽이다가 저쪽의 '여보세요' 소리가 끝나기 전에 덥석 선수를 쳐도 크게 결례될 게 없게쯤 되었다.

"소시민 선생이군요."

해도 그만이다.

"허, 말 만들기 선수답게 작명도 잘하십니다."

웃어넘기기 일쑤다.

강북 선생이나 소시민 선생이라는 별칭은 그가 상대방에게 지어준 이름 아닌 이름이다. 들이당짝 강북에 사는 소시민입니다…… 한 데서 유래한다. 특히 지금은 아무도 입에 올리지 않는 소시민 소리가 그의 희화조 응대를 부추기고 구슬렀다.

이렇게 운을 떼고 시작하는 두 사람의 대화랄까 작은 시비는 당연히 그가 써낸 현실 진단에 근거를 두고 전개한다. 그의 어느 한 때와 관련시켜 나가는 건 물론이다.

"고려장에 가까운 수법으로 아버지를 학대한 자식을 패륜아로 동댕이쳤더군요."

"그랬던가요?"

"시치미 떼는 것도 늘었네요."

"어서 본론으로 들어가세요. 변죽만 울리지 말고."

"요즘은 이겁니다. 입찬 말은 묘 앞에 가서 하랬다고, 남의 사정을 알아보지도 않고 그토록 함부로 짓밟아도 되는 것인가."

"그럼 표창하라고 할 걸 잘못했나. 장본인을 잘 아시나 본데, 그래도 그렇지 제 육친을 어떻게……."

"듣자하니 선생께서도 왕년에 계모 한 분이 계셨다면서요? 오래전에 돌아가셨지만."

이럴 수가? 그는 찔끔했다. 배차기로 둘러댄 소리는 아예 묵살하고 남의 계모 이야기는 왜 들먹인담. 어떻게 알았을까. 섬뜩한 찬바람이 등줄기를 타고 내리는 느낌이었으나 짐짓 태연하고자 애썼다. 이왕 올라선 무대는 막상 외롭다. 관객석에서는 추임새만 날리지 않는다. 야유도 서로 흥겹자고 보내는 신호로 친들 어떠리. 그런 방법으로나마 무대 위 연희자와 모처럼 일 대 일로 맞서 내밀히 소통하고픈 관객이 있을 테다. 모두들 허한 속을 채우고 싶어 한다. 외톨이로 처지는 게 싫어 입을 다물지 못하는 사람이 있는 법이다. 그런 때 자신의 '문건'은 더없이 좋은 빌미가 된다.

"많이도 아시는군요."

"따로 나가 구차하게 살던 계모님과 선생의 관계를 암시하는 걸로 그치죠, 과이 아름다웠다고는 할 수 없지 않습니까."

(무엇이? 아름다우면 어떻고 아름답지 않으면 어쩔 거요. 당신이 뭔데 남의 생활에 감 놔라 배 놔라…… 내가 쓴 것과 그게 무슨 상관이 있다고.)

돈문제로 몇 차례 승강이가 오가다가 나중에는 송사사태로까지 번질 뻔한 일들이 얼핏 머리를 스쳤다. 계모에겐 따로 소생이 없다. 고인이 된 아버지가 늦게 후실로 맞은 때부터 홀몸이었다. 때문에 궐자의 정체가 더더욱 궁금해진다.

"화나시죠? 아닌 밤중에 프라이버시를 걸고 넘어지는 짓거리에 누군들 감정이 온전하겠습니까. 허나 고정하세요. 실은 나도 풍문으로 들었을 따름이에요. 우연의 일치랄까, 나에게도 예전에 계모 한 분이 있었어요. 여러 가지로 골치 아팠던 일들이 새롭다구요."

"어라? 동병상련하자는 말씀……."

"맘대로 생각하세요. 오직 내가 하고 싶은 말은 이겁니다."

"……."

"예를 하나 들지요. 예전에 내가 살던 동네에 정절이 단단하기로 소문이 자자한 과부가 있었습니다."

"계모에서 과부라."

"들어보세요. 늙은 시부모를 극진히 모신 공덕으로 어느 해 어버이날인가 어머니날에 도지사 표창까지 받았습니다. 그런데 그게 아니었어요. 서너 달에 한 번꼴로 백리 밖 도립병원에 지병인 심장질환 치료를 받으러 다녔는데, 그때마다 남자와 어울렸다지 뭡니까. 그 사나이가 바로 제 친구였어요. 녀석이 죽을 임시에 나한테만 고백한 사실이니까 틀림없을 겁니다."

"그래서요."

친구가 곧 당신 아니냐고 물으려다 참았다.

"그게 다예요. 발설할 게 따로 있지 어떻게 그런 일을 입 밖에 냅니까. 마누라에게도 옮기지 않았답니다."

"잘했네요 뭐."

"해서 말씀하는 겁니다. 사람을 무조건 몹쓸 놈으로 걷어차는 것도, 덮어놓고 추어올리는 것도 삼가야 하지 않을까 해요. 앞뒤 형편을 제대로 알지도 못하면서 구렁텅이로 처넣는 일이 얼마나 허다합니까. 사는 이치가 오직 복잡한데."

"지당하신 말씀인데 그러기로 하면 세상엔 나쁜 놈도 좋은 사람도 없겠습니다그려."

"기껏 잘 나가는가 했더니!"

별안간 호흡이 거칠어진다고 느꼈다. '소시민씨'는 당신이 세상을 알면 얼마나 아느냐는 소리를 주절거리며 전화를 끊었다.

아뿔싸 했으나 크게 후회하지는 않았다. 방어에만 급급하지 말고 때로는 역공의 자세를 취하는 것도 괜찮겠거니 요량했던 속마음이 무의식중에 터져나오는 걸 어쩔 수 없었다. 술래 처지에서 노상 사람들의 마음을 찾으려는 노력 대신 눈앞에 자꾸 얼찐거리는 얼굴을 두엇 골라 그들의 본심을 흔드는 역할 바꾸기를 내친 김에 시도했던 것이다. 그러나 착각이었다. 오래 가지 못했다. 약간 둔탁하되 소리의 고저 장단이 뚜렷한 전화를 미구에 다시 받았다.

"안녕하십니까. 오늘 쓰신 문장을 읽다가 선생의 어린 시절을 회상하고 미소지었습니다. 하나를 들으면 열을 안다는 문일지십(聞一知十) 어쩌고 했는데, 초등학교에 다닐 무렵의 선생이 담임으로부터 항용 듣던 칭찬 아닌가요. 생각나지요?"

"겁나네요. 오늘은 또 무슨 비밀을 들고 나오시려나."

점잖게 안녕하십니까 하고 나올 때부터 수상쩍다 했더니 기어코 문일지십으로 꼬투리를 삼는가 찜찜하여 미리 낙법 자세를 가다듬었다.

"어디라고 감히…… 별말씀 다 하시네요."

"선생이 혹시 무너미골에서 기차통학하던 키 큰 이 아무개 아닙니까? 아이고 사십 년 전 옛일이라 가물가물하네. 아니면 솜틀집 옆에 살던 그 누구더라? 공 잘 차던…… 어깨가 떡 벌어진…… 김 무어든가."

생각나는 대로 주워섬겼다. 별의별 동창회 가운데에는 초등학교 동창회도 있다던데, 학교가 원체 산골이었던 탓인지 그와 알고 지내는 코흘리개적 친구는 하나도 없다.

"저런, 그럴 줄 알았습니다. 역으로 내 뒤를 캐시려는 모양인데 턱없는 추측 마세요. 무너미는커녕 물안골에도 살지 않았습니다."

"한데 어떻게."

"불알친구처럼 잘 아느냐 이겁니까? 무너미에 솜틀집이 나왔는데, 사는 곳은 달라도 모든 고향의 그 시절은 참 좋았죠. 쫄쫄이 굶기는 했을망정 추억은 원래 눈물겹고 짜릿한 것 아닙니까. 암튼지 선생에 대한 이야기를 알음알음으로 많이 들은 편이에요."

"그건 그렇다 치고 오늘의 화두는요?"

"참 내 정신 좀 봐. 어떻든 그런 환경에서 자란 선생도 일찍이 미국유학으로 청운의 뜻을 키운 나머지 이제는 당당한 기득권층으로 올라서지 않았습니까. 그러니까 섣불리 소시민 대중의 이름을 빌려 역성을 드는 듯한 논법은 안 어울린다구요. 겉돌아 보이더라 이 말입니다."

"하면 어쩌란 말이신지."

"흔히 명석한 두뇌의 소유자들이 쓰는 것처럼 차라리 데면데면하게 나가면 되겠지요. 소시민의 한 소견입니다."

"알았습니다."

"불쾌하세요?"

"전화로 또 뵙죠."

이번에는 그가 먼저 전화를 탁 놓았다. 막막하게 중과부적의 대상을 염두에 두고 붓을 놀리는 순간이 오히려 좋다는 생각이 그런 때 불현듯이 떠오른다. 시민이라는 개념을 관념으로 넓게 잡아 생각하면 별다른 저항을 못 느끼는데, 개별적으로 맞닥뜨리면 사소하되 오래 앙금으로 처지는 심정을 맛보기도 한다. 냉탕 온탕을 왔다갔다하듯 친화와 배타를 교대로 체험하는 사정과는 무관한, 쓰고 읽는 노릇의 잔재미와 부담의 숙명을 도리없이 확인하게 된다.

그렇게 마음이 헷갈리거나 어수선할 즈음 그는 또 머리를 다듬기 위해 이발소를 찾는다. 굳어진 버릇이다. 오늘 아침에도 그는 이발소 의자에 앉아 머리를 식히려 들었다.

"아직 깎을 때가 안 되었는데 오셨습니다."

이발사가 말했다.

"기분 전환이라는 것이 있잖아요."

"그런 분 많아요."

"그렇죠? 남자손님들이라 머리 스타일에는 그다지 신경 안 쓰고."

"아니에요. 다들 입맛대로 사는 세상이라 요구가 많답니다."

"그래봤자 거기서 거기 아닙니까."

"그럴지언정 남과 어디가 달라도 다른 모양으로 깎아주기를 원해요. 갈수록 더합니다."

"힘들겠네요."

"힘들고말고요. 손 안 대고 코 푸는 장사가 어디 있겠습니까."

"그렇군요. 직업이란 직업이 죄 그렇죠."

"움직이지 마십쇼. 가위를 새것으로 개비했더니 다소 뻑뻑하기는 해도 날이 예리하게 서 있어요. 자칫하면 다치겠습니다."

그는 섬뜩한 기분으로 머리를 고정시키고자 애썼다. 낡은 손놀림으로 세상사를 이발한답시고 덤비는 자신의 상품 질은 어떨까. 내용이나 라벨이 다 같이 믿을 만할까. 스스로의 생각이 우스워 큥! 헛기침을 했다.

띠

아무려나 그는 그때부터 백면서생의 관념화에 길들여진다. 가무숙숙 건강한 생김새에서 내뿜는 지적 활력이 더욱 신선하고 예리하다는 것을 부인하지는 않지만, 탐욕과는 거리가 먼 백면의 무욕과 정갈한 성질까지 무시할 건 없다고 여긴다. 정작 힘을 발휘하기로 들면 여간해서 부러지지 않는 성깔이 거기서도 나온다고 믿기 때문이다.

"우선 신상 명세부터 차례차례 확인하기로 하겠습니다."

부장검사는 이미 접수된 고발장을 들추며 입을 열었다. 성명 생년월일 주소 직업 등을 꼬치꼬치 묻기 시작했다.

"잠깐만요."

그가 얼른 검사의 말을 제지하고 나섰다.

"뭡니까."

"순서가 거꾸로 아닙니까. 우리가 지난 시절의 당해 장관을 비롯한 몇몇 관련자를 고발했으면 그들을 먼저 불러다가 무얼 물어도 물어야 할 것 같은데요. 더구나 나는 일개 개인으로서가 아닌 우리 조직의 대표 자격으로 이 자리에 나왔거든요. 그런데 오히려 죄인 다루듯 심문을 하시다니 이해가 안 갑니다."

그런 느낌은 출두 통지서를 받는 순간부터 있었다. 고발은 피해를 전제로 이루어지는 것이므로 당연히 고발당한 쪽을 먼저 데려다가 조사를 벌이는 것이 순서에 맞는다고 생각했다. 오기 전에 모임의 간부들에게도 비슷한 뜻을 비쳤다. 그들 또한 송사에 따른 형식이 원래 그러하다고 일러주었다. 단순한 절차에 불과하기 때문에 부담없이 나가 자초지종을 설명하면 그만이라고 설명했다. 그럴망정 마음이 편치 않아 기어코 한마디 던진 셈이다.

"이런 일 처음입니까?"

"고소사건 말입니까."

"그렇습니다."

"네."

"관행상 확인하는 거니까 마음 쓰지 마십쇼. 선생은 이 모임의 대표인 동시에 고발인 대표이기도 하잖습니까. 조사가 끝나면 문답 형식으로 꾸민 문서를 보여드릴 테니 그때 어휘를 고치셔도 됩니다."

검사는 약간 동떨어진 자리에서 두 사람이 주고받는 말을 워드프로세서로 토닥토닥 치는 여직원을 눈으로 가리키며 조금 웃었다. 물정에 한참 어두운 그를 살짝 비꼬는 눈치 같기도 하다. 나중에야 알았으나 그만만 해도 괜찮은 대접이었던 모양이다. 웬만하면 담당 수사관에게 맡기는 게 보통인데 직접 신문에 나선 것하며, 커피에 녹차를 연달아 내놓도록 시킨 후의가 뜻밖이었다. 찾아와 앉은 굉장한 건물의 위압감 때문에도 일단 꺼림했던 당초의 기분이 적잖이 풀린다.

"전과는 없나요?"

"전과라면 도둑질 같은……."

"하여튼 형을 산 적이 있는가 말입니다."

어떤 저항운동을 염두에 두고 건넨 말일 수도 있겠다는 짐작이 퍼뜩 머리를 스친다.

"없습니다. 그 점이 항상 나를 주눅들게 한답니다. 유치장이나 감옥은커녕 입때까지 파출소 한번 드나든 일이 없거든요. 집시법 위반은 고사하고 흔한 즉결심판조차 받아본 적이 없습니다."

"……."

"심지어 통행금지 위반도 못 해봤다면 말 다 했죠."

검사의 표정에는 그러나 아무 변화가 없다. 덤덤한 기색으로 이력을 캐고 고발 내용에 대한 자세한 보충설명 요구로 넘어갔다.

입 밖에 내고 보니 무춤하다. 전과 사실이 없다고 대답했으면 간단한 걸 어쩌자고 쓸데없는 말까지 보탰는가 겸연쩍다. 하지만 진심이다. 막돼먹은 권력의 망나니 짓 앞에 몸을 던진 이들에게 그래서 노상 미안하다. 그걸 맞바로 들먹이기 어색하여 객설처럼 흰소리처럼 자기 비하를 모범생 기질로 눙쳤거늘, 자칫 거만하게 받아들일까 두려웠다. 닫혀 있던 시대의 장막 한 자락이 빠끔히 들리자마자 곧장 튀어나와 유세를 부린다고 믿으면 어쩌나 저어한다.

신문은 내리 다섯 시간 가까이 이어졌다. 조서를 작성하는 동안이 그렇게 길었는데, 그는 돌아오는 길에서도 전과 기록이 전무한 자신의 평생을 곰곰이 되짚는다. 나나 타자에게 끝내 어중뜬 존재로 기신거린 덕이었을까. 글쎄 잘 모르겠다. 심약하기보다는 무기력하고 무기력하기보다는 홀로 나앉기를 좋아했다. 그것은 겁쟁이의 다른 이름이었다기보다 비겁 자체로 몰린들 항변할 길이 없다. 한번도 그냥 넘어가는 해가 없었던 현대사의 굽이굽이를 견디되 자기를 늘 관객석에 앉혀두었다. 처음부터 그러기로 작정하고 나선 게 아니다. 모진 광풍이 한바탕 휩쓸고 지나간 다음에 보면 어느새 구경꾼 속에 묻혀 있었던 게다. 지정석처럼 굳힌 자리에 앉아 사방을 두리번거리는 자신을 재발견했다.

묻혀 있었느니, 재발견했느니 따위 언사가 벌써 덜떨어진 자기 위안의 한갓진 모습이다. 제 이야기를 남의 이야기 하듯 푸는 작태가 이미 수상쩍다. 난세 아닌 해가 없던 세월이 규후(叫吼)를 볶아대는 동안, 옳게 끽소리를 내지르지 못했다면 그만 아닌가. 피해자가 못 되면 가해자 쪽으로 돌아서서 칼을 간들 어떠리. 이도 저도 아닌 것이, 심판관도 아닌 것이, 남에게 해를 끼치지 않아야겠다는 생각에 겨워 드디어 남을 위하지도 못했다. 그렇다면 구구한 변명을 더이상 나열할 것이 없거늘 만년 관객 운운으로 젠체하다니 군색하구나. 관객이라고 어찌 다 숨을 죽이고만 있을까. 배우의 몸짓이나 소리가 션찮으면 '집어치워라!' '입장료 돌려달라!' 소리치게 마련이다. 신명이 나면 '얼쑤 좋을시고! 아무렴 그렇고말고!' 화답하면서 어깨춤으로 덩더꿍 바람을 잡고 우레와 같은 박수로 판을 절절 끓게 해야 한다. 농판같이 죽치고 앉아 구경만 하는 것이 아니다.

그런데 나는? 생각하다 말고 그는 자신의 구경꾼 심리가 멀리 일제시대의 파출소와 닿아 있음을 깨닫는다. 검사 앞에서 실토한, 파출소에도 불려간 적이 없다는 말의 연장선에 하필이면 파출소 언저리에 있던 옛집이 새삼 떠오른다.

어린 그에게는 당시의 파출소가 구경거리 무대에 지나지 않았다. 무서운 곳이었던 까닭에 더욱 긴장과 흥미를 유발시켰다. 그러자면 여름철이 제격이다. 창문은 물론 때로는 출입문까지 활짝 열어젖힌 채 붙잡아온 사람들을 보란 듯이 닦달했기 때문이다. 그 통에 일본인 파출소장이나 조선인 순사가 다루는 핫바지 죄인의 같잖은 '취체' 광경을 즉흥극처럼 가감없이 보고 들을 수 있다.

—그러니깐 이 놈이 다짜고짜 네 뺨을 후려쳤다 이 말이지.

가령 조선인 순사가 한 사내에게 묻는다.

—그랬당게요.

—아니랑께. 이 자식이 먼저 성을 냄시로 보짝보짝 찌그렁이를 붙드라니께 그러네.

상대편 건달이 억울하다는 투로 팔을 휘휘 내젓다 말고 비틀거린다. 둘다 어지간히 술에 취한 눈치다.

—해서 쌔려부렸다?

—아니 순사 나으리 같으면 부아가 안 나겄어라우? 생각 좀 혀 보시드라고.

—이 새끼 어따 대고 악을 써!

철썩 귀싸대기 올려붙이는 소리가 들린다.

바깥 구경꾼은 반드시 애들로만 이루어지지 않는다. 조무래기들이 대부분이기는 해도 이들과는 사이를 두려고 애쓰는 껄렁한 어른 몇몇이 꼭 섞인다. 파출소 출입문 앞에 바짝 다가서지는 못하고 한길 건너 쌀집 처마 밑에 엉기정기 모여, 사서 무섬증을 맛보고 재미나게 히히 웃기로 한다. 한길이랬자 겨우 목탄 버스 한 대 지나갈 정도의 넓이밖에 안 되어 공구경에는 아무 지장이 없다. 멀지도 가깝지도 않다. 가다가는 순사들이 관중을 쫓는답시고 세숫대야나 바께쓰에 물을 담아 불시에 확 뿌리는 수도 있으므로 코앞 접근은 어차피 금물이다.

그가 살던 소도시의 없는 사람들은 저녁밥이 빨랐다. 더구나 긴긴 여름날은 허기를 오래 참기 힘들다. 상추쌈이나 아욱국 등으로 저녁을 때운 후에도 놀이 지기까지는 아직 한참이다. 모깃불을 놓기는 이르고 부른 배를 안고 좁은 집 안에 박혀 있자니 답답한 시간이 버겁다. 어른들은 바람 쏘이기 마땅한 곳을 찾아 저마다 민부채를 들고 어슬렁거리다가 저녁 산보의 반환점으로 안성맞춤인 파출소 앞에서 잠시 걸음을 멈춘다. 오늘은 무슨 눈요깃감이 우리를 기다리고 있을까 기대하는 푼수로 아이들의 머리 위로 파출소 안을 기웃거린다.

장마다 망둥이 날 리 없다. 조용히 지나가는 날이 훨씬 많으므로 허탕치기 일쑤인데, 한 가지 의심쩍은 것은 파출소측의 이들을 대하는 태도다. 물론 자잘한 송사나 쌈질 같은 사건에 국한해서지만, 자기네가 동네 사람들에게 볼거리를 제공하고 있다는 사실을 의식하고 덤비는 듯한 낌새마저 보였다. 필요 이상으로 언성을 높여 임의동행한 피의자를 족친다든가, 파출소까지 데려올 것 없이 현장에서 훈방해도 될 일을 기어이 붙잡아 여러 사람 앞에서 망신을 시켰다. 심한 부부싸움 끝에 호출당한 남편도 예외가 아니다. 안면방해죄를 걸어 잡도리했다.

그가 훨씬 훗날 유추하기로는 두 가지 목적을 노린 꾐수인 듯하다. 너무 심심했던 권력 단말(端末)기관 종사자의 장난질 같은 유세 부리기와, 그것을 통한 엄포 분위기 조성을 아울러 겨냥한다고 믿었다. 그리고 그런 제도와 관습을 고스란히 빼쏘다시피 닮은 그 뒤의 현실을 떠올렸다. 손에 넣은 권한이 열이면 두셋을 더 붙여 먹는 데 익숙했던 셈이다. 날이 선 개인 감정을 냉소적 쇼로 포장하는가 하면, 민족적 열등감에서 나온 자기네 불뚝성을 그 위에 다시 발라 휘두르기도 한 역사가 미구에 흘렀다.

법정 밖 복도에는 팽팽한 긴장이 감돌았다. 그렇다고 왁달박달 수선스럽지는 않다. 듬성듬성 어울려 재판을 기다리는 방청객들의 목소리가 결코 크지 않다. 어쩌면 속삭임에 가깝다. 늙은이가 있는가 하면 새파랗게 젊은 여자가 끼어 있다. 넥타이를 단정하게 맨 신사가 있는가 하면 잠바 앞자락을 활짝 열어젖힌 청년이 있다. 하고 보면 차림새 또한 각각이다. 초가을 나들이치고는 좀 빠르다 싶은 검정 두루마기에 청바지도 눈에 띈다. 치마 저고리로 몸매를 가다듬은 부인 옆에 스웨터 차림의 여대생이 서 있다. 등에 업은 륙색으로 짐작할 만하다. 그들은 서로서로 인사를 나누고 안면을 익히며 가볍게 웃음지을망정 한껏 볼륨을 죽이려고 애쓰는 기미가 역력하다. 너털웃음이 더러 터지기는 한다. 그러나 파장이 짧다. 법정 주변에 으레 떠돔직한 무거운 공기를 일거에 흩뜨리려는 의도가 중뿔나게 빤하기 때문에도 멀리 퍼지지 못한다.

"공판 아직 안 시작했나?"

누군가가 어깨를 툭 치는 바람에 홱 고개를 돌린 그의 눈에 오래 못 본 옛 직장 동료 송석태의 주먹코가 가득 잡힌다. 감옥을 드나든 친구다.

"응. 잡범들을 먼저 하나 봐."

오늘 법정에 설 후배들은 공안사범이라는 뜻을 언외에 암시한 폭이다. 귀로만 듣던 잡범이니 공안사범이니 하는 용어를 자기 입으로 직접 옮기는 것이 멋쩍었으나 말의 공유는 곧 동류의식으로

다가서는 첫걸음이라고 했던가. 나도 그 정도는 된다는 떠세까지는 아니라 하더라도 말본새를 닮으려는 노력에 현장 분위기가 또 그걸 부추긴다고 넘겨잡는다. 길다면 긴 생애 동안 줄곧 등 돌리고 지낸 곳이다. 근자에 와서야 고소장의 원고 자격으로 발걸음을 하고 이제는 재판정에 들어갈 판이다. 격동의 전환기를 세 물 네 물 겪는 동안 법의 세계와는 무관하게 이토록 말짱한 얼굴로 지내기도 어렵다는 신통한(?) 안도감을 느끼기 전에, 조마조마한 호기심과 죄어치는 긴장감에 살짝 떤다. 관객석과 방청석의 차이는 무엇이며 이른바 심퍼사이저의 위치는 어디쯤일까 하는 생각이 겹친다.

"오늘 선고를 때리지는 않겠지."

"그렇겠지. 겨우 이심짼데 머."

"때린다 해도 많이는 못 때릴 거야. 한 게 있어야지. 괘씸죄로나 얽으면 모를까."

"그나저나 김채박은 어느새 별이 둘일세."

"그러게 말야…… 얼래. 시작하려나 본데."

그의 말대로 사람들이 조금씩 재판정 입구를 향해 움직인다. 잡범들의 재판에는 방청객이 얼마 없었는지 나오는 사람들의 줄이 금방 끊겼다. 텅 빈 의자를 바깥에서 기다리던 사람들이 차례차례 메워나갔다.

뒤편짝에 자리잡은 그는 저절로 터져나온 숨을 크게 쉰다. 높은 재판장석을 응시하다가, 천장을 바라보다가, 좌우 벽을 바라보다가, 검사석에 이르러 시선을 멈춘다.

"뭘 그렇게 휘휘 둘러봐?"

옆에 앉은 송이 묻는다.

"첨이거든."

"머시라고. 이런 데 처음 와본다고?"

"그렇대두."

"이런 순. 부처님 가운데 토막이야 뭐야. 쟁이질 헛했구먼."

"곧 죽어도 글월 문(文)자로만 놀았거든."

"에계계. 글월 문 두 번만 읊었다간 무공해 인간 소리 들을 뻔했네. 박물관에서 모셔갈 뻔했어."

"오라면 못 갈까."

"얼씨구."

"한데 실내가 생각보다 꽤 밝네."

"밝으면 안 되나."

"죄인을 다루는 곳은 집도 분위기도 어쩐지 음산하고 침침하리라 생각했지 뭐야."

"어디 죄인만 오간디. 백일하에 무죄를 선고받고 나가는 사람도 얼마나 쌨는데."

"하기사."

"우선 집을 새로 짓지 않았어? 예전 건물은 아닌게 아니라 우중충해서 귀기가 서렸지."

"쉿. 오나 봐."

갑자기 장내가 수런거린다. 그 전 직장에 다닐 때 법조 출입을 했던 송의 입을 막고, 바람을 몰고 들어오듯 줄줄이 나타난 피고들을 보자 이윽고 가슴이 철렁 내려앉는다. 썰렁한 바람이 내려앉은 가슴을 끝내 후비고 지나간다. 맨 앞에 선 김채박이 고개를 쳐

들고 조금 웃는다. 나머지 다섯 가운데 둘은 알겠는데 셋은 낯이 설다.

"건투!"

방청석 복판에서 벌떡 일어선 젊은이가 머리 위로 들어올린 두 손을 굳게 깍지 끼며 외친다. 여기저기서 잇따라 질러대는 높고 낮은 소리가 두서없이 엇갈린다.

"오빠."

"아픈 데는 없니?"

"이 아무개 만세다!"

조용히 하라!는 정리(廷吏)의 고함이 동시다발의 외침 사이를 가로지른다. 햇볕을 쐬지 못한 얼굴이 모두 하얗다. 피고들이 맨 앞에 좌정한 뒤라서 더이상 그들의 기색을 살필 수는 없었으나 들어올 때 본 낯빛이 어지간히들 창백했다.

당장 목전에 도열한 그들과는 전혀 번지수가 다른 일이로되, 그는 애잔한 감정 없이 그렇게 흰 얼굴을 대하지 못한다. 폐병으로 일찍 죽은 삼촌 탓이다. 유년의 그에게 둘도 없이 위대한 존재였던 삼촌의 백면(白面)이 지금도 꿈에 나타나 번번이 안타깝다. 때로는 무섭다. 삼촌은 사람을 비웃고 세상을 비웃고 자기 자신을 비웃었다. 줄창 비스듬히 처진 아랫입술이 하도 징글맞아 마지막엔 오싹 소름이 끼치게 만들었다.

병이 나기 전까지는 미남으로 만물박사로 근동에 소문이 자자했던 수재다. 사각모자는 학생 시절에도 아예 팽개치고 다닐 만큼 활달한데다 누가 무얼 묻건 막힘이 없고, 조카인 그에게는 하물며 자상했다. 책 읽는 눈을 틔워주고 꿈을 잃지 않도록 도왔는데 병세가 나빠지면서 싹 돌아섰다. 식구들을 대하는 것조차 싫어했다. 문밖 출입을 마다하고 종일 방 안에만 틀어박히는 바람에 탈색의 진도가 한층 빨랐다고 볼 수 있다. 계절이 마침 한여름이었기 때문일 게다. 찌는 더위에 못 견뎌 새들새들 시든 품으로 마루 끝에 걸터앉은 촉루 같은 육신이 온통 새하얗게 비쳤다. 표백 직전의 여름 햇빛은 그만두자. 위아래로 흰 고의 적삼과 더불어 한 마리 백조를 연상시켰다면 유치하랴. 병든 새임에는 틀림없되 우선 보기에는 그랬다.

자세히 관찰하면 그러다가도 얼굴 색깔이 서서히 붉어지는 경우가 있다. 속에서 다 삭이지 못한 참을 수 없는 화가 바깥으로 기어나오는 현상이라고 넘겨짚을밖에 없다. 그럴지언정 백색이 선홍빛으로 퍼지는 과정이 야릇하고 아름다웠다. 거기서 그쳤으면 좋으련마는, 별안간 얼굴을 새빨갛게 물들여 말도 안 되는 트집거리를 찾아 애먼 사람을 잡는다든가 영문 모를 신경질을 터뜨리는 날이 그 뒤로 많아졌다. 죽기 며칠 전엔 몸보신을 위해 기껏 곯여 바친 영계백숙을 제 아내에게 상째 들어붓는 포악마저 저질렀다.

아무려나 그는 그때부터 백면서생의 관념화에 길들여진다. 가무숙숙 건강한 생김새에서 내뿜는 지적 활력이 더욱 신선하고 예리하다는 것을 부인하지는 않지만, 지난날의 골선비류 선병질(腺病質)이야말로 더는 못 보아줄 유물이라는 것을 너끈히 알지만, 적어도 탐욕과는 거리가 먼 백면의 무욕과 정갈한 성질까지 무시할 건 없다고 여긴다. 정작 힘을 발휘하기로 들면 여간해서 부러지지 않는 성깔이 거기서도 나온다고 믿기 때문이다. 이래도 흥 저래도 흥하는, 사교 일색으로 물러터진 땅에서는 말이다.

"피고는 그때 어디 있었습니까."

판사가 툭 질문을 던진 것 같다. 그는 오락가락 헤매던 생각을 추스르며 꼿꼿이 직립한 피고의 등판에 눈길을 주었다. 당신은 그때 어디서 무엇을 했느냐는 말이 떠도는 판이라서 퍽 공교롭게 들렸다.

"그냥 앞에서 달렸습니다."

귀에 익은 음성이다. 김채박이 대답하고 있다.

"그냥 달리다니. 맨손으로?"

"네. 구호를 외치면서요."

"화염병을 던진 걸로 나와 있는데."

"한두 개쯤은 던졌겠지만 힘이 부쳐서 조금 나가다 말았겠지요. 저는 본래부터 팔힘이 세지 못합니다."

"서른둘이면 아직 한창 힘을 쓸 나인데 그래요?"

와하하하. 방청석에서 일제히 웃음소리가 터졌다. 딱딱하게 말라 붙기 쉬운 시간을 이렇게 눅이기도 하는가. 그럴 리 없다. 재판관은 일부러 크게 낸다 싶은 웃음소리가 가라앉기 무섭게 다시 위엄을 갖추고 물었다.

"피고는 아직 집행유예에 묶여 있는 중이지요?"

"그렇습니다."

김채박은 작고 짧게 대답했다.

무척 놀기 좋아하던 친구다. 그를 만나기만 하면 술 사기를 자청하거나 사달라고 졸랐다. 대단한 주량도 아니면서 술상을 마주하는 족족 별별 화제를 띄워올려 술자리를 지루하지 않게 끌고 가던 재주꾼이다. 반드시 말·글로 먹고사는 직업 때문만은 아닐 터이다. 대가 세기는커녕 클래식을 꼭꼭 끄라씩으로 발음하는, 마음이 여린 만큼 사람을 그리워하던 친구다. 그러므로 김채박에게서는 부드러운 결단이 오히려 듬직하고 오래 간다는 사실을 확인하게 된다.

시간이 한참 지난 듯하다. 판사 검사 변호사가 피고를 중심으로 각기 역할을 나누어 말들을 마치고 재판은 끝났다. 사람들이 또다시 우르르 일어서서 아깟번처럼 나란히 퇴정하는 피고들에게 팔을 흔들고 고함을 쳐댄다.

"건강 조심해."

"멀리 안 나가네. 다음번에 또 만나."

한 방청객이 농담을 던진다.

그때다.

"빠아!"

애 소리가 크게 울렸다.

젊은 새댁이 아이를 두 팔로 번쩍 들어올리자 나온 맑은 울림이다. 하고 보면 젊은 여자가 '아빠 불러' '아빠! 하고 불러' 쏘삭거리는 말을 엿들은 것 같기도 하다.

"아빠 빠이 빠이. 아빠 빠이 빠이."

아이는 거듭 소리쳤다. 이번에도 엄마가 시킨 짓일 게다.

"엉 귀진아, 잘 있어."

피고 가운데 누군가가 표정을 한껏 풀고 보랏빛 헤어밴드로 머리를 싸맨 딸을 향해 한 번, 두 번, 고개를 돌린다. 아이가 짝짝 손뼉을 친다.

그도 인파를 밀치다 말고 '김형!'을 외쳤다. 더이상은 비집고 나

갈 수가 없었기 때문이다. 김채박과는 결국 시선을 맞추지 못한다. 교도관에게 등을 떼밀리면서 이 사람 저 사람과 외마디 인사를 교환하기 바빠 처음부터 듣지 못했는지도 모른다.

"그런 모기 소리를 어떻게 알아듣나. 됐어. 나가자구."

어느새 다가온 송이 그를 밖으로 잡아끌었다.

대낮의 밝은 거리가 갑자기 생소하다. 좋은 경험을 했다기엔 마음이 무겁다. 오기를 잘했다고 자위하기엔 너무 싱겁다.

"자네를 보고 놀라는 친구도 있더만."

"왜? 내가 와서는 안 될 데였나."

"천만에. 반대야."

"헷갈리는군."

"다소 뜻밖이다 이거지."

"갈수록."

"어렵게 생각할 것 없어. 안 오던 사람이 오면 좀 뜨악하기는 해도 싫을 건 없지. 그런 거야."

"생소하기로는 내가 더했을걸. 무척 쑥스럽더라구. 격조했던 사람과의 악수에도 힘이 실리지 않는 것을 느끼겠던데."

"자주 오다 보면 나아져."

"상근하라는 소린가."

데면데면한 낌새를 대강 알아차렸다. 비단 오늘뿐만이 아니다. 자기네끼리 어울렸을 때와는 다른 분위기를 평소에도 간간이 어림잡는다. 막말로 함께 사선을 넘나든 동지 사이 아닌가. 처지가 바뀌면 그 자신은 더하려니 상상한다. 당연하고 당연한 노릇이다. 그들 근처에 가기조차 겁먹고 꺼린 주제에 혼연히 틈을 내주고 같이 놀아주기를 바라다니 염치없다. 할망정 그는 언젠가 그런 그룹의 선배이자 세속의 인간관계로도 허물없이 존경하는 분에게 넌지시 투정했다. 하시는 일을 거들지 못해 죄를 지은 심정으로 다가설라치면 찬바람이 일듯 쌀쌀맞게 내치는 사람이 적지 않습디다. 알 만하지요. 정면대결의 적대세력보다 더 미운 것이 항상 신선한 얼굴로 중간에서 가타부타 훈수나 놓는 얼치기들일 테니깐요. 속은 있으면서도 일정 거리 밖에서 관망하는 자의 채무감이 그래서도 크거늘, 댁이 뉘시더라? 하고 안면을 바꾸면 막상 야속합디다. 무안한 감정이 슬며시 반감으로 번질 법도 하더라구요. 운동의 더 높은 이치는 그걸 감싸고 초극하는 데 있지 않을까요. 이렇게 맞대놓고 주장했다. 그분 대답이 재미있었다.

—맞는 말이오. 옳은 말인데 그쪽도 인심 쓰는 김에 조금만 더 쓰면 어떨까. 같이 견딘 이력이 워낙 심한 탓에 함께 고생한 사람끼리 엉겨붙는 접착력 또한 강할 것이라고…… 마저 인심 써뿌러!

껄껄거렸다. 어떤 집단에 소속되건 급기야 제멋에 들떠 천층만층으로 행동하는 것이 사람이더라고 쓸쓸히 덧붙이면서.

"다시 오든 말든, 그야 마음 내키는 대로 할 일이고, 우리에겐 오늘 같은 날이 일종의 품앗이인 동시에 재충전의 기회이기도 해."

"재충전이라. 거 좋네."

"따라서 내내 모이는 사람만 모이기 쉬운데, 때때로 자네 또래가 끼면 더 좋지."

나무와 나무 사이에 나지막하게 걸친 플래카드가 조금씩 흔들린다. 초겨울의 쌀쌀한 바람이 그다지 세지 않다. 산내 섞인 싸한 공기가 하마 달다. 계곡 옆으로 난 길을 오르는 등산객들이 '언론……' 어쩌고 쓴 현수막을 흘깃거리며 지나간다. 초입에서 정상에 이르는 산길의 중간쯤이다. 사오십 명 가량이 진을 치자 얼추 꽉 찬 빈터는 계곡에서 약간 비켜선 까닭에 그들의 행보를 방해하지 않는다.

"먼저 위원장의 인사말씀이 있겠습니다."

사회를 맡은 간사가 모임의 취지 설명에 이어 말했다. 그가 반원을 이룬 형태로 앉거나 서 있는 회원들 앞으로 나섰다. 나서면서 바지 주머니에 찌르고 있던 오른손을 뺀다. 미리 준비해온 원고를 읽을까 말까 망설이다가 그만 두었다는 표시다.

"이처럼 아름다운 산에서 이런 모임을 가지리라고는 저나 여러분이나 미처 생각을 못했을 겁니다. 하지만 우리는 이 자리에 섰습니다. 남들은 낙엽을 밟으며 등산을 즐기는데 우리는 강제로 빼앗긴 일터를 되찾고 실추된 명예를 회복하기 위해 모였습니다. 단결된 힘을 산천에 고하고 여기서 불린 힘으로……."

금세 말이 막힌다. 도중에 원고를 주섬주섬 끄집어낼 수도 없어 한층 당혹스럽다. 아무리 산중이기로 등산 행렬이 장속을 이루는 일요일의 교외 명산은 시정의 어느 번화가나 다름없다. 사실은 그 점을 노렸다. 색다른 장소에서 만나 회원들의 친화 단결을 꾀하고 협의회 활동도 아울러 홍보하자는 뜻에서 산상 집회를 연 것이다. 그러나 한정된 장소에서 모임을 갖기 때문에 더욱 직접적일밖에 없는 등산객들의 시선을 배겨내기 힘들다. 원고를 무시하고 맨입으로 간단히 끝내려던 작정이 거꾸로 화를 자초한 격이다.

명색 위원장을 맡은 것이 몇 달 전이다. 회원의 한 사람으로 모임에 나가는 둥 마는 둥 이름만 걸고 있다가 도리 없이 추대받은 자리다. 어느 날 밤 들이닥친 협의회 간부들의 강한 요청에도 불구하고 처음에는 언제나처럼 동곳을 뺐다. 유명무실한 조직이라고는 해도 어떻든 전국의 구성원을 죄 합치면 천 명에 가까운 단체 아니냐. 턱도 없는 소리 말아라. 나는 그걸 감당할 만한 그릇이 못 된다고 입과 마음이 한통속이 되어 사양했는데, 그런 과정에서 불쑥 나온 어떤 말이 목에 걸렸다.

—혼자만 편히 사실 작정입니까.

—?

멍청히 바라보는 그에게 상대는 목에 찔린 가시를 빼주는 어투로 또 구슬렀다.

—뒤는 우리가 받쳐드릴 테니 걱정 마세요.

—모두들 앞에 나서기를 꺼립니다. 앞에 나섰다가 경을 치거나 실패한 이들의 예를 많이 경험한 탓이겠지요. 가만히 있으면 더이상 손해는 보지 않는다는 보신주의가 팽배하여 일하기가 힘듭니다. 우리는 그걸 점잔주의라고 부르죠.

또 한 간부가 토를 달았다.

점잔주의? 그는 이 대목에서 피식 웃음이 나왔다.

틀린 말은 아니라고 생각한다. 개중에는 앞장섰던 사람의 변신이나 실각을 자신의 지조 확인이라든가 반사이익으로 끌어다 쓰는 안목마저 있으리라는 생각도 했다. 가만히 앉아 있거나 말을 절제하여 얻는 이득은 상황이 전반적으로 변화했을 때에도 마찬가지다. 오히려 우수리가 남을지언정 잃는 부분이 거의 없다. 이쪽도 나쁘고 저쪽도 나쁘다는, 도무지 어느 한쪽으로 기울 줄을 모르는 저울대의 소유자 역시 그렇다.

입 밖에 내지는 않았으나 그의 표정을 통해 이만한 속내를 은연중 읽었으랴. 간부들은 마지막 다짐을 하듯 앞질러 나갔다.

—모레 월례회가 있습니다. 나와보시면 알겠지만 심심찮습니다. 별별 친구가 많아요. 후배들과 술잔을 돌리며 세상 얘기를 하노라면 마음이 훨씬 젊어질걸요.

그는 입맛을 짭짭 다셨다.

—앞에 나서기를 모두 꺼린다고 했는데 나는 집회 알레르기가 병적으로 심하다구. 열 사람 이상 모이는 곳에는 그래서 안 나가려고 애쓰는 판인데 억지로 떠맡기면 어떡해. 하다가 연설도 해얄 게 아닌가. 생각만 해도 아찔하단 말씀야.

—아홉 사람까지는 괜찮겠네요.

간사가 이죽거렸다.

—이를테면 그렇다 이 말이지.

—언젠가는 일곱 명으로 못박으시더니 셋이 늘었습니다.

—사사오입이라는 게 있잖은가.

결코 허튼 수작으로 내뱉는 소리가 아니다. 다중 속에 있으나마나 한 존재로 끼어 있을 때는 그런 대로 견딜 만하다. 친면이 없는 사람들과 체면을 차리며 의무감에 못 이겨 규격 바른 대화를 하는 자리에 앉으면 당장 가슴이 답답해진다. 더더구나 연단 같은 데 올라 말마디나마 지껄여야 할 때, 가슴은 콩닥콩닥 뛰고 오금은 오글보글 저리기 십상이다. 군중의 눈은 달리 뻗을 데가 마땅찮아서도 응당 단상으로 쏠릴밖에 없다. 그럼에도 불구하고 그는 밀려오는 시선에 꼼짝없이 사로잡힌 양 허둥댄다. 그들의 집중사격에 노출된 표적을 자인한 나머지, 잘만 하면 무던한 성가와 색다른 면모를 보여줄 수도 있는 기회를 아깝게 찬다. 어렵사리 말을 마친 후에도 자책감에 시달린다. 그 말 한마디를 꼭 해야 하는 건데 빠뜨렸다든가, 그 말 대신 이 말을 했어야 하는 건데…… 따위 후회가 최소한 사흘은 간다.

—아무튼 이만 물러가겠습니다. 딴 말씀 안 하깁니다.

—아냐. 그냥 가면 어떡해.

—모레 저녁 일곱시, 또또집 아시죠? 전에도 몇 번 오셨던. 동지들에게도 일러놓겠습니다.

—동지?

거푸 쐐기를 박고 나간 협의회 간부들의 등뒤에 대고 혼잣말을 뇌며 주춤주춤 일어서던 그가 도로 주저앉는다. 대세는 수용 쪽으로 기울고 자신도 어느덧 먼 풍경처럼 대하던 '동지' 속에 편입되는가. 아 동지…… 한 보수 정객이 자기에게 그 말을 했을 때는 우스개로 받아넘겼다. 집단 속에 낀 인사들의 입에 그만큼 보통으로 오르내리던 단어가 오늘은 예사롭지 않다. 특별한 의미로 와 닿는다.

이틀 후 불고기집 '또또'에서 대면한 사람들은 그러나 기왕에 익힌 얼굴이 대부분이었다. 동지라기에는 어쩐지 후줄근한 중년이 스무 명 남짓, 스스럼없이 무릎을 맞댄 채 잔을 돌리고 고깃점을 씹었다. 지방에서 올라온 회원도 몇 있다. 아는 얼굴은 아는 얼굴대로 그 동안의 적조(積阻)를 풀고, 모르는 이들은 모르는 이들끼리 뒤늦은 통성명으로 우의를 다진다. 겉으로는 어느 술집 어느 음식점에서나 있음직한 흔연한 모임의 한 전형에 불과하다. 막연히 의논하고 떠들다가 일어서면 그만이다. 마지막엔 툇마루 밑에 어지럽게 흩어진 신발더미 앞에서 멀거니 서 있기도 한다. 짝신으로 나뒹구는 신발을 꿰고자 다리 가랑이를 쩍 벌린달지 생으로 절름발이짓을 해야 한다. 그는 그런 때 엄습하는 우울을 삼킨다. 하고많은 밤모임들의 끄트머리 또한 필시 이와 같으려니 망상하는 탓이다. 따로 노는 신짝마냥 분산된 마음들을 다잡기 위해 모이고 또 모이는 자리가 오늘밤도 곳곳에 널려 있으리라 믿으며 어두운 밤거리로 들어선다.

하지만 그날 밤의 그는 '자리'가 지시하는 의무에 충실하자고 스스로를 다그쳤다. 물론 안으로 적극 파고들어 몸소 녹아내리기를 도모하기는 어렵다. 그러기에는 외곬으로 남아 있던 연월이 엄청 길고 상대적으로 남과의 동화를 마음먹은 기간이 어림없이 짧다. 사정이 그렇다 하더라도 당초에 설정한 목표를 향해 서로서로 곁들면서 의식하는 자기 긴장을 새롭게 느끼기로 한다. 따따로 구실하는 오만 모임들의 성질이야 저마다 다르고 조직원들의 개별 이익을 총괄하는 행동에 국한하기 쉽다. 그러나 잘못된 권력의 희생양으로 태어난 모임은 유별나다고 자신을 자꾸자꾸 부추겼다. 생성과정의 정치성이 불가피하기 때문에 단순한 권익단체 수준에 머물지 않고, 비슷한 동기에서 출발한 여타의 기성조직과 손을 맞잡기도 한다. 성과는 둘째 치고 송석태가 말한 재충전과 응집력 확보의 기회로 알맞다.

산에서 내려온 다음 다음날 밤에 열린 대회가 마침 그걸 보여준 셈이다. 여러 단체가 연대하여 공동의 목표와 의지를 재천명하기로 했던 것이다. 따라서 산중 행사를 마친 후에도 집행부는 따로 남아 모처럼의 대집회를 위한 준비를 서둘렀다.

서울 중심에 자리잡은 회장 분위기는 미리 짐작했던 대로 한껏 고조돼 있었다. 기껏 음식점에 쭈그리고 앉아 불고기판을 되작이거나 큰맘 먹고 산으로 기어올라 집회를 갖던 처지에, 꽝꽝 울려대는 마이크 소리하며, 열에 뜬 주변 환경이 어디인가 싫어 덩달아 고무되었다. 다만 이마를 동여맨 띠에 자꾸 신경이 간다. 붉은 천이다. 대회장에 들어서자마자 누군가가 내주기에 대충 처맸는데 느슨하게 풀린 느낌이 든다.

난생 처음 맨 것 같다. 아니 초등학교 운동회 때 둘렀던가. 기억이 희미하다. 집 안에서는 흔히 나이 먹은 여자들이 둘렀다. 할머니나 어머니가 오래 앓아 자리보전을 하든가 참을 수 없는 두통에 시달릴 때, 띠를 동여맸다. 노동판이라든가 들일하는 남정네들도 더러 매기는 했으나 폭이 좁으장한 세수 수건으로 흔히 대신했다. 하면? 곳에 따라 색색인 요즈음 머리띠는 단합된 의지의 상징인가, 수식인가. 언제는 개개의 고통을 달래는 표지물이던 것이 이제는 한가운데에 박힌 글자와 함께 집단적 의사를 일사불란하게 표현하는 구실을 한다. 보는 각도에 따라 이렇게 작고 가느다란 띠의 의미가 갈리겠거니 생각한다.

어떻든 회중으로 들끓는 장내를 한 단계 높은 곳에 앉아 내려다보는 심정이 야릇하다. 비단 이런 대중집회만이 아니다. 학교, 관청, 사회단체를 막론한 모든 행사의 변함없는 형식이 백년은 가는 것 같다. 판에 박은 순서를 좇아 위아래로 나눠 치르는 모양이 모두 닮은 꼴이다. 건물 구조 자체가 우선 그렇기도 하려니와 연단에는 으레껏 높은 사람들이 도열하는 격식이 확립된 관습으로 한결 같다. 일본 사람들은 이런 연단을 '히나당'이라고 비꼬았다. 여자 애를 둔 집에서 삼월 삼짇날마다 방 안에 단을 층층 쌓아 인형을 진열하고 '히나마쓰리'를 즐긴 풍습에서 딴 말이다. 히나당의 한문 표기는 병아리 추(雛)자에 단 단(壇)자이므로 병아리나 인형들이 단상에 즐비하다는 해석이 가능하다.

사물의 정체를 뒤집는 풍자의 묘미가 원래 그렇기는 하지만 제법 재미있다. 단상 단하로 사람을 가르는 모양새가 언제 어디서 생겼는지 단언하기는 어렵되 내친 김에 어깨띠의 일본 취향을 다시 물을 수 있다. 선거철만 되면 한국 정치인들이 늙으나 젊으나 두르고 나섰다. 어깨에서 허리로 폭 넓은 빗금을 그으며 걸친 허연 띠가 차라리 슬프다. 그거야말로 대동아전쟁 이전으로 시계를 거꾸로 되돌려놓는 장식이다. '축 입영!'이니 '일본제국 만세!'니를 국회의원 입후보 아무개로 고쳐 썼을 뿐이다.

그는 어느 기회 어느 장소에서나 이처럼 사소한 것들에 매달리는 것이 막상 싫다. 본말전도도 유분수라고 자책하기 일쑤인데 당하면 또 그놈의 초라한 샌님 기질이 슬그머니 고개를 쳐든다. 구닥다리 형식이 온존하는 곳에 새로움이 깃들이기 힘들다고 체머리를 고깝게 흔든다. 날만 새면 무엇도 거듭나고 무엇도 거듭나겠다는 '맹세 사회'를 살면서 어깨띠의 속박에서는 왜 거듭나지 못하는가 의아해한다.

그러나 한가하게 남의 탓만 할 시간이 없다. '인형단'에 앉은 그 역시 초심과는 달리 장내의 열기에 서서히 감염되었다. 말꼬리나 구습의 잔재를 깨질깨질 파먹는 좀스런 감상을 여지없이 날려버릴 만큼 마음이 급했다. 그리고 흥보면서 따르는 일이 어디 한둘이냐는 반문을 앞세워 바짝 정신을 차린다. 그의 연설 차례가 다가온 순간임을 깨달은 것이다. 슬그머니 손을 뒤로 돌려 헐거워진 머리띠 매듭을 풀고 다시 질끈 동여맨다.

호명에 따라 연단에 서자 잠깐 아찔하다. 앉아 있을 때보다는 훨씬 선명하게 검은 머리 붉은 띠의 바다가 넘실거렸다. 띠를 매지 않았더라면 까만 머리에 노란 얼굴 일색으로 단조롭게 비쳤을지도 모를 장내가, 머리띠 덕택에 사뭇 비장하게 그의 시야를 압도하고 남았다. 띠를 지나치게 힘껏 조인 탓일까. 좀전과는 딴판으로 머리가 좀 멍하게 욱신거린다. 입을 열 때마다 더 조여들었으나 그게 또 자극이 되어 언변에 힘이 붙는 느낌이 별스럽다.

"……지난날 우리 앞에 군림한 독재정권이 결국은 자기네의 불순한 정치적 음모를 위해 짓이기고 뭉갠 조치로 많은 동료가 도태당했습니다. 그런 사실이 백일하에 드러난 마당입니다. 오랫동안 꺼지지 않는 불씨로 키워온 우리들의 문제가 드디어 지금부터 활활 타오르도록 해야겠습니다. 예상되는 난관들을 어쩌면 교묘하고 때로는 슬기롭게 뚫고 나가야겠습니다. 여러분……."

깐에 준비해온 원고만 좔좔 읽으면 무미건조할 성싶어 산에서 겪은 쓴 경험에도 불구하고 이번에도 가끔씩 고개를 쳐들어 만장의 '여러분'을 향해 눈을 크게 떴다. 그의 알량한 겉치레는 죽어서나 고쳐질지 모른다. 아니나 다를까 이러다 문맥을 놓치면 낭패라는 두려움이 곧 일었다. 그런 때는 연탁 위에 달랑 올라앉은, 목이 긴 유리병에서 물 한 잔을 따라 마시며 연설문을 살피고픈 유혹에 빠진다. 하지만 참기로 한다. 겸두겸두 시간을 벌고 여유를 부리는 것이 자연스러울 수도 있겠으나 조작된 제스처로 비치지 말란 법 또한 없기 때문이다.

그는 무엇보다도 강연회장의 물주전자에 대한 쓸쓸한 기억을 저버리지 못한다. 연사의 목을 적시기 위해 준비해둔 주전자와 물컵의 정물화 같은 대비가 분명한 이유도 없이 외롭고 적막해 뵌다. 웅변대회에 나온 중학 시절의 변성기 학우가 탁자를 탕탕 치며 소리소리 지르다 말고, 알루미늄 주전자 주둥이에 거꾸로 걸친 컵을 떼내 물을 따라 마실 때부터 그랬다. 물 먹은 값을 하느라고 그 후로는 더 목청을 높일망정 그럴수록 억지가 느는 듯하여 안쓰러웠다.

"끝으로 우리가 다 같이 잊어서는 안 될 것은……."

어떤 경우에도 융화 결속을 다져나가자는 인사로 말을 맺었다. 박수 소리에 묻혀 제자리로 돌아오자 가슴이 후련하다. 큰일 하나 해냈다는 편안함을 모처럼 맛봤다.

실상 그의 행동반경이 꽤 넓어진 것도 이날 밤을 기점으로 한다고 볼 수 있다. 크고 작은 모임에 자주 나갔다. 밤모임이 많았다. 대회가 있던 날 밤도 그대로 헤어지지 않고 대회장 바깥에 무리지어 구호를 외치고 노래를 불렀다. 겨울 바람이 볼을 때리는 길바닥이다. 합창곡의 가사를 잘 몰라서도 제대로 따라 부르기 어려웠거늘, '새날이 올 때까지 흔들리지 말자'에 위축되었던 기를 북돋우고, '세월은 흘러가도 산천은 안다'는 구절에 비감하면서, 여럿의 힘을 한 곳으로 묶고 집중시키는 데에는 노래만한 것도 드물 것이라는 생각을 했다. 깃발보다 성명서보다 앞서 가슴에 속속들이 스며드는 것 같다.

그는 이런 노래들이 묘사하는 정황이나 곡조에 서서히 젖어들었다. 나이 탓인가 씩씩한 노래에는 쉬 정을 못 붙인 반면, 입설을 달싹이기 알맞은 노래에 호감이 갔다. 그런 노래는 일쑤 애절했는데, 오래 가기로 말하면 부르다가 목젖이 아픈 행진곡에 댈 게 아니다. 생명력의 길고 짧음을 떠나 당장 메마른 입술을 부드럽게 놀릴 수 있어 괜찮다. 꼭 여럿이서 어깨를 겯고 불러 맛이 아니다. 사는 것이 더럽게 폭폭하고 지랄 같을 때, 타는 저녁놀을 바라보며 혼자 조용히 부르기 좋은 것이 그런 노래들이다. '시퍼렇게 쑥물 들어도 강물 저어 가리라' 라든가, '꽃 피고 눈 내리기 어언 삼십 년, 아 푸른 옷에 실려간 꽃다운 이내 청춘' 등을 발장단에 맞춰 낮게 부르고 나면 슬픔도 힘이 된다는 뜻을 어렴풋이 짐작할 것 같다.

억울하게 죽어간 젊은이들의 넋을 달래기 위해 모인 자리에서 육자배기를 들을 때 역시 색다른 감응을 한다. 소복한 여인들이 부른다. '녹초 청강상에 굴레 벗은 말이 되어 때때로 멀리 들어 북향하여 우는 뜻은, 석양이 재 넘어가니 임자 그려 우노라' 하였다. 그런가 하면 굿거리 장단 속에서 씻김굿 독무를 추기도 한다. 새하얀 버선발이 애처롭게 곱다. 날렵하게 들어올렸다가 사뭇이 내려놓을지언정 예리하게 휘어져 올라간 버선코는 여전히 위를 향해 오뚝하다.

세월은 가고 노래만 남는 짝이라 한들 상관없다. 내처 말하건대 그는 한 시대의 흔적을 그 시절의 노래와 엮어 뭉뚱그리기도 한다. '삼천리 이 강산에 먼동이 튼다. 동포여 자리 차고 일어나거라' 해서 일어났다가, 김구 선생을 보내는 레퀴엠으로 땅을 친 해방 당시를 회상하는 식으로 말이다. '두 조각 갈라진 땅 이대로 버리고서,

천고에 한을 품고 어디로 가십니까' 로 희비를 들이켠다.

더도 덜도 말고 꼭 일 년만 하겠다던 그의 위원장 노릇은 약속대로 한 해를 채운 시점에서 대과 없이 끝났다. 대과 없이 끝냈다는 상투적 말버릇이 우습다면 우습다만 도무지 공과를 따질 형편이 못 된다. 그게 운동의 한계이자 속성일까 보냐. 잘 되는 운동도 많겠으나 그의 운동은 우두머리가 워낙 허약했던 까닭인지 영 시원찮았다. 여기저기 부지런히 쏘다니며 당초의 목표를 위해 정당대표를 만나 이른바 로비를 하고 주장을 폈으나 소득이 전혀 없다. 전망은 불투명하고 아무도 귀를 기울이지 않았다. 허망하게 돌아서는 판인데 때마침 동구권이 와르르 무너졌지 무언가. 직책을 내놓자 가외의 부담감에서도 헤어난 폭이다. 더이상 흥이야 항이야 할 건덕지가 없어서도 백수의 몰골로 제자리에 다시 처박혔다.

그렇게 세월을 낚은 지 어언 삼 년째인 어느 날이다. 그는 잘 아는 이의 선거운동을 성원하러 나섰다. 국회의원 후보자들끼리 벌이는 합동연설회장으로 나간 것이다. 한번쯤은 가보는 게 도리라고 요량하던 참에 꼭 와달라는 기별까지 있어 모른 척하기 어려웠다.

중학교 운동장이 시끌벅적하다. 유세장 구경이 얼마만인가 하는 감회에, 시대가 아무리 바뀌어도 선거 양상은 똑같다는 지겨움이 씁쓸했다. 굳이 생색을 낼래서가 아니라 이왕 온 김에 인사는 해야겠다는 심정으로 본부석 천막 주변을 어정거리다가 이내 포기하고 만다. 에워싼 사람들 사이를 뚫고 들어가기가 수월하지 않았기 때문이다. 연설을 마친 다음에 만나는 것이 낫겠거니 짐작하고 청중이 띄엄띄엄 서 있는 운동장 가장자리 쪽으로 발길을 돌렸다. 바로 그때 맞닥뜨린 것이 김 아무개라는 친구다.

"이게 누구야?"

친구가 먼저 그를 알아보고 손을 내민다.

"어."

"눈도장 찍었나?"

"눈도장? 못 찍었는데."

말버릇 한번 고약하구나 생각한다.

"천천히 찍으면 어때. 나는 얼마 전에도 만났거든."

"그래."

"약간의 정재를 희사했지."

"잘했구먼."

희사했으면 했지 구태여 밝힐 건 뭐람. 자신의 빈손이 무안해서도 가깝다면 가깝고 멀다면 먼 대학 동창의 환한 얼굴을 거북하게 쳐다본다.

"자금이 동나 영 울상이더라구."

"당에서 대주지 않나."

"택도 없는 소리. 병아리 오줌만치 주는 거. 간에 기별도 안 가. 더군다나 별볼일 없는 야당 아닌가. 누가 후원금을 대겠어."

"풍문에 의하면 돈 좀 번 모양이데. 자네는."

"나? 밥은 먹지."

김 아무개는 입에 문 담배에 라이터 불을 붙이며 대답한다. 여러 가지 직업을 전전했다고 듣는다. 일찍 대학강사를 때려치우고 학원에 나가 번 돈으로 컴퓨터 대리점을 차린 것이 발복의 시초라고 했던가. 최근에는 미국서 건너온 패스트푸드 가게에, 별 세 개짜리 호텔까지 경영한다는 소문이다.

"그건 그렇고 얘 큰일났어."

"누구?"

그는 김의 말에 얼른 따라붙었다.

"누군 누구야. 국회의원 후보 이택수 말이지."

"왜."

"운동권 출신 아니드라고."

"그게 어쨌게."

"몰라서 묻나. 요새 빵깐 갔다 온 친구들 시세 젬병인 것 몰라? 지난번 만났을 적에도 그 때문에 장탄식하더라구. 약력란에서 그 대목을 빼야 할 형편이래. 세상이 확 바뀐 뒤로 그런 사람들을 싫어하거든. 전문가가 우대받는 마당에 왕년의 투쟁 경력이 무슨 소용이야."

"그래도 그렇지 목숨 걸고 민주주의를 위해 싸운 사람들 아닌가."

"민주주의 같은 소리 하고 있네. 그렇게 자신 있으면 단상으로 올라가 외쳐보라고 그래. 맡아놓고 낙선하고 싶거들랑…… 참 나 자네 텔레비전에서 봤네. 머리띠 두른 모습. 투사 다 됐더만. 집사람하고 같이 보면서 사람 팔자 시간 문제라고 웃었어. 자네같이 암띤 사람이 그런 투사로 변신할 줄 누가 알았겠나."

"자네 마누라도 어디 나가는가."

"집에 있어. 하지만 바빠. 내자도 나름대로 할 일이 많거든…… 택수 얘한테도 내가 진작에 일렀지. 사람이 너무 촐랑대면 못 쓴다구. 적당한 선에서 멈출 줄도 알아야 한다고 말했지. 러시아 무너지는 것 봐. 하루아침에 거덜났지 않아."

"너는 그걸 알고 있었니?"

갑자기 너라고 나오는 바람에 찔끔한 눈치였으나 김은 곧 능글맞게 맞받아쳤다.

"그랬으면 이러고 살겠냐. 그 정도는 아니라도 부드럽게, 소프트하게 사는 것이 좋다는 것은 안다. 어느 한쪽에 쏠리지 않는 균형감각, 바로 그거야. 봐라. 그때 그 시절, 정의를 위해 진리를 위해 죽네 사네 설쳐대던 치들, 요새 보니 즈이끼리 치고 받데. 싸울 대상이 사라지니까 내부 분열에 지리멸렬이 가관이야. 그건 배신 아닌가. 어느 한쪽은 분명 배신인 것 같은데 말이다. 내 말이 틀렸냐?"

"……."

부글부글 끓는 분노를 가라앉히느라 미처 입을 열지 못한다.

"말없는 다수를 늘 생각해야 된다. 말을 않는다고 생각조차 없겠냐. 점잖게, 얌전하게 사는 게 좋아."

"귀 좀 빌릴래."

어리둥절한 표정으로 한 발짝 물러서는 김에게 우정 가까이 다가선 그가, 착 가라앉은 음성으로 한마디 한마디에 힘을 주어 속삭이듯 천천히 씹어 뱉었다.

"좆 같 은 새 끼, 비 판 은 하 되 욕 은 말 어. 씨 팔 놈 아."

"어 어 새끼 보게. 저는 욕하면서……."

김이 씩씩대는 소리를 뒤로 한 채 그는 곧장 앞만 보고 걸었다.

해설

최일남 문학의 3박자 균형감각

『노신전집』『국사대관』『사정한 조선어 표준말 모음』

김윤식(문학평론가, 서울대 교수)

훌륭한 작가에겐, 특히 지속적인 작가에겐 '한 번은 꼭 써야 할 작품'이 있는 법이다. 그것은 '간신히 꼭 한 번 씌어지는 소설'일 터이다. 그럴 수밖에 없는 것이, 거기에 그 작가의 글쓰기의 모든 비밀이 들어 있기 때문이다. 글쓰기의 출발점이자 도달점이 거기 작동하고 있어 하나의 사건성이 아닐 수 없다. 글쓰기의 반복성을 필연화하는 그런 작품이 최일남에겐 무엇인가. 이번 소설집 속의 「그들은 말했네」가 아니겠는가.

1. 글쓰기의 지속성과 단편 중심주의

「쑥 이야기」(1953)로 등단한 이른바 전후세대 작가군에 속하는 최일남(1932년 생)의 근작은 '노을지경'을 다루고 있다. 작가 스스로 여덟 편에 이르는 근작들을 싸잡아 '노을지경'이라 부르고 있거니와, 여기까지 이르도록 씨는 그야말로 쉼이 없었다. 뜀박질에 비유한다면 분명 장거리 선수라 할 것이다. 이 점에서 그는 악전고투의 마라토너를 연상시킨다. 『타령』(1977), 『춘자의 사계』(1979), 『손꼽아 헤어보니』(1979), 『누님의 겨울』(1984) 등의 창작집을 거쳐 『흐르는 북』(1986)에 이르고, 『젖어드는 땅』(1988), 『그때 말이 있었네』(1989)에 이르기까지 그는 쉼이 없었다. 반짝 빛나는 작가도 있고 쉬어가면서 쓰는 작가도 많지만 이처럼 노익장의 지속성은 단연 유별나다. 이 유별남을 잘 살펴보면 그의 글쓰기의 형식이 단편 중심주의임을 알 수 있다. 장편 『거룩한 응달』(1982)은 따라서 한갓 외도이거나 정치적 감각의 일방적 비대로 말미암아 균형이 깨진 실패작이었음이 판명된다(1996년에 발표한 장편 『덧없어라 그 들녘』도 이와 대동소이하지 않을까). 대체 이 단편 중심주의란 무엇이고 어떤 곡절이 그 속에 잠복되었으며, 어째서 그것이 최일남 문학의 지속성의 근거일 수 있는가를 근작 '노을지경'을 통해 검토하고자 함이 이 글이 겨냥한 곳이다. 이러한 작업을 통해 밝혀질 성과는 응당 '최일남 문학의 글쓰기'의 근거 해명에 국한되겠지만, 만일 이에 멈추지 않고 '글쓰기 일반'의 근거 해명으로 나아갈 수 있다면 의외의 성과라 할 것이다.

2. 네 사람의 대화와 한 사람의 독백

연작 '노을지경'의 여덟번째 작품인 「아주 느린 시간」에는 다섯 명의 노인들이 등장한다. 이들의 처지가 '대화≠독백'과 어떤 층위에 있는가를 잠시 엿보기로 한다. 먼저 민 노인의 경우. 친구의 죽음에 대한 문상을 가기 직전 아내와의 대화로 일관되어 있다.

(A) "지관이라면."

"종이로 만든 관이 지관 아닌가."

"그런 관이 생겼어요? 처음 듣네."

"실은 나도 금시초문이었는데 골판지로 만든 거래. 기왕 태워 없앨 것 나무면 어떻고 종이면 어때. 기다리는 지루함을 덜기 위해서도 빠를수록 좋지. 안 그래?"

"거기까지 갈 것 뭐 있수. 병원에 누웠다가 해부학 교실로 직행하는 사람도 더러 있습디다. 빠르기로 따지면야 그게 제일이겠네."

"암. 맘먹기에 따라서는."

"화장 다음엔 납골당인가요."

"그렇지. 값의 고하에 따라 재질이 다른 단지에 가루를 담아 가까운 납골당으로 향하는데, 개중에는 장례장 안에 붙은 작은 동산에 올라 그 자리에서 뿌리는 사람도 있더라구."

"산에다 곧장?"

"아냐. 바로 뿌리면 산을 오염시킬 염려가 있기 때문에 산림법 제 몇조에 걸린대나."

"비료 구실을 해서 토양이나 나무에 이로울 텐데."

"그쯤 여기는 게 보통인데 실지로는 그렇지 않은가 봐. 별도로 마련해놓은 대형 단지 투입구에 촉감이 아직 따끈따끈한 뼛가루를 조르르 쏟게 되어 있어요."(52~53쪽)

아직 죽음과는 거리가 먼, 그럼에도 죽음을 앞둔 민 노인과 아내의 이 대화에서 빚어지는 해학적 분위기란 무엇인가. 이런 헐거운 말투가 죽음의 어두운 중압감의 또다른 반사가 아닐 것인가. 죽음을 한없이 가벼운 존재로 끌어내려 계제만 닿으면 찧고 까불고 있다. 진정 도통한 경지에 접어든 때문일까, 언젠가는 어김없이 닥쳐올 죽음에 대한 예습일까. 부부가 아직 건재하고 있는 이 마당엔 어느 쪽인지 단정할 수 없지만 분명한 것은 '죽음 끼고 살기'의 한 형태라는 사실이다.

두번째는 3년 전에 이곳 당산으로 이사 온 김 선생과 달포 전에 이사 온 친구 정 선생과의 대화로 일관되어 있다.

(B) "나 지금 농담을 하고 있으니 너무 놀라지 말게."

"표정은 정색인데 입으로만 농담이라고 하면 누가 믿어."

"그래? 내 얼굴이 정색한 얼굴이라고?"

"말장난 그만두게. 내 진담에 대답할 차례야."

"그전에 내 말 더 듣게."

"계속 힘들게 만드는구먼."

"누구는 힘 안 드는 줄 아나. 나에겐 말일세, 세월과 더불어 차차 지워지기는커녕 갈수록 덩치가 커지는 수치심이랄까 회한이 몇 가지 있네. 아냐 그것들이 새끼를 치는 바람에 생긴 소소한 것들까지 합치면 수도 없다구. 불시에 엄습하여 잠을 설치기 일쑤라네. 그러라고 누가 다그치는 것도 아냐. 사서 지랄하는 거지. 자네도 알잖나. 내가 고등학교 졸업장을 위조해서 삼류대학이나마 들어간 것. 뿐인가. 나는 자기 살림도 말이 아닌 친구 하나가 가족 몰래 빌려준 돈까지 떼어먹었다네. 그가 일찍 죽었거든. 당연히 유가족을 찾아 저간의 사정을 고백하고 돈을 갚았으면 좀 좋아. 차일피일 미루다가 아주 기회를 놓치고 인생 제대 말년에 이중 삼중의 뉘우침을 겹겹이 안고 살아."

"그러기로 들면 누군들 마음이 편할까."

"속이 편하고 불편하고를 떠나 연만한 자는 내남없이 그만한 자충수와 싸우는 것 같애."

"지나치게 소극적인 네거티브 발상이야. 이룬 업적은 어쩌고. 크건 작건 자신이 선택한 직업에 기를 써 가족 먹여 살리고 자식 기르는 일이 어딘데. 얼마나 벅차고 보람 있는 사업인데."

"우리가 지금 문제 삼는 건 그런 상식이 아니잖아."(60~61쪽)

이 대목에서 보석처럼 반짝이는 단어는 '자충수'다. 6·25 직전 한밤중 시골 모 중학에서 좌익 청년들이 삐라를 등사하고 있음을 배탈난 소년이 측간을 들락거리다 목격, 자랑삼아 이를 발설했고, 경찰에 체포된 이들 중 정 선생의 형이 끼어 있었다. 그 소년이 바로 오늘의 김 선생이며, 정 선생의 형은 결딴난 몸으로 피난터를 옮겨다니다 죽었다. 그러니까 프로이트도 미처 생각지 못한 이데올로기였던 것. 이를 표나게 의식, 물신화의 수준에까지 끌어올리는 것이 한(恨)의 사상이고 이를 거꾸로 해소하는 장치로 고안해낸 것이 굿이라면 자충수란 새삼 무엇인가. 삶이란 바둑판인지도 모를 일. 바둑을 둘 때, 자기의 돌을 자기의 호구에다 놓아 자기 수를 줄이기만큼 어리석은 일은 없지만 또한 어쩔 수 없는 상황도 벌어지는 법. 이를 논리적으로 따지는 일은 어리석기에 앞서 사치스러움이 아닐 것인가. '모든 걸 털고 해결하고 세상을 뜬다는 생각 자체'란 대체 무엇이겠는가. '가당찮은 허영'이 아닐 수 없다. 이러한 인식은 '죽음 끼고 살기'에서 온 것이다.

세번째 경우는 박 선생의 초등학교 여자 동창생 만나기. 병석의 모 동창의 청으로 박 선생이 수소문해서 알아낸 여자 동창생과의 두번째 데이트 장면의 대화를 보면 이러하다.

(C) "이런 자리에서 입 밖에 내기 면구스럽지만 급전 좀 돌릴 수

없을까요. 사정이 하도 급해서……."

(……)

"얼마나."

"이백만원이면…… 빤빤하지요? 웬만하면 꾹 참으려고 했는데. 부끄러워요."

"오죽 다급했으면 이러겠소. 집에 가서 통장을 보겠습니다. 군자금으로 넣었다 뺐다 하는 내 통장이 따로 있는데 그만한 여유가 있는지 알아보리다."

"넉넉잡고 서너 달 후에는 갚을 수 있을 거예요."

"이자는 안 받을 테니, 다행히 입금이 되거들랑 그때 가서 꼭 갚아요."(68쪽)

아무리 그리운 사이라도 혹은 남녀의 은근한 사이라도 돈 문제가 끼어들면 결딴나거나 적어도 그리움의 망상은 금가기 십상이다. 어차피 '눈앞의 현실에 이리저리 휘둘릴밖에 없다'는 명제란 산 사람의 의무의 하나가 아닐 수 없다.

이에 비할 때, 다섯번째의 홍 노인은 어떠한가. 앞에서 이미 검토한 것들과 같은 대화이긴 하되 다른 점은 '죽은 자'와의 대화라는 사실이다.

(D) "여기가 어딘고 하니 에스빠르라는 양식집이야. 당신과도 한번 왔던가. 이탈리아 요리 전문집인데 상호를 왜 희망이라는 프랑스어로 붙였는지 모르겠어. 그야 어쨌건 메뉴가 다양해. 혀에 선 것들이 대부분이긴 해도 벤처 정신이 뭐야. 이런 데에도 적용해서 나쁠 것

없지.

내가 방금 주문한 게 뭔 줄 알아. 설마 피자를 시켰겠느냐구? 물론이지. 그딴 피자나 파스타 류를 먹자고 먼 길을 찾아왔을까. 있기야 있되 여기 것은 본바닥 솜씨 그대로이기 때문에 다른 데 것과 월등히 차이가 나지만, 내가 오늘 주문한 것은 치즈 퐁뒤야. 끓는 치즈 속에 빵조각이라든가 고기를 꼬챙이에 끼워 적셔 먹지. 스위스에서는 올리브 기름에 익혀 먹기도 한다는데 내 입맛에는 치즈가 낫더라구. 별미야."(70쪽)

홍 노인의 이런 별취미, 그러니까 세상의 상식에 도전, 돌출행위로 나아가기란 새삼 무엇인가. 매사를 뒤집어보기, 과거를 볶아먹거나 재탕하면서 살지 않기, 돌출행위 하기 등등 '노인은 노인다워야 한다'는 명제에 도전하기란 그래서 한식 대신 서양요리 그것도 퐁뒤 먹기로 당당히 나아감도 따지고 보면 일종의 오기이자 죽음에 대한 아이러니에 지나지 않는 심리적 뒤틀림이어서, 영락없는 '죽음 끼고 살기'의 센티멘털리즘이지만, 그것이 죽은 자(아내)와의 대화라는 사실은 분명하다.

문제는 무엇인가. 죽은 자와의 대화도 '대화' 축에 드는 것일까. 한갓 '독백'의 범주가 아닐까. 대체 독백은 무엇이며 대화와는 어떻게 다른가. 이 물음에는 이런저런 전문적 설명방식이 있겠거니와 그중의 하나로 소쉬르의 언어시스템론(한 음운체계 내의 기표, 기의의 일치를 체계화한 것)에 대응되는 비트겐슈타인의 언어게임론을 들 수 있다. 비트겐슈타인 철학의 중심 개념의 하나인 언어게임론이란, 사람의 언어활동이 대강의 규칙에 의해 일단 행해지긴 하나, 구체적인 상황에서는 그때그때 만들어진다는 것으로 정리된다. 이때 주목되는 것은 다음 두 가지. 게임이기에 상대편과 '나'가 있음이 그 하나. 다른 하나는, 상대와의 게임에서 세세한 규칙이란 미리 따로 정해진 것이 아니라 그때그때 만들어진다는 사실이다. '언어생활 속에서 우리들은 언어로써 게임을 하고 있다'라는 생각을 그가 하기에 이른 것은 그의 실토에 의하면 어느 날 그가 축구장에서 경기를 구경함에서였다(말콤, 『비트겐슈타인 회상기』 제5장 참조).

대강의 경기규칙(가족적 친근성)만 있었지 세세한 규칙은 그때그때 만들어가며 게임이 진행되는 경기와 똑같이 언어생활도 미리 정해진 대강의 규칙 외에 구체적인 것은 그때그때의 상황에 따라 서로가 창조해낸다. 이 경우 상대방과의 격렬한 타협이 전제된다. 이를 대화라 부를 것이다. 대화란 규칙만들기의 다른 이름이 아닐 수 없다. 비유컨대, 그 어려움은 문법(언어체계)이 전혀 다른 두 사람이 직면한 의사소통 행위와 흡사하다. 서로의 의사소통을 위해 필사적일 수밖에 없지 않겠는가. 영어만 아는 사람과 한국어만 아는 사람의 의사소통 경우를 상상해보라. 양쪽이 결사적일 수밖에 없다. 이를 대화라 한다면 독백과는 어떻게 다른가. 언어게임론에 따른다면 문법체계가 같은 두 사람의 대화가 이에 해당된다. 두 사람이 의사소통을 한다 해도, 원리적으로는 한갓 독백에 지나지 않는다. 문제는 그러니까 언어규칙을 공유한 두 사람의 의사소통이냐, 언어규칙이 서로 다른 두 사람의 의사소통이냐에서 독백과 대화가 어느 수준에서 구분된다.

이러한 언어게임론에 비추어볼 때 위의 다섯 명의 노인들의 경우는 각각 어떠할까. 노인끼리의 의사소통이기에 문법(죽음 끼고 살기)을 공유한 말하기로 규정될 수밖에 없고, 따라서 모두가 독백 범주로 분류될 터이다. 문법으로서의 죽음 끼고 살기가 어떤 난관도 돌파하기 때문이다. 그렇기는 하나 홍 노인의 경우는 독백이긴 해도 좀 별난 독백이라 할 만하다. 죽은 자를 향한 말하기 방식인 까닭이다. 독백이긴 하되 혼의 대화로 규정될 터이다. 혼의 대화란 또 무엇인가. 그것은 작가 최일남의 글쓰기의 혼이랄까 핵심에 관련된 것이 아닐까.

3. 최일남식 독백의 근거로서의 책

'죽음 끼고 살기'에서의 대화와 독백을 문제삼을 때 다섯 명의 노인 중 홍 노인의 경우의 유별남을 지금껏 살펴왔거니와, 그것이 어째서 작가 최일남의 글쓰기의 근거(혼)에 관련되었는가를 검토하는 일이 우선 과제로 떠오르게 된다. 독백과 대화를 구분함에 있어 죽은 아내와의 대화란 무엇인가. '죽음 끼고 살기'의 판에서 감행되는 이 대화는 분명 대화이긴 해도 저승과의 대화가 아닐 수 없다. 이 대화를 독백의 일종으로 규정하는 것은, 문법을 공유한 자들끼리의 대화의 일환이란 점에서의 독백이지만, 상대방의 부재라는 점에서 단연 일방적 독백이라 할 것이다. 상대방의 부재로 말미암아 홍 노인의 대화는 그 자체로 절대적이며 따라서 수정 불가능하다. 앞에서 이미 살핀 김 선생과 정 선생의 경우와 비교해보면 이 점이 좀더 분명해진다. 김 선생의 초청으로 모처럼 점심식사를 함께 하면서 6·25 이전의 이데올로기와 관련된 대화가 아주 천천히 그리고 에둘러 힘겹게 진행되지만, 그 결과는 어떻게 되었던가. 실수로 말미암아 가해자의 처지에 놓인 김 선생의 지난날 죄의식의 고백에 대한 피해자측과 정 선생의 대화 한 토막을 보이면 다음과 같다.

> (정 선생) : "모든 걸 털고 해결하고 세상을 뜬다는 생각 자체가 무의미하고 사치스럽다고. 아주 주제넘어. 죽는 날까지 사람인 것이 사람의 노릇인데 완전 종결이 어딨어. 가당찮은 허영이지."
>
> (김 선생) : "혹 떼러 왔다가 혹 붙이고 가는 격인가."
>
> (정 선생) : "떼었다 붙였다…… 하다가 가는 거지."
>
> (김 선생) : "허. 둘러대기도 잘한다."
>
> (정 선생) : "헛헛."(62쪽)

상대방이 있는 대화란, 이처럼 타협도 자기 수정도 가능한 법이다. 혹은 정반대의 경우도 일어날 수 있다. 문법을 공유한 경우엔 이 점이 타협 일변도로 기울어질 공산이 크지만, 미미할지라도 그 역기능도 인정될 터이다(바흐친이 말하는 대화란, 근본적으로는 문법 공유를 전제한 경우에 해당되는 것인 만큼 언어게임론과는 구별된다). '죽음 끼고 살기'를 문법적으로 공유한 김 선생과 정 선생의 대화가 화해 일변도로 귀결됨은 당연하지만 적어도 그 귀결에 이르는 과정에서 이런저런 수정과 타협은 뚜렷하다.

이에 비할 때 홍 노인의 경우는 어떠할까. 저승의 아내에게 일방적으로 말하고 있는 홍 노인은 실상은 고립 무원의 처지에 놓여 있다고 볼 것이다. 스스로를 '독보적'이라 믿고 실천해온 홍 노인이기에 아내 생존시에도 그러했으리라 볼 것이다. 현실 속에 안주하여 콩팔칠팔, 추한 일상을 합리화하는 따위를 '죽도록 싫어' 하는 홍 노인이 할 수 있는 유일한 수단은 죽은 아내를 향해서 시와 때, 장소를 가리지 않고 '독백≠대화' 함뿐이다. '독보적인 대화≠독백'이라 부를 수밖에 없는 그만의 경지다. 이 경지의 특징은 '고립무원'과 '절대성'으로 정리될 것이다.

그렇다면 그 '독보적'인 '대화≠독백'의 근거(욕망)는 어디서 말미암은 것인가. 홍 노인의 생래의 총명성이랄까 기질적인 특이성일까 그렇지 않으면 어떤 것의 '간접화'일까. 이 물음은 단연 최일남적이자 문학적이다.

> "혼자 식사하는 모습이 쓸쓸해 뵌다구? 몸에 붙은 습관인데 어때. 나는 이게 편해. 참 최근에 읽은 일본의 문학평론가 에토 준의 책에 이런 구절이 나오더군. '서양요리라는 것은 남자 혼자 먹고 있더라도 그런 대로 모양이 이상하지 않은 유일한 요리겠구나' 생각했다는 게야. 똑 나를 두고 하는 소리 같앴어. 그이 역시 아내를 암으로 떠나보내고 자신도 심장병에 시달리다가 스스로 목숨을 끊었다는군. 감동이 커."(70~71쪽)

홍 노인이 시방 서양요리를 즐기고 있다. 이 사실은 홍 노인의 독백이 서양요리에서 시작되었음을 가리킴인데, 그것은 곧 홍 노인의 독백의 시발점이기도 하다. 서양요리에서 그의 독백이 시작된다 함은 구체적으로 무엇을 뜻하는 것일까. 일목요연한 해답이 위의 인용 속에 고스란히 들어 있다. 곧 '에토 준의 책'이 그것이다. 에토 준의 '책'을 읽지 않았더라면, 홍 노인의 독백은 성립될 수 없다.

'똑 나를 두고 하는 소리 같았어'가 결정적인 실마리에 해당된다. 그러나 이 사태는 아내의 죽음에 충격을 받아 자결한 에토 준과 홍 노인 스스로를 완전 동일시하고 있었음이 판명됨에 멈추지 않는다. 홍 노인은 스스로가 에토 준만큼의 애처가임도 강력히 암시하고 있다. 주지하는바 에토 준(江藤淳, 1933~1999)은 일본의 대단한 문학비평가였다. 개성의 뚜렷함, 쌀값 시세모양 분명한 문장, 일본사회의 보수주의를 대표하는 날카로운 감수성으로 당대 최고의 비평가로 평가된 에토 준이 자결한 것은, 아내의 죽음과 직간접의 관계로 설명되고 있거니와 아내의 죽음을 지켜보며 그가 쓴 글(책)이 『처와 나』(1999)이다(졸고, 「미완성의 형식과 완성의 형식」, 『문예중앙』 2000년 여름호 참조). 이 책 속에 바로 홍 노인이 인용한 서양요리 대목이 들어 있거니와(문예춘추사판, 61쪽) 여기서 우리는 다음처럼 묻지 않을 수 없다. 곧 홍 노인으로 하여금 에토 준만큼 애처가임을 암시케 한 장본인은 과연 누구인가. 싫든 좋든 이제 우리는 작가 최일남의 맨얼굴과 대면할 수밖에 없는 지점에까지 이른 셈이다.

홍 노인의 저러한 독보적 생각이나 삶의 방식이란 에토 준의 『처와 나』의 모방(간접화)에 지나지 않는다는 것. 말을 바꾸면 홍 노인의 독백의 진짜 저자는 홍 노인도 작가 최일남도 아니고 에토 준이 아닐 수 없다. 이 대목은 르네 지라르의 말을 빌린다면 '에토 준이 그 홍 노인의 독백이자 최일남 소설의 저자다'로 될 터이다.

4. 낭만적 허위와 소설적 진실

'우리는 현대의 이론에 비추어 문학적 걸작을 해석하지 않고 문학걸작들에 비추어 현대의 이론을 비판하지 않으면 안 된다'라고 주장하고, 이를 실천해 보인 이론가로 르네 지라르와 그의 평론 「낭만적 허위와 소설적 진실*Mensonge romantique et Verite romanesque*」(1961, 졸역 『소설의 이론』, 삼영사, 1977)을 들 수 있다. '작품이 우리(현실)에게서 배우는 것 이상으로, 우리가 작품에서 배워야 한다'는 명제가 지닌 의의는 이중적이다. 헤겔을 비롯 마르크스・프로이트・루카치・데리다・라캉 등의 이론으로 문학작품을 분석, 비판하는 비평의 의의와 한계를 반성한다는 점이 그 하나라면, 다른 하나는 문학작품이 지닌 독자성이랄까 예술품이 지닌 특이성(소우주)에 대한 성찰을 새삼 음미케 함에 있다. 그렇다고 해서 작품이란 초월적인 낭만주의를 채용하고자 함도 아니며 작품을 절대적 존재로 치부하는 것도 아니다. 미(美)의 숭배자도 환원주의자도 아닌 자리, 곧 작품 속에 숨겨진 진실찾기에 지라르의 이론적 독보성이 깃들여 있는바, 자칫하면 모방론으로 오해되기 쉽기에 이 점을 좀더 자세히 설명해둘 필요가 있다.

이 과제는 단테의 『신곡』에 연결되어 있는 만큼, 『신곡』 쪽의 것을 검토해보는 것이 좀더 근원적일 터이다. 『신곡』에 등장하는 의롭지 못한 두 연인 파오로와 프란체스카가 19세기 초두 서양에서 큰 인기였음은 널리 알려져 있는데, 이것은 이 두 연인들이 인간과 신의 계율에 도전하여 지옥에 떨어지면서도 사랑을 성취한 영웅들이었던 까닭이다. 두 사람의 열정(사랑)의 근거란 무엇일까. 이런 물음에서 즉각적으로 제시되는 대답은, 그것이 두 사람의 고유성, 곧 주체성에서 말미암았다는 것이다. 두 사람의 사랑의 근거란 두 사람의 고상하고도 확고한 본래성(자질)에서 말미암은 것이기에, 그 자체가 인간성의 고귀성을 뜻한다고 보는 것이 이른바 낭만주의적 열정의 핵심을 이룬다. 개인주의에의 신뢰가 여기에 기대고 있음도 의심의 여지가 없다. 지옥도 불사하는 열정적 로맨스로 『신곡』의 이 대목을 읽어왔음에 대해 그것이 한갓 '낭만적 허위'에 지나지 않으며 따라서 '소설적 진실' 축에 들지 못한다고 비판한 것은 지라르였다. 그 증거로 지라르가 『신곡』에서 찾아낸 것은 "갈레옷이 그 책이자 저자이다(Galeotto fu il libro e chi lo scrisse)"라는 구절이다(R. Girard, *To double Bussiness Bound*, The Johns Hopkins Univ. Press, 1978, p. 2). 정작 문제된 『신곡』의 그 장면을 보면 다음과 같다.

어느 날 우리는 심심풀이 삼아 랜슬롯이 어떻게 해서
사랑에 끌렸는지 그 이야기를 읽고 있었습니다.
단둘이었으나 별로 꺼림칙한 마음은 없었습니다.
그 책을 읽는 도중 수차 우리들의 시선이 맞부딪쳐
그때마다 얼굴빛이 변했습니다만
다음 한 구절에서 우리는 지고 만 것이에요.
그 동경하던 미소에 그 멋진 여인이 입을 맞추는

그 구절을 읽었을 때 이이는,

나에게서 영원이 떠날 수 없는 이이는 떨면서 나에게 입을 맞추었습니다.

책이, 책을 쓴 이는 갈레옷입니다.

그날 우리는 더 읽지를 못했습니다.

—『신곡』, 동서세계문학전집, 1990, 27쪽

대체 갈레옷은 누구이며 이 구절은 무엇을 뜻하는 것일까. 여기에는 설명이 조금 없을 수 없다. 원탁의 기사라면 누구나 아서 왕의 전설을 떠올릴 것이다. 12기사 중의 하나인 랜슬롯Lancelot은 왕비 귀네비어Guinevere를 사랑함으로써 큰 환란이 초래되거니와 이 두 연인의 가슴에 사랑의 불씨를 심은 장본인이자 아서 왕의 적이 된, 배반한 기사가 다름아닌 갈레옷이다. 어째서 『신곡』의 저자는 프란체스카의 입을 빌려 갈레옷이 '그 책이자 저자'라고 했던가. 어느 날 파오로와 프란체스카 두 사람이 무심코 랜슬롯 전설을 읽고 있었다. 기사 랜슬롯과 왕비 귀네비아가 사랑을 나누는 장면을 읽고 얼굴을 붉힌다. 전설의 연인들이 처음으로 키스하는 장면을 읽으며 파오로와 프란체스카는 저도 모르게 키스를 하게 된다. 이 행위는 두 사람의 자발적인 욕망, 고상한 사랑의 자질에서 말미암은 것이 아니라, 단지 아서 왕의 전설(책)에서 촉발된 사랑이고 열정에 지나지 않았던 것이다. 먼저 관념성으로 '책'(전설)이 있고, 이를 모방했음에 지나지 않음이란 과연 무엇을 가리킴일까. 이 물음에 전면적인 해답을 제시한 것이 지라르의 유명한 욕망의 삼각형(간접화)론이다. 돈키호테의 욕망의 근거란, 먼저 관념성으로 중세 기사 이야기(책)에 있었다. 기독교인의 그것은 예수이며, 랜슬롯의 그것은 반역 기사인 갈레옷이며 프란체스카에게 있어 그것은 랜슬롯 전설이다. 인간이란 실로 변변찮은 존재여서 욕망조차도 자발성에 근거된 것이 아니라, 어떤 매개자를 통해 겨우 '모방' 한 것에 지나지 않는다는 것, 이를 지라르는 '간접화' 라 불렀다. 그리고 이 '간접화' 야말로 소설적 진실 축에 든다는 사실을 그는 다름아닌 명작 소설들로 증명했던 것이다.

낭만주의적 사고(인간 곧 신이라는 사상)의 허위성을 폭로한 것으로도 평가되는 지라르의 주장이 지닌 강점은 지라르의 표현대로 하면, '내 이론은 문학 작품에서 생겨났다' 로 요약된다. 다른 학문 영역의 성과를 무기로 문학 작품을 난도질함이 문학 연구의 실상임에 비추어볼 때, 지라르의 욕망 모방론이야말로 문학 작품 분석에서 도출된 것이어서 순종 이론이 아닐 수 없다. "나의 이론 만들기는 문학적이다"(R. Girard, 위의 책, 서론)라고 하는 것은 이 사실을 가리킴이다.

지라르의 간접화론에서 주목되는 것은 새삼 무엇인가. 매개항(책, 소설 등 관념성)이 없는 소설이란 '낭만적 허위' 에 지나지 않는다는 것, 말을 바꾸면 '소설적 진실' 범주에 드는 것은 반드시 이 매개항의 설정에서 비로소 가능하다는 것, 이 이론에 비추어볼 때 최일남 소설은 과연 어떠한가.

5. 『노신전집』과 『국사대관』의 사상

훌륭한 작가에겐, 특히 지속적인 작가에겐 '한 번은 꼭 써야 할 작품'이 있는 법이다. 그것은 '간신히 꼭 한 번 씌어지는 소설'일 터이다. 그럴 수밖에 없는 것이, 거기에 그 작가의 글쓰기의 모든 비밀이 들어 있기 때문이다. 글쓰기의 출발점이자 도달점이 거기 작동하고 있어 하나의 사건성이 아닐 수 없다. 글쓰기의 반복성을 필연화하는 그런 작품이 최일남에겐 무엇인가. 이번 소설집 속의 「그들은 말했네」가 아니겠는가.

연작 '노을지경'의 하나에 「그들은 말했네」가 있다. 이사를 앞둔 'Lee D. Soo(이두수)'라는 이름을 가진 초점화자이자 주인공인 '그'가 맞닥뜨린 첫번째 난관은 사오천 권쯤 되는 장서 처분이었다. 줄거리는 간단하다. 장서의 상당수를 추려내어 공공도서관에 기증할 것을 결심하고 이를 실행하는 과정에서 겪는 이런저런 일을 다루고 있을 뿐이다. 비록 공공도서관이 책 기증을 공적으로 원한다고 표명하긴 해도, 그것은 어디까지나 기증자가 포장, 운송 및 기타까지를 책임져야 한다는 사실이 그를 크게 곤혹스럽게 만들었으며 이 곤혹스러움의 성격을 분석해보면 의외로 이 작품의 참주제에 쉽사리 마주칠 수 있다. 비용이 문제가 아니라는 사실이 그것인데, 책이란 그 자체로 가치 있는, 성스러운 너울을 쓴 그 무엇이기 때문에 그 소중한 것을 기증하겠다는 그의 결의란 일종의 비장감 없이는 말하기 어렵다.

1930년대 문필가 상허는 "'冊'만은 '책'보다 '冊'으로 쓰고 싶다"(『무서록』, 박문서관, 1941, 149쪽)고 하여 책에 대한 물신주의적 취향까지 보였으며, 이러한 가치관이 문자 이래의 인류사를 지배해왔음도 가릴 수 없는 진실이다. '책 속에 길이 있다'는 명제가 활자 문명의 기본항이었으며, 이 '구텐베르크의 은하수체계'(맥루한)가 서서히 해체되기 시작한 것은 TV의 등장과 함께였다. 비디오 시대에서 다시 사이버 시대로 인류사가 진입함으로써 책이란 이젠 거의 결정적인 사멸의 장면에까지 내몰리고 있는 형국이 아니겠는가. 이러한 현실을 앞에 놓고, 책 중독자들은 어떻게 대처해야 적절할까.

이 물음에 작가 최일남은 실로 안타까운 표정을 짓고 있을 뿐, 아무런 대책이나 의견도 모색하고 있지 않다. 어떤 대책이나 의견을 모색하기엔 작가의 안타까움의 크기와 밀도가 하도 엄청났기 때문이다. 그 밀도와 크기를 작가 최씨 일류의 솜씨로 유감없이 발휘해놓은 것이 이 작품의 참주제다. 이 점에 한국의 작가 최일남은 다음 인용구에서 잘 드러났듯 저 『신곡』의 저자와 마주 보는 자리에 서 있어 인상적이기까지 하다.

> 그가 기억하는, 몇 안 되는 멋있는 말마디 중에도 비슷한 것이 없지 않다. '그는 인생을 바라보기 위해 거리의 행인을 바라보지 않았다. 그보다는 행인을 바라보기 위해 책 속의 인생을 알고자 했다.'
>
> 소싯적에 읽은 아쿠타가와 류노스케 소설에서 얼핏 귀동냥한 아포리즘이다."(160쪽)

현실을 알기 위해 책(작품)을 읽는다는 주인공 이두수의 이 논법은 현실을 모방하는 리얼리즘 소설관에 정면으로 위배된다. '디

테일의 진실성과 전형적 상황에서의 전형적 성격 창조'(엥겔스, 「발자크론」, 1933년 공개)로 요약되는 리얼리즘 미학에 대한 통렬한 아이러니를 아쿠타가와 류노스케(芥川龍之介)를 통해 작가 최일남이 진작에 눈치채고 있었음을 위의 대목이 증거하고 있는 형국이다. '갈레옷이 그 책이자 저자다'라고 단테가 말했고, '아쿠타가와가 내 책(소설)이자 저자다'라고 최일남이 복창하고 있기 때문이다.

그렇다면 작가 최일남의 그 '아쿠타가와'란 구체적으로 무엇인가. 『노신전집』(일역판), 『국사대관』(이병도, 1953), 『사정한 조선어 표준말 모음』(조선어학회편, 1936) 등이 그것들이다. 이 세 권의 '책'이란 작품(책)에서 현실을 배운다는 지라르의 논법에 대한 최일남스런 응답인 만큼 각 권에는 인생이 무엇이며 현실은 무엇이며 삶이란 그 본질상 어떠하고 또 어떠해야 한다는 아주 기본적인 학습이 잠겨 있지 않으면 안 된다. 이 세 권을 분석함이 작가 최일남의 인생 교과서의 분석에 엄밀히 대응됨은 이런 문맥에서다.

먼저 『노신전집』.

이사를 앞둔 그가 책을 총정리하는 마당에 제일 먼저 그의 앞에 나서는 '의식'의 책이 바로 『노신전집』이었다. 이 책의 내력은 박복한 그의 작은누님의 추억과 더불어 분리되지 않음을 특징으로 하고 있다. 착하기만 했지 왼다리를 가볍게 절며 무식한 작은누나는 첫 남편에게 석 달이 못 가 차이고 두번째는 기막히게도 씨받이 소실로 들어갔다 보따리를 쌌고, 그 뒤로 친정에서 썩다가 어렵사리 작은매형과 연이 닿아 구제된 몸이었다. 6·25전쟁 직후의 그 암담하던 시절, 하루살이 일꾼인 작은매형이 책보따리를 든 채 시장 바닥을 헤매는 어린 처남을 만나자 대뜸 꿀꿀이죽부터 한 그릇 사주었고, 요기가 끝나자 장바닥에 펼쳐진 책전에 눈을 떼지 못하는 처남에게 이렇게 말했다.

(작은매형) : "사."

(이두수) : "?"

(작은매형) : "사고 싶은 게 있으면 한 권 고르라고."

(이두수) : "……."

(작은매형) : "걱정 말고 어서."(155~156쪽)

책을 사자 책값을 치르고 애써 아무렇지 않다는 기색을 가다듬으며 어린 처남의 등을 떠밀던 매형이 "가봐라. 공부 잘하지?"라고 덧붙였는데, 이는 말수 적은 매형의 책 좋아하는 어린 처남에 대한 남다른 신뢰이자 동시에 작가 최일남의 '책 좋아하기'의 감동적인 표현에 해당된다. 구질구질한 해설을 마다하고 요점 위주로 말의 기둥만 세우고 물러서는 성미를 가진 작은매형이 구구절절이 읊어대는 어떤 묘사보다 감동적인 것은 웬 까닭일까. 이런 물음엔 희랍 최초의 진정한 이야기꾼을 들어 벤야민이 그럴 법하게 대답한 바 있다. 헤로도토스의 저술 『역사』 제3권 14장에 나오는 이집트왕 메니트우스의 사례가 그것이다. 페르시아 왕의 포로가 된 메니트우스를 모욕주고자 페르시아 왕은 메니트우스의 딸로 하여금 물동이를 이고 하녀의 모습으로 아비 앞을 지나게도 했으나 메니트우스는 눈도 깜짝하지 않았고, 그의 아들의 처형을 보고

서도 마찬가지였다. 그러나 늙고 불쌍한 그의 하인이 포로 행렬 속에 있음을 알아차린 바로 그 순간 왕은 손으로 머리를 치며 가장 깊은 슬픔을 내보였다. 이 사례를 들어 벤야민은 진정한 이야기꾼이란 무엇인가를 암시하고자 했다. 어떤 해설도 거부하고 건조하기 짝이 없는 보고에 속하는 장면이야말로 감동의 근원이라는 것, 감정을 배제하고 간결하게 짜여진, 그러니까 이두수의 작은매형모양 '요점 위주로 말의 기둥만 세우기'로 일관하기, 바로 그것이 진짜 이야기꾼의 자질이다(『발터 벤야민의 문예이론』, 반성완 옮김, 민음사, 1983, 173쪽).

우리 시대의 이야기꾼 중의 이야기꾼인 최일남이 산 단권으로 된 일역판 『노신전집』에는 「아Q정전」은 물론 「광인일기」 「고향」 「단오절」 등이 고스란히 들어 있었다. 대작가로 꼽히는 노신이긴 하나 의외로 그의 소설은 몇 편 안 되며 더구나 단 한 편의 장편도 없다. 그럼에도 그를 대문호 축에 넣는 것은 중편급의 「아Q정전」과 결코 무관하지 않을 터이다. 반편이자 잘난 체하는, 그러면서도 스스로 그런 줄도 모르는 아큐란 무엇인가. 그것은 중국 민초들의 초상화 바로 그것이 아니었던가. '아큐가 혁명에 가담하면 나도 가담한다'라고 노신은 말했거니와, 이 아큐식 민초에서 작가 최일남은 아기를 낳지 못해 씨받이에서도 쫓겨와서 들판에서 허연 엉덩이를 까놓고 방뇨하며 망을 봐달라는 작은누나를 겹쳐보고 있지 않았던가. 그 누님도 매형도 십 년가량 지난 뒤에 모두 죽고 남은 것은 오직 이 한 권의 『노신전집』이다.

두번째 교과서인 『국사대관』은 무엇을 가르치는 선생이었을까. 이 물음에는 설명이 조금 없을 수 없다. 시골 돌밭에서 자란 청소년들의 출세길은 오직 고시 합격뿐이었다. 서울 법대의 별칭이 '우골탑(牛骨塔)' 인 시절, 어찌 법대생만의 길이었으랴. 다급하기는 대학생 모두가 마찬가지였다. 꼭 붙어야 할 이유가 너무 많아 대학의 졸업반이 되기 전에 누구나 고시공부에 한 번쯤 매달렸는데, 사법 행정 교육 외교 등 그때의 고시 과목엔 꼭 '국사'가 필수로 들어 있었다. 그 교재로 『국사대관』이 꼽혔던 것. 『국사대관』을 마르고 닳도록 뒤져 역사를 배우고 나갈 길을 노린 과정에서 대체 개인의 역사는 어떻게 되었던가. 극히 소수의 개인이 출세하였을 터이나 대다수의 개인은 속절없이 비극으로 끝맺고 원한 속에서 죽어가지 않았던가. 이두수의 친구 B는 자살했고 A는 벌거벗고 달을 향해 용두질을 쳤다. 광기와 죽음의 장면이 아니었던가.

최일남의 첫번째 교과서가 인간을 단위로 한 민초의 사상교육이었다면 두번째 교과서의 교과내용은 거룩한 국가의 역사 속에 은폐된 개인사의 속절없음이었다. 그렇다면 세번째이자 마지막인 교과서는 무엇이었던가.

6. 『사정한 조선어 표준말 모음』의 사상

민초의 사상도 은폐된 개인사도 소중하기 그지없는 삶의 기본항임엔 틀림없지만, 작가 최일남을 작가이게끔 한 교과서라 하기는 어렵다고 봄이 자연스럽다. 민초의 사상이라면 민중운동가의 몫으로 봄이 직접적이며, 역사 속에 치인 개인사의 아픔을 고발함이란 역사가의 몫으로 봄이 일반적이기 때문이다. 최일남은 무엇인가. 이야기꾼이자 소설쟁이이며 작가에 지나지 않음은 상식 중의 상식이다. 민권운동가일 수도 역사가일 수도 없는 작가 최일남의 교과서는 따로 있었는데 그것은 앞에서 든 『사정한 조선어 표준말 모음』(1936)이다.

작가도 이 책의 첫 대목에서 이렇게 썼다. "앞의 두 책이 고향에서 입수한 것이라면, 시간에 쫓긴 그가 손놀림에 가속도를 붙이다 눈길을 멈춘 『사정한 조선어 표준말 모음』은 서울서 산 책이다. 고서점에서 구입한 것이다."(165쪽)라고. 고향과 서울을 가르는 그 한가운데 놓인 교과서가 이 책의 운명임을 암시한 것으로 볼 것이다. 그 운명이 이중적임에 주목할 필요가 있다.

첫째, 서울에 정착해서 살아가기 위한 필수적인 교과서라는 점. 최일남의 소설 곳곳에서 나오는, 고향을 제물로 하여 서울에 겨우 정착한 출세한 촌놈들(「디오게네스의 변절」「너무 큰 나무」 등이 이에 속한다)의 고민을 볼 수 있거니와, 이런 현상은 이청준 소설에서도 빈번히 등장한다. 이청준은 다음처럼 '서울사수'를 처절한 육성으로 내뱉은 적도 있었다.

> 서울을 사수하자—
>
> 서울을 다시 쫓겨나지 않도록 하자. 어떻게 올라온 서울 길이었던가. 어떻게 버티어온 서울의 6년이었던가. 그리고 어떻게 얻게 된 이 자랑스런 도시의 시민이 된 영광이던가. 그것을 다시 잃게 해서는 안 된다. 다시 쫓겨나게 되어서는 안 된다. 친척과 친지가 없음으로 해서 내가 이 자랑스런 도시의 시민이 되고자 겪어야 했던 수많은 고초들

을 자손만대 나의 후손들과 이웃들에게는 다시 겪게 하지 말아야 한다. 내가 이 서울을 쫓겨나지 않고 버티고 남아 있어야 한다. 나의 6년과 6년의 고초를 헛되이 하지는 말아야 한다."(이청준, 『작가의 작은 손』, 열화당, 1978, 216쪽)

둘째, '서울사수'를 가르치는 교과서가 지향하는 바가 곧, 직업으로서의 작가를 선택함이라는 점. 일제 강점기인 1936년 조선어학회가 지역 따라 다른 말떼를 취합, 서울 중산층 중심의 표준어로 사정(査定)한 이 책은 그러니까 일종의 사전에 가깝다. 비록 나라를 잃었지만 이러한 표준어 사정작업은 대단한 민족주의의 드러냄이 아닐 수 없었다. 표준어란 무엇인가. 이 물음은 막바로 국가를 전제함에서 비로소 던져질 성질의 것인데, 왜냐면 표준어란 국어를 전제로 하기 때문이다. 국어란 새삼 무엇이겠는가. 국가가 강제로 정한 '국가어·국민어'의 준말이 국어다. 근대국가란 국민국가(nation-state)를 가리킴이며 이는 일종의 '상상의 공동체'가 아니었던가. 인공어(人工語)인 국어를 제정하여 국가가 이를 강요함이란 지방성, 계층성, 기타의 감정 등을 획일화하는 수단에 다름아니었다. 개인의 감정이라든가 지방색, 기타 특유의 요소들을 깡그리 없애고 단일한 국민적 가치관으로 획일화하는 데 제일 큰 공헌을 한 것이 '국어'와 더불어 '소설'이었다(B. 앤더슨, 『상상의 공동체』, 1983 참조). 조선어학회의 탄생과 이 학회가 주관한 『한글 맞춤법통일안』(1933) 및 그 연장선상에 있는 『사정한 조선어 표준말 모음』이 예사로운 작업일 수 없음은 명백하다. '숨은 국가'랄까 좌우간 그들은 그런 국가가 할 수 있는 몫을 해놓고 있었다고 볼 것이다. 불알밖에 없는 촌놈인 이두수, 그러니까 작가 최일남이 서울 입성을 위해 갖추어야 될 최소한의 무기가 『사정한 조선어 표준말 모음』이었음이 이로써 판명된다. 서울에서 살아야 한다는 이 서울사수주의가 바로 출세의 다른 명칭이었던 것이기에 이 무기는 필수적이지만 그 서울사수주의의 목표(생업)가 글쓰기(작가 · 기자)일 때는 사정이 한층 절박해질 터이다. 서울사수에다 글쓰기 직업이 선택되었을 때, 표준어에 대한 자의식은 서울 토박이보다도 민감하지 않으면 안 되었다.

작가 최일남이 기를 쓰고 배운 것은 물론 『사정한 조선어 표준말 모음』에 기초한 '책'에서였다. 그 '책'이 바로 '소설'임은 새삼 말할 것도 없다. 평안도 촌사람인 이광수, 김동인이 그토록 부러워해 마지않은 서울 토박이 작가인 염상섭과 『천변풍경』(1936)의 박태원이 최일남의 스승이었다.

(1) "요 계집들이 돈푼 생긴 것을 보더니 다랍게 요리나……."
(2) "왜 그리 풀이 죽으셨에요."
(3) "조년 벌써 하이칼라만……." (염상섭)

'아닌뎁쇼' '하니깐두루' '기집'(박태원) 등등 서울식 사투리에 최일남이 그토록 민감해진 것은 너무도 당연하다. 어찌 최일남뿐이겠는가. 이 나라 말로 글쓰기에 임하는 사람이면 당연한 반응이 아닐 수 없다.

지난번에 내가 어느 졸작 소설에서 "저는 이미 마음속에 정한 사람이 있에요"라는 말을 썼더니 편집자는 친절하게도 '있에요'를 '있어요'로 고쳐놓았었다.(『김학철작품집』, 연변인민출판사, 1987, 308쪽)

'있에요'와 '있어요'의 어감의 차이를 연변작가 김학철에게 가르쳐준 것은 물론 『임꺽정』(홍명희)이다. 20대의 황천왕동이의 아내 옥련이 "제가 무슨 생각이 있에요"라 했고 30대의 황천왕동이조차 "제가 무슨 재주루 그걸 알아내겠에요"라고 하지 않았던가.

대체 최일남의 서울사수와 작가로서의 생업 선택이란 생래적인 것인가 노력의 결과일까. 이 물음에 똑부러지게 대답할 방도는 없지만, 최일남 자신의 응답을 들어보는 것도 한 가지 방도다.

서로 얽혀 살 때는 의식하지 못하다가 삶이 모체에서 벗어나 몹시 고달프고 허전할 때 일쑤 거머잡는 원초적 심정이겠는데, 백 퍼센트의 순정으로 광복된 조국의 참모습을 맞은 감동은 말할 나위 없다. 나의 문학 다가가기는 게서부터 시작되었다. 네 똥 굵다고? 감수하련다. 되찾은 모국어 공부 재미가 나라를 되찾은 기쁨 못지않았다. 붓대 놀리는 직업이 앞으로는 무엇보다 유리하리라는 실리적 계산 또한 있었다. 저장해둔 자기 언어가 매우 부실하기 때문에도 감히 꿈꾸지 못했을 일에 일찍 몸을 부린 폭인데, 다들 출발지점이 비슷한 까닭에 문학의 기본 연장인 말의 곳간이 휑뎅그렁하기는 매일반일 것이라는 짐작으로 소지(小志)를 품었다. 덕택에 글과 활자로 먹고사는 동네에 운좋게 뛰어들어 어영부영 좌판을 벌였다고 볼 수 있다.
(4인 산문집, 『아름다운 시간의 나무』, 한울, 2000, 114~115쪽)

'소지를 품었다'가 윗글의 핵심임은 그것이 '대지(大志)를 품었다'의 겸양어인 까닭이다. 여기서 말하는 '모국어'란 물론 '국어'를 가리킴이다. 그것은 국가가 강제한 '인공어'이거나 적어도 '준인공어'이다. '민족어'라 해도 사정은 달라지지 않는다. 김동인은 아예 일본어로 착상을 하고 그것을 조선어로 번역했고(졸저, 『김동인 연구』, 민음사 참조), 염상섭은 주저없이 '彼/彼女'를 썼으며 「날개」의 작가 이상은 아예 일본어로 「오감도」를 썼다. 시인 편석촌의 「기상도」(1936)는 한글로 되어 있으나 실상 인공어에 지나지 않았다. '국어' '준인공어' 계냐 '민족어' '준민족어' '토착어' 계냐의 혼동이 바로 해방공간이었다. 어느 쪽이나 그것은 '광복의 감격'과 분리되지 않는다. 그것은 '원초적 심정'이었고, 이것이 바로 글쓰기의 모태이자 기원에 다름아니었다. '허기'로 요약됨직한 이 갈 데 없는 언어에의 탐욕이 최일남 소설의 지속성의 근원이거니와 그것은 쉼없는 독서(책)로 이루어졌다. 인생 고희인 70을 넘어선 이 마당에서도 에토 준의 『처와 나』를 즉각 구입하여 읽지 않으면 안 될 만큼 그의 허기는 다함이 없다.

그렇다면 이 '허기'의 다함 없음과 소설은 어떤 상관성을 갖는 것일까. 이 물음이 최일남론의 끝에 놓여 우리를 압박한다. 소설이 지닌 본질적인 '허기'와 최일남의 '허기'의 대면이 쉽사리 우리를 가만히 놓아두지 않기 때문이다.

7. 양서류 의식의 균형감각, 서사성과 묘사의 균형감각

『노신전집』『국사대관』『사정한 조선어 표준말 모음』이 최일남 글쓰기의 교과서이자 사상이고 또 저자임을 지금껏 열심히 톺아 왔거니와, 이를 다르게 정리하면 작가 스스로 규정했듯 "양서류(兩棲類) 의식"이 될 터이다. 최일남 글쓰기란 진작부터 소설쓰기와 기사쓰기, 문단과 저널리즘의 양다리 걸치기였다. 이 양서류 의식이 지닌 절묘한 균형감각이 최일남식 글쓰기의 특이한 유형을 낳았다. 『노신전집』을 오른팔로, 『국사대관』을 왼팔로 삼아 그 한가운데서 『사정한 조선어 표준말 모음』이 작동된 결과다. 이 3박자가 양서류 의식을 낳았다. 이때 중요한 것은 거듭 말하지만 이 3박자의 절묘한 균형감각 유지다. 혹 이 3박자의 균형감엔 최일남 외에도 한동안 이른 문사가 있었던 터이다. 그러나 그것을 흐트러짐 없이 지속한 문사는 그밖에 없다.

절묘한 균형감각이라 했거니와 「쑥 이야기」 이래, 또 대학 재학 중 저널리즘에 뛰어들어 오늘에 이르기까지 실로 50여 년에 걸친 글쓰기 놀음에서 자주 그 절묘한 균형감에 틈이 생기거나 균열이 생기거나 했을 터이다. 때로는 『노신전집』 쪽으로 비대해지기도 했고, 혹은 『국사대관』 쪽으로 무게중심이 옮겨가기도 했을 터이다. 가령 장편 『거룩한 응달』(1982)을 그러한 사례의 하나로 볼 수 없을까. 『거룩한 응달』은 이 작품의 제목이 암시하듯 현실 정치 속에 매몰된 모종의 성스러운 것에 대한 작가의 안타까운 고발의식이 주조를 이루고 있다. 이른바 친일파를 가운데 둔 정치적 감각과 공동체(민족)의 윤리적 감각의 갈등을 후자 쪽에서 그리고 있거니와,

그 때문에 그 절묘한 균형감각은 파탄을 면치 못했을 터이다. 그 연장선상에 해직기자 최일남, 해직언론인 위원회 대표 최일남의 큰 얼굴이 있다.

또하나의 사례로 들 수 있는 것은 1970년대 초반의 작가적 침묵이다. 어떤 연유에서인지는 알기 어려우나 한동안 최일남의 소설은 보이지 않았다. 절묘한 균형감각 유지가 모종의 이유로 균열이 생겼다고 볼 수밖에 없다. 그가 균형감각을 어느 수준에서 회복한 것은 창작집 『타령』(1977)에서로 보인다. 그러나 시장바닥을 묘사함에 그치고 만 이런 균형감각 회복은 서사성의 복수를 당하기에 맞춤했다. 저널리즘과 소설의 균형감각은 이루어졌지만, 소설 속의 또다른 균형감각에는 미달 또는 초과해버린 형국이었던 까닭이다.

소설이란 무엇이겠는가. 서사성과 묘사로 규정될 수도 있지 않겠는가. 『나나』(졸라)와 『안나 카레니나』(톨스토이)를 논하는 자리에서 루카치는 이를 적대적 관계로 보고 있거니와 서사성 없는 묘사가 소설일 수 없다(루카치, 「서사냐 기술이냐」, 1936). 시장바닥 묘사로 일관한 『타령』은 이 점에서 소설적 균형의 파탄이 아니었던가. 한편 서사성만 있고 묘사가 없는 경우도 딱하기는 마찬가지였다.

여기까지 이르렀을 때 작가 최일남의 또 한번의 비약이 이루어졌다. 중편집 『춘자의 사계』(1979)가 그것이다. 시골 출신의 식모인 춘자의 시선으로 서울의 상・중・하류층 모두의 삶을 춘자 스스로까지 송두리째 묘사한 이 작품집의 표제작 「춘자의 사계」는 서사성과 묘사성의 절묘한 균형감각을 어느 수준에서는 이루고 있었다. 그것은 최일남 특유의 판소리식 문체의 개발에서 마침내 달성되었다.

"후유, 나도 입이 아프지만 듣는 분도 지루하셨죠? 내 이야기는 다 끝났어요. 다만 한마디, 그런 세월을 살고 은퇴하는 사람으로서의 소감이랄까, 뭐 그런 것을 덧붙여야겠는데 내 입으로 줄줄 섬기기도 그렇고, 누군가가 질문하고 내가 답변하는 식으로 했으면 좋겠네요. 이를테면 방송국의 아나운서 선생님이, 내 앞에 마이크를 댄다든가…… 그러나 그런 건 감히 나 같은 게 바랄 수도 없으니까, 일인이역으로 그런 형식만 빌려서 말해보겠습니다." (『춘자의 사계』, 문학과지성사, 184쪽)

춘자의 이러한 목소리는 균형감각의 회복이면서 동시에 그 초월을 향한 위험성 또한 내포하고 있었다. 자기 목소리에 도취되어 서사성을 쇠약하게 만드는 듯이 보이기 때문이다. 비유가 적절할지 모르나, 〈별주부전〉 삽입가사의 하나처럼 춘삼월을 노래하는 마당인데, 점점 신명이 나자 기러기 소리까지 나오고야 마는 형국과 비교됨직하다.

이러한 위험성을 물리치고 다시 절묘한 소설적 균형감각을 회복한 작품의 하나가 「흐르는 북」(제10회 이상문학상 수상, 1986)이다. 정치적 감각이 서사성의 골격을 굳건히 버티어주었기에 서사성은 판소리식 목소리가 지닌 물신성과 족히 맞설 수 있었던 것이다.

이로부터 오늘에 이르기까지 작가 최일남의 소설적 균형감각은 절묘하게 유지되어오고 있다. 그 끝에 매달린 붉은 열매 '노을지경' 이 지울 수 없는 증거품이 아닐 수 없다. 이 절묘한 균형감각의 소중함은 수시로 점검되고 강조되어 마땅하다. 번번이 한쪽으로 편중되어가곤 한 이 나라 문학판을 봐온 사람이라면 최일남식 글쓰기의 절묘한 균형감이 지닌 진가를 확인하고도 남을 것임에 틀림없다.

작가 후기

책 뒤에 무슨 소리를 곁들일까 막막하여 자전거를 끌고 나간다. 거처를 옮긴 후부터 버릇들인 파적거리다. 이웃에 있는 시냇가 양옆이 마침 자전거 전용길이어서 큰맘 먹고 옛날 생각을 하면서 타기 시작했다.

이따금씩 석양녘에만 달리기 때문에 날씨 좋은 날은 노을과 늘 만날 수 있다. 하늘에 비낀 구름이 빨갛게 물든달지 고층빌딩의 어떤 창이 벌겋게 타오르는 광경을 그때마다 볼 수 있다. 아름답기보다는 쇠잔한 느낌이 없지 않은데 바람을 뚫고 나가는 용왕매진의 안간힘이 탱탱한 바퀴 덕으로 쾌적한 '승차감'과 더불어 오히려 삽상하다.

어떤 궁량은 편안한 상태에서만 떠오르는 게 아니라 자력으로 열심히 발품을 팔아 움직이는 순간에도 가능하다는 걸 동시에 배운다. 어쩌다 마주치는 롤러블레이드와 세발 자전거를 빼면 충돌할 장애물이 아예 없어, 한 시간도 좋고 두 시간도 좋은 운행시간이 자유자재다.

다만 밋밋하게 스쳐 지나가는 것이 멋쩍다. 내 한 세상도 그랬달까. 생각 따로 눈 따로 내닫던 나머지 자전거가 비 온 뒤 개골창에 빠져 우세를 사거나, 달빛 아래 밤중까지 노닐다가 길을 잃기도 한다. 그거야 대수 아니지만 곧은 길의 권태를 어쩔 수 없다. 옛이야기는 지줄대지 않아도 괜찮은, '회돌아 나가는 실개천' 가를 천천히 맴돌고 싶다. 거기서 '해설피 금빛 게으른 울음을 우는 얼룩백이 황소' 를 만나면 더 좋겠지. 그것이 물론 마지막 지향은 아니다. 당장은 직행 질주의 속도감이 제일이다. 즐겁고 시원하거늘 퇴행 해찰의 유혹이 곧 그 뒤를 따른다.

장편 『만년필과 파피루스』를 낸 지 사 년 만이고 창작집으로는 열두 권째가 되나 보다. 이왕이면 그 동안 쓴 작품 가운데 소재가 비슷한 것들을 골라 모았다. 인생의 석양을 사는 사람들 얘기라서 요즈음 인심으로는 좀 뜨악하기도 하겠으나 내가 정작 염려하는 문제는 따로 있다. 여간해서 곁을 주지 않는 천야만야 깊은 속을 어찌 헤아리고, 유연하되 웅숭깊은 마음을 얼마나 훔쳤는지 저어한다.

가깝고도 먼 사람들 사이에 끼어 있을망정 갈수록 화제의 중심에서 벗어나기 쉬운 세계를 어떻든 이렇게 저렇게 기웃거린 셈이다. 애초에 작정하고 나섰다기보다는 좀전에 말한 직행 질주의 반대편에 자리잡은 퇴행 해찰의 한 산물이라면 산물이다.

'문학동네' 여러분과 해설을 써주신 김윤식 선생이 고맙다.

2000년 가을

최일남

문학동네 소설집
아주 느린 시간

1판 1쇄 | 2000년 10월 30일
1판 9쇄 | 2022년 5월 27일

지 은 이 | 최일남
책임편집 | 김현정 이은석
펴 낸 이 | 김소영
펴 낸 곳 | (주)문학동네
출판등록 | 1993년 10월 22일 제2003-000045호

주 소 | 10881 경기도 파주시 회동길 210
전자우편 | editor@munhak.com
문의전화 | 031) 955-8895(마케팅) 031) 955-2675(편집)
팩 스 | 031) 955-8855

ISBN 89-8281-332-2 03810

www.munhak.com